佐崎一路
Illustration
高瀬コウ
（キャラクター原案 まりも）
リビティウム皇国の
ブタクサ姫
10

ジル
コッペリア

プリュイ
セラヴィ
フィーア

セリア
ラクス

リビティウム皇国のブタクサ姫 10

佐崎一路

Illustration

高瀬コウ

（キャラクター原案 まりも）

目次

これまでの物語

魔女レジーナに助けられたオーランシュ辺境伯の娘シルティアーナは、嫌われ者だった過去を捨て、ジルとして新しい人生をスタート。30年前の過去に飛ばされて自分に関する秘密を知ったジルだが、〈時の精霊〉の力で再び現在に舞い戻る。そして大陸中原での、黒妖精族《ダークエルフ》と洞矮族《ドワーフ》との戦争にあたって、問題解決のために現地に赴いたジルは、〈妖精女王《ティターニア》〉ラクスと出会う——。

登場人物

ジル（シルティアーナ）

「醜く愚鈍なブタクサ姫」と呼ばれていた少女。暗殺されるが生き返り、レジーナの弟子に。修行に励み、稀なる能力を開花させる。

フィーア

ジルの使い魔《ファミリア》の〈天狼《シリウス》〉。

セラヴィ

神童と呼ばれる司祭。

コッペリア

ヴィクター博士の人造人間《オートマトン》。駄メイド。

ルーク

帝国の皇帝の孫。ジルに好意を寄せる。

シャトン

白猫の獣人族《ソァン》。とある人物の直弟子。

ノワ

黒妖精族《ダークエルフ》の女戦士で親衛隊員のひとり。

ラクス

黒妖精族《ダークエルフ》の長で〈妖精女王《ティターニア》〉の称号を持つ。

プリュイ

『雨の空』という意味の名を持つ、妖精族《エルフ》の少女。

ウラノス

『天空の雪』という意味の名を持つ、妖精族《エルフ》の里長。

スヴィーオル

洞矮族《ドワーフ》の王。インフラマラエ王国を治める。

イラスト：高瀬コウ

大陸MAP
シレント央国
インユリア侯国
央都シレント
リビティウム皇国
クワルツ湖
オーランシュ
辺境伯領
ユニス法国
レジーナの庵
エルフの森
グラウィオール帝国
闇の森
デア＝アミティア
連合王国
大樹界
帝都コンワルリス
魔人国
ドルミート
旧ケンスルーナ
旧ユース大公国
クレス王国
首都ヴィリデ
クレス自由同盟
諸島連合
愚者の砂海
大樹界
帝都コンワルリス
魔人国
ドルミート
旧ケンスルーナ
旧ユース大公国
クレス王国
レヴィス大河
洞矮族《ドワーフ》の国、
インフラマラエ王国
★＝首都・鉱山都市ミネラ
大陸最大の湖
ロスマリー湖《海の雫》
ティフィオム
商業圏
帝都の大河
テーグラ河
フェルス大河

❀幕間　とある少年の回想

子供の頃、まだ両親と同じ部屋で寝起きをしていた時分のことである。

村で唯一の教会といっても、貧乏村の助祭であったうちも、ほかの村人同様、ランプの油が勿体ないので、日が暮れると、家族三人は早々に寝台で横になるのが習慣だった。

眠りに就くまでの束の間、父はその仕事柄か、毎夜お伽噺や寓話、神話や聖典に関する話を面白おかしく話して、俺の無聊《ぶりょう》を慰めてくれたものだ。

子守歌がわりに父が語る英雄譚や聖女の奇跡などを聞き、見たこともない怪物や魔物、光り輝く剣を持つ選ばれた勇者、美しくも愛に満ちあふれた聖女様などを空想しながら、いつの間にか眠りに落ちる……そんな毎日だった。

いつの頃からだろうか、俺は物語に出てくる勇者や聖女のあり方に、疑問を抱くようになった。

「勇者はなんでそんなに強いの？」

「悪い奴らを倒し、正義のために戦える心正しい人物に、神様が力を貸してくれるからだよ」

物語が一区切りつくと、俺が疑問をぶつけて父が答える問答が、いつの間にか我が家の夜の暇潰しに加わっていた。

「じゃあ、神様にとって勇者っていうのは、悪い奴を倒すための手先で武器ってこと？」

「神様のための力ではなく、悪い奴らによって困っている人、弱い人々を助けるための力だよ」

「じゃあ、悪い奴らがいなくなれば、勇者はいらなくなるの？　悪い奴らがいなくなったら、勇者はやることがなくなって、不幸なんじゃないの？」

「皆が幸せになることが勇者の幸せだから、悪い奴らがいなくなったら勇者も幸せなんだよ」

「そうかなぁ……？　お伽噺に出てくる、悪い魔女に攫われたお姫様も、王子様に見つけてもらって、結婚して幸せになりましたって話で終わるけど、本当に幸せだったのかな？」

「少なくとも、父さんは母さんと結婚して、坊やが生まれて、誰よりも幸せだよ」

「うん。それはわかる。けど、お姫様は森の中で魔女のほかには誰にも会ったことがなくて、初めて会った王子様に連れられていっただけで、本当にそれで幸せだったのかな？」

自由になれたら、もっとほかにやりたいことがあったんじゃないかな？

それに対する父の答えは覚えていない。俺が睡魔に負けて眠ってしまったのか、当たり障りのない返答で記憶に残らなかったのか……。

ともかくも、普通の子供なら無邪気に、誰もが憧れる勇者や英雄になりたいとか、美しい王女様や聖女様とともに冒険をしたいとか思うところだろうが、俺はその手の冒険譚の主人公に感情移入することなく、差し迫った貧乏生活や将来の選択とかのほうがよほど切実な問題だと、そう理解できるくらい分別のある——客観的に見れば、可愛げのない子供だったことだろう。

可能であれば奨学金をもらって神学校に通って、それなりの地位——中央での出世は、血統とコネと金がないとほぼ不可能なので——地方のそれなりの規模の町に神官として赴任するのが、寒村の助祭の息子として考え得る最高の堅実な生き方だ。

ごく最近までは、そう思っていた——。

「……それが、なんで大陸や歴史を股にかけて、伝説の〈不死者の王《ノーライフキング》〉と戦ったり、吸血鬼の真祖《トゥルー・ヴァンパイア》や〈妖精女王《ティターニア》〉と協力して、世界を滅ぼす魔獣や戦争を止めるために奔走することになったのかねぇ」

故郷のように、晴れていてもどこか薄ぼんやりとした空ではない、鬱陶しいほど燦々と陽光に満ちあふれた蒼天を仰ぎ見る俺――セラヴィ・ロウの、それが偽らざる本音だった。

「おまけに同行者は、神に愛されたマジもんの巫女《みこ》で、爪先から髪の先端に至るまで、どこからどう見ても混じりっけなしのお姫様と、完全無欠の王子様だしな」

コイツ《ジル》がお姫様ではないというなら、この世にお姫様は存在しないというほど、お伽噺から抜け出てきたような、誰よりも美しく清らかな〈巫女姫〉様と、これまた雛形のように、家柄から人柄、外見に至るまで完璧な王子様で、なおかつ伝説の〈真龍《エンシェント・ドラゴン》〉を駆り、光の剣を持つ勇者様。冗談だろうと言いたくなるような出来過ぎなふたりである。

阿呆らしいと思うが、現実のほうが勝手にお伽噺や英雄譚のお約束のほうへ歩み寄っていって、いつの間にかその一員に組み込まれていた。まるで運命が集束するかのように。どこに転機があったものやら……。

『約束だよ！　また明日も魔法を教えてね。あと、呼びやすい愛称を考えておくから、その名前で呼んでね』

ふと、十年前の夕闇の中での光景が甦った。

……バカバカしい、運命なんてものが定まっていたわけがない。けれど――。

「――ジル、か」

「はい？　どうかしましたか、セラヴィ？」

ふと呟いた俺の言葉が耳に入ったのか、牡牛大の大きさをした六枚翼の神獣、〈天狼《シリウス》〉フィーアの背中に乗って、道なき道を先行していたジルが振り返る。

「なんでもない。……いい名前だと思ってな」

我ながら取って付けた言い訳だなと思いながら、跨がった火蜥蜴《サラマンダー》の手綱を握る手を調節した。

「はあ……ありがとうございます？」

不得要領な表情で曖昧に礼をするジルの態度に、ふと茶目っけを出して追い打ちをかけた。

「実際、いい名前だな。〝シルティアーナ〟なんて長ったらしい名前よりも呼びやすいしな」

「う――っ！」

わかりやすく動揺するジル。つくづく嘘のつけないお姫様だ。

フィーアの上でワタワタと狼狽《うろた》えるジルを、追いかける火蜥蜴《サラマンダー》の背に乗って見詰めながら、子供の頃に口に出した疑問を、ふと俺はもう一度胸の中で繰り返した。

――王女様《ジル》。お前、本当に王子様《ルーク》と一緒になって幸せになれるのか？　色恋沙汰だけが幸せってわけじゃないだろう？　なにも考えずに流されているだけじゃないのか？　お前はもっと自由に生きたほうがいいんじゃないのか？

俺は、思いのほか小さくて華奢なその背中を眺めながら、自分でもよくわからないモヤモヤとした感情を抱えてため息をついた。

【序章】ロスマリー湖《海の雫》の異変と《屍骸龍《ゾンビ・ドラゴン》》の胎動

ロスマリー湖《海の雫》の北西に浮かぶパルウァエ島は、徒歩で一周しても一日とかからない小島である。

もっとも、ナイフで削ぎ落としたかのように切り立った断崖が、島の四方を取り囲んでいるため、鬱蒼とした緑豊かな島の上に降り立つことは、鳥か羽を持つ虫でもなければ不可能だろう。

天然の要害に囲まれたこの島は、一般には無人の孤島と思われているが、実のところこの島こそ、ロスマリー湖を支配する、竜の末裔にして眷属と称する種族——竜人族《ドラゴニュート》の本拠地であり、さらに付け加えれば、彼らにとって最も重要な、神聖にして不可侵である《龍神の聖地》でもあった。

そんなパルウァエ島の緑に囲まれた島内に、龍を祀る神殿と百人ほどの竜人族《ドラゴニュート》が自給自足の生活をする集落——セクィトゥル村が存在する。

当然ながら人間族《ヒューム》の出入りは皆無であり、竜人族《ドラゴニュート》に従う蜥蜴人《リザードマン》や魚人族《ギルマン》であっても、迂闊に足を踏み入れることは許されぬ、ロスマリー湖における秘中の秘……であった。

——だが、それも過日までの話である。

「……やはり村の場所を移すべきか」

村長にして竜人族《ドラゴニュート》の祭祀長であるアサナシオスは、雲ひとつない蒼空の下、神殿の前にある祭壇で、ひとり物思いに耽っていた。

白髪に灰褐色の鱗をした彼は、当年取って七十五歳。百歳ほどが平均寿命である竜人族《ドラゴニュート》において、すでに老境に達している。

もっとも竜人族《ドラゴニュート》の常で、竜に連なる己の体を誇示するために、最低限の布を身を纏っただけのその肉体は、若い頃からの修行と潔斎《けっさい》の成果によって、心身ともにいまだ衰えというものを見せていない。

しかしながら、喜怒哀楽を超越して龍の魂に最も近付いているはずのその表情に、いまは明確な陰りがあった。

「…………」

アサナシオスの苦悩を嘲笑うかのように、見上げた空からは陽気な真夏の太陽が燦々と照り付けていた。そんな、どこまでも澄んだ空を見上げて、我知らずため息をつくアサナシオス。

ちなみに、竜人族《ドラゴニュート》の神殿はその衣装同様に虚飾を排した簡素なものであり、なおかつ天空を駆けるドラゴンに敬意を表して、屋根というものがない――一見すると柱と祭壇だけの吹きっ晒しという素朴なものであった。

ため息をつくなど何十年ぶりのことであろうかと、頭の隅で微かに驚きながらアサナシオスは思考を巡らす。

もともと竜人族《ドラゴニュート》は、個人としての能力がほかの種族に比べてずば抜けて高いため、集団で行動する――群れで行動するのは弱い生き物の生存戦略にしか過ぎない――という概念が希薄であり、いずれの個人も束縛を嫌って我が強い（そのため、長命種の妖精族《エルフ》以上に個体数が少ないという弊害がある）。

たまたまこの地は、彼らの信仰の対象である《龍神の聖地》であるため、竜人族《ドラゴニュート》としては異例の集落を形作ってはいるが、アサナシオスの持つ『村長』『祭祀長』という肩書きは、単に『龍を崇める同志たちのまとめ役』『最も祭祀に長けた者』『相談役』という程度の重さしかないのが実状であった。そのため、果たして自分が懸念を口に出して村の移転を促したところで、どれほどの同調者が現れることやら……。

本音を言えばアサナシオスも、人目を忍んでここまで発展させた村と聖地を離れるのは忍びなかった。だが、それでもここ最近、村を襲った変事を前に、村長として、なによりも祭祀長として、危機感を募らせずにはいられなかったのだ。

「《龍王の爪》が戻ったことと、中原の覇王を世称する黒妖精族《ダークエルフ》の若造が騙りだったと判明したことで、凶事は終息したように思われているが……」

侵すべからざる聖地から、一族の秘宝である《龍王の爪》が、いつの間にやら何者かによって持ち去られ、さらには、こともあろうに〈真龍〉《エンシェント・ドラゴン》に乗った黒妖精族《ダークエルフ》が襲来するという驚天動地の出来事が続いたことで、浮足立っていた竜人族《ドラゴニュート》とロスマリー湖の住人たちであったが、祭祀長アサナシオスの密命を帯びた龍神官《ドラゴン・プリースト》と龍の巫女《ドラゴン・メディウム》により、幸いにしていずれも早急な解決を図ることができた。

これにより、聖地に安堵と終息感が広がっているようだが、それに反してアサナシオスの胸騒ぎはいまだ収まっていなかった。いや、それどころか、これまでの騒ぎが序章でしかないような、ジリジリとした焦燥が日増しに高まるのを感じるのだった。

なによりも――。

ガタン！　と大きな音がして、祭壇に改めて安置した《龍王の爪》が入った箱が大きく揺れた。

「……またか。日増しに揺れが大きくなり、合わせて地鳴りと……そして、島の周辺から魚が姿を消すとは……。これは吉兆であるのか、はたまた凶兆か？」

直感的には、凶事の前兆に思えてならなかった。だが、その立場上、迂闊なことは口にできない。ましてや聖地――実のところ沖に見える岩礁こそ、かつてこの地で終焉を迎えた《水鎗龍王《すいそうりゅうおう》》の亡骸であり、真の意味での『聖地』であった――を離れるなど、どう言い繕っても同族たちの賛同を得られるわけがない。

「我らの往くべき道はいずこ也や。龍よ、大いなる龍王よ。我が問いに答え給え……」

両膝を床につけて両手を組み、何度目になるかわからない祈りを捧げる祭祀長アサナシオス。

そうして何十分、あるいは何時間祈っていただろうか。ふと気が付くと、目の前に金色の髪と金色の瞳をした、このうえなく美しい青年が腕を組んで傲然と仁王立ちしていた。

ハッとして立ち上がろうとしたアサナシオスだが、両足……どころか、体全体が震えて力が入らない。まるで圧倒的な存在を目の当たりにしているような……。

「！！！！」

刹那、アサナシオスに流れる竜の血が青年の正体を看破し、アサナシオスはあまりの畏れ多さに床に頭を擦り付けるように平身低頭して、改めて感動と恐怖に打ち震える。

なにしろ、彼の直感が当たっているならば、目の前にいる存在はすべての龍の頂点にして、軽々しくその名を口にすることすら憚られる、破壊を司る怒れる龍神であるのだから。

青年は、圧倒的な高みから虫けらを見下すような、冷ややかな視線をアサナシオスに向けたまま、

「傾聴せよ。貴様らの生き延びる道はひとつ。やがて来る人間の娘に従うことだ」

抑揚のない口調で一言そう口にして、もはや用は済んだとばかりに踵《きびす》を返そうとする。

「――お、お待ちください！　人間の娘とは⁉　我らにどうせよと……⁈」

この預言が一族の進退に直結すると感じ取ったアサナシオスが、不敬ながらも半ば命を捨てて食い下がると、青年は不快そうに金色の……人間にはあり得ない縦に長い瞳孔を光らせ、

「待っていれば、やがてこの湖に現れるだろう。桜色《パールレッド》に輝く金色の長い髪、翡翠色の瞳、白き六翼……ああそうだ。確か、貴様の部下の神官と巫女に面識があるはずだ」

軽く舌打ちしながらもぶっきら棒にそう答え、ついでとばかりに付け加える。

「いいか。貴様らは一度間違えた。一度目のチャンスに、あの娘と協力して愚かな黒妖精族《ダークエルフ》を撃ち滅ぼしておけば面倒がなかったものを、このような埒もない爪の一欠片《かけら》に拘泥し――」

その言葉と同時に《龍王の爪》が入った箱が割れて、中から成人男性の足ほどもある爪が飛び出し、青年の手に勝手に収まった。

「――ふん。汚らしい疑似生命力《エナジー》が流れ込んでいるな」

不快そうに瞳を細めた青年の掌に一瞬だけ紫電が光ったかと思うと、一瞬にして《龍王の爪》がボロボロに焼け焦げ、白い炭と化して崩れ落ちる。

ドラゴンの素材、それも《龍王》級のものであれば、金剛鉄《アダマンタイト》を使っても傷ひとつ付かないはずである。それを、いともたやすく消し去ったことで、目の前にいる存在の正体に確信を抱いたアサナシ

オスは、一族の秘宝がなくなった衝撃よりも、遥かに大きな戦慄とともに無言で平伏するのであった。

「いいか。本来であれば貴様らのような、ヤツを彷彿とさせる不快な種族など根絶やしにすべきところを、我らが姫のご寛容により延命していることを肝に銘じておけ。二度目はないぞ！」

「――ははあ‼」

青年の恫喝とも取れる助言に対して、アサナシオスが必死に声を振り絞って返答するのと同時に、青年の姿が金色に光り輝き出し、一瞬にして目も眩むほどの光が膨れ上がったかと思うと――

轟《ごう》っ‼　という一陣の烈風が吹き荒れ、慌てて床にしがみ付いたアサナシオスが目を開けたときには、青年の姿は影も形もなくなっていた。

――夢？　白昼夢を見たのか？

そう自問自答したアサナシオスであったが、いまの出来事が夢でない証拠に、《龍王の爪》が入っていた箱は粉々に砕け散っていて、中身もまた煙のように消え去っている。

そうして、その代わりとでもいうように、先ほどまで青年が立っていた場所に、大型の盾ほどもある、煌めく巨大な金色の鱗が落ちていた。

「お、おおお……！」

震える手を伸ばしかけたアサナシオスだが、ハタと気付いて、儀式用に祭壇に飾られていた酒瓶を手に取り、中身を両手にぶちまけて聖別をしてから、改めて深々と跪拝《きはい》をしたあと、恭しく金色の鱗を手に取るのだった。

「間違いない。この波動……大いなる龍王……」

遥か大陸の中央部に位置する【闇の森《テネブラエ・ネムス》】の方向へ目をやり、アサナシオスは金色の鱗を手に深々と腰を折る。

それから、改めて先ほどの預言の内容を自分の中で咀嚼し、その途方もない重大さに眩暈《めまい》がしそうになるのを抑えて、

「誰か！　誰かおらぬか⁉　偉大なる《黄金龍王《ナーガ・ラージャ》》様より、たったいま神託が下された！　我ら一族に危急存亡のときが訪れようとしておる。メレアグロスとテオドシアを呼べ！　洞矮族《ドワーフ》の国で見聞きしたこと、出会った者について、再度詳細に確認すべきことがあるっ」

竜魔術を併用して村に向かって叫ぶアサナシオスの切迫した声の響きと、その内容に仰天した村人たちが神殿へと向かい、そしてそこで目にした、目も眩まんばかりの強大な波動を放つ黄金の鱗――微弱な龍の気配しか発しない《龍王の爪《抜け殻》》に比べ、まるで蛍と太陽である――を前にして、誰ひとりとしてアサナシオスの言葉を疑うことなく、真剣な表情で祭祀長が語る神託の中身を心に刻み込むのだった。

「『桜色《パールレッド》に輝く金色の長い髪、翡翠色の瞳、白き六翼』――アレか」

龍神官《ドラゴン・プリースト》のメレアグロスが、能面のような顔を僅かにしかめ、平仄が合った口調で呟く。

龍の巫女《ドラゴン・メディウム》であるテオドシアも頷いて居住まいを正し、祭祀長アサナシオスに向き直った。

「それでは、我らは件《くだん》の娘を捜して、全面的な協力をすればよろしいのですか、祭祀長様？」

「うむ。だが捜す必要はないだろう。神託によれば、近日中にその者がこの地に現れるそうであるからな。そのときを待て」

【第一章】束の間のバカンスと竜人族《ドラゴニュート》との再会

中原に数多《あまた》存在する小国のひとつ、ザイン侯国。

農業と牧畜、観光など、素朴な風土で成り立っている……いえ、成り立っていたこの国ですが、私たちが訪れたときには、魔物と野盗の襲撃、それによって起こった治安体制の崩壊と民衆の暴動で、すでに国としての体裁を成していませんでした。

魔物に破壊されたのか、それとも人の手によって壊されたのかはわかりませんが、もはや防壁としての形を成していない首都ボースの元防壁と、半分崩れて開け放たれた門をくぐった私たちの目の前に広がっていたのは、壁同様に崩れ落ちた廃墟がひしめく王都の無惨な有様でした。

「……ひどいもんだ。この国は、中原では珍しく聖女教団の教えが浸透していたっていうのに」

顔をしかめて、騎乗していた火蜥蜴《サラマンダー》から下りるセラヴィ。

「このあたりで待っていろ。襲ってくる奴がいたら撃退するのは構わないが、なるべく殺すなよ」

セラヴィの命令に、発声器官を持たない火蜥蜴《サラマンダー》が、口から軽く火花と風切り音を出して応えます。

私たちも〈天狼《シリウス》〉形態のフィーアから下りて、改めて周囲を見回しました。

中原にあって北部風の瀟洒な街並みと石畳、水路と風車が名物であった首都ボースは、どこからどう見ても、もはや再建の目途も立たないほど、完膚なきまでに破壊されています。

「……もう二日、いえ一日早ければ、助けられた人もいたでしょうに」

周囲の無残な光景を前に、そう私がやり切れない気持ちを言葉に出せば、

「仕方がないだろう。ここへ来る途中の村にも街道にも、避難民や怪我人が山ほどいたんだ。休む暇もない治癒や炊き出し……できる限りの手助けをしながらの道中だったんだ。一日二日早く着いても、結果は変わらなかっただろうさ」

私同様に『目立つから』という理由で、フード付きの外套を羽織ったままのプリュイが、ものが焼ける臭いに辟易しながらも、そう私を慰めてくれました。

「そうだな。避難民の話では一巡週前に暴動が起きたらしいし、どっちにしても間に合わなかっただろうな」

セラヴィも周囲を警戒しながら同意します。

そんな私たちの慨嘆と哀愁を尻目に、まだ略奪は続いているのか、王城と、その近辺の貴族や富裕層が住んでいたと思《おぼ》しい場所から、散発的に黒い煙と赤い炎が立ち上っています。

一際大きな音がしたかと思うと、保管されていた爆薬に火がついたのか、轟音とともに街の中心部にあった小さなお城が吹き飛んで、積木が崩れるように一瞬でただの石材と化し、同時に城の周りの林に飛び火して、焚火を燃やすように、あっという間に木々が炎に包まれました。

「――――ちぃ……木々の悲鳴がここまで聞こえるようだ。これからどうする、ジル？」

プリュイに問いかけられた私は、瓦礫の山を一瞥して、周囲に生きた人間の魔力波動《バイブレーション》がないのを確認したところで、頑丈そうな目立つ建物を指さしました。

「避難民や負傷者がいるかも知れませんから、とりあえず教会へ行ってみましょう」

辛うじて原形をとどめている高楼――聖女教団の聖印が掲げられた鐘塔《しょうとう》――のある教会を目指して、周囲を警戒しながらひた走りに走る私たち。

「いちおう私の魔力探知《サーチ》で半径八百メルトはカバーしていますが、これだけ混乱した状況では探知漏れがあるかも知れませんし、思いがけない死角からの攻撃や災害……まずないとは思いますけれど、飛び道具での遠距離からの攻撃に注意して、各自で視界をカバーするようにお願いします」

「ああ、任せておけ。私は横から飛んでくる矢も見逃さないからな」

自信ありげなプリュイに対して、セラヴィが若干皮肉げな口調で注意します。

「ご大層な自信だが、人間の目ってのは案外死角が多いものだ。それに構造上、片目でしか見えない範囲から飛んでくると、咄嗟の反応が遅れるぞ？」

私も念のために付け加えました。

「それに、物体の軌道によっては認識しづらいものもありますからね。――ほら、魔力弾とかは傍目に見ると結構簡単に躱せそうですけれど、実際に自分に放たれると、なかなか躱しづらいでしょう？」

私の言葉に「ああ、そういえば」と、納得と不本意がない交ぜになった表情を浮かべるプリュイ。

計測したことはありませんが、一般的な魔力弾というのは銃の弾よりも遅く、弓矢とさほど変わらない速度で放たれていると思うのですが、体感では放たれた――と思った瞬間、もう目の前に来ている感じなのですよね。

「あれはコリジョンコース現象といって、矢や弾丸って速度は速くても僅かに弓なりで、しかも減速しながら飛んでくるので視認しやすいのですが、魔力弾のように重力や空気抵抗を無視して、等距離等速度で向かってくるものは、ヒトの目には背景に同化して動いていないように感じられるのです。結果、気が付いたらぶつかっていた……ということになる、いわば視界内の死角ですわね。ですので、皆さん十分に注意してください」

そう注意しながら、瓦礫の道路を慎重に進む私たち。

幸い途中で妨害が入ることもなく、それなりの規模の聖女教団の教会に着いたのですが、外から声をかけても誰も出てこず、やむなく無断で教会の中に入ったところ、テーブルや椅子は押し込み強盗に遭ったかのようにひっくり返され、教会の正面には必ず据えてある聖銀《ミスリル》製の聖印も、銀製の燭台も、なにもかもがなくなっている惨状が目に入りました。

「……ありゃりゃ、見事にもぬけの殻ですねえ」

一目瞭然の事実を前に、肩をすくめるコッペリア。

暴徒に略奪されたのかとも思ったのですが、教会の裏にある司祭の私宅へ行ってみれば、床板の下に巧妙に隠されていた（なぜそんなものがあるのでしょうか？）金庫や宝石箱が開け放たれ、ものの見事に空になっています。

土足で歩き回ったのでしょう。床に付いている足跡はひとつで、それも高価な革製の靴跡でした。

「追跡《トラッキング》するまでもないな。足跡から、入ってきたのも出ていったのもひとり。土の乾き具合からして二、三日前。恰幅のいい中年男性のもので、動きに迷いがないところを見ると、この部屋の主だろう。ついでに教会のほうの足跡は五種類で、そのひとつはここにある足跡と同じだ」

森の中で危険な猛獣や魔物と戦う経験から、足跡を見ればだいたい相手の見当をつけられるプリュイが、この空き巣狙いのような惨状を引き起こした犯人を、おそらくはこの教会を任せられていた司祭のものと判断しました。

残る足跡は、司祭の命令で夜逃げに加担した助祭とかのものでしょう。厩舎を確認してみましたが、馬も馬車もなくなっています。

「つまり、生臭坊主が金目のものを持ってトンズラしたということですね。いやぁ、さすがは聖女教団の聖職者。信仰よりも我が身と金が大事ですか、カスですねえ」

嫌みたらしい口調で、コッペリアが嘲笑を放ちました。

「……返す言葉もありませんわね」

仮にも教団の広告塔《アイドル》である〈巫女姫〉としては、言葉にもならず、もはや嘆息するしかありません。

「クララ様に言ったわけじゃないですよ。愚民へ当て付けただけですから」

槍玉に挙げられたセラヴィは、鼻先で軽く「ふん」と吐息を漏らして受け流しました。

一方、私たちが厩舎から戻ってみれば、司祭の私宅から教会の中庭に出たところで、プリュイが引き続き地面の高さに目線を下ろして、なにやら腑に落ちない様子で追跡《トラッキング》を続けています。

「どうかしましたか？　なにか不審な点でもありますの？」

「いや、先ほど教会に五種類の足跡があると言ったが、うちひとつは入ってすぐに引き返した様子だったんだ。で、いま見るとその足跡の主が庭を横断して、鐘塔のほうへ向かったまま、戻っていないように見える。――訓練された足取りだが、怪我をしているのか微妙に覚束ないな」

プリュイの分析に、思わず顔を見合わせる私たち。

「本物の火事場泥棒か、空き巣狙いの類《たぐい》でしょうか？」

「それにしちゃ、鐘塔に籠もって出てこないってのも変だろう」

「鐘塔が気に入ったんじゃないですか？　ワタシも、定期的に高いところから矮小な愚民どもを見下ろして、高笑いするのが道楽ですし」

私の問いかけに眉根を寄せて反論するセラヴィと、どうでもいい趣味を吹聴するコッペリア。

「ともかく様子を見てみましょう。もしかすると、怪我をした方が助けを求めてきて、力尽きているかも知れませんから」

「ああ、待て待てっ。俺が先に行く。――ったく、お前はいつも考えなしに率先して動くから、手に負えないんだ」

先頭に立って鐘塔に向かおうとした私の手を掴んで、面倒臭そうに入れ替わろうとするセラヴィ。

「別に考えなしに動いているわけでは……」

火災によって夕焼けのように赤く染まっている空の下、ちょうど私と肩を並べたセラヴィに弁明しかけたところで、ふと……いつかどこかで、こうしてセラヴィと手を繋いで、夕焼け空を見ながら歩いたことがあったような、そんな気がしました。

すぐに手を放して私の前に立ったセラヴィの背中を眺めながら、そのことを口に出しかけ……セラヴィが短剣と護符を構え、細心の注意を払って鐘塔へと踏み出す様子に、そんな場合ではないのを自覚した私も気合を入れ直して、『光翼の神杖《アリ・ディ・ルーチェ》』を構えます。

同時に、背後でコッペリアが愛用のモーニングスターを取り出すのと、プリュイが荷物から短弓と矢を取り出すのを感知しました。

そうして、息を殺して鐘塔の前まで進んだ私たち。

閉め切られた出入り口を前にして、セラヴィが護符を扉の下から鐘塔の中へ投擲し、数分が経過したところで内側から扉が開き、中から身長一・三メルトほどの、下腹部がポッコリと膨らんだ小鬼《ゴブリン》――餓鬼《プレータ》が現れました。

一瞬警戒した私とコッペリア、プリュイですが、餓鬼《プレータ》は無頓着にセラヴィのもとへ進むと、輪郭が解けて先ほどの護符になってしまいました。どうやらいまのは、式神を実体化させたものだったようです。

「……中にいるのは……そうか。なら大丈夫だろう……」

護符を額に当てて、式神が見聞きした情報を確認したらしいセラヴィが、どこか痛ましげな口調でそう呟きました。

その態度と表情に、私の胸が嫌な予感を覚えて警鐘を鳴らします。

そのまま無防備に鐘塔の中へと歩みを進めるセラヴィに、私とプリュイが注意しようと声を上げかけたのですが――コッペリアだけは「愚民がちゃんと肉壁の役割を果たしていますね。感心感心」と、いたく上機嫌ですが――片手を上げて『問題ない』とばかりヒラヒラ振るセラヴィの様子に、さらに嫌な予感が膨らんで、かけるべき言葉を思わず呑み込んでしまいました。

「よっ……と。おや、血の臭いが充満してますね。ざっとふたり分、完全に致死量の血液が流れてますね、これは」

セラヴィに続いて恐れることもなく扉をくぐったコッペリアが、『カレーの匂いがしますね。今晩はカレーですね』というような、気楽な口調で言い添えます。

思わず顔を見合わせた私とプリュイも、無言で示し合わせると、ふたりを追って鐘塔の中へ入ります。

「――う……っ」

セラヴィの寡黙な態度とコッペリアの台詞からある程度想像をしていましたが、案の定、床には血を引きずったような跡があり、その先を透かして見れば、鐘塔に上る階段のところへ、初老の、身分卑しからぬ武人らしい男性と、本繻子《サテン》のドレスを着た、まだ七、八歳のあどけない少女……の遺体がありました。

男性の体には至るところに刺し傷、切り傷、そしていまだ突き刺さったままの矢や槍先があります。女の子は頸動脈を切られたのでしょう。応急処置らしい布で縛ってありますが、無論そんなものが役に立つはずもなく、おそらくは早い段階で亡くなっていたことでしょう。

その傷以外は目立った外傷がないことから、男性が我が身を犠牲にしてここまで守ってきたのだろうということが誰の目にも明白で、疑問の余地もありませんでした。

一見して、暴徒に襲われた貴族の子女と、その護衛騎士といったところでしょう。

「……っ、〝大いなる癒しの手により、命の炎を燃やし給え〟――〝大快癒《リジェネレート》〟」

咄嗟に私の使える最大の治癒術を施しましたが、無論、すでに命尽きた相手には効果などありません。

「〃慈しみの光よ。うたかたの時の流れを照らし、在りし日の姿へと戻したまえ〃――〃再生《メメント・モリ》〃」

ならばと再生の術を施しましたが、いくつかの傷が塞がっただけでした。けれど、少しでも効果があれば――。

「〃再生《メメント・モリ》〃」「〃再生《メメント・モリ》〃」「〃再生《メメント・モリ》〃」「〃再生《メメント・モリ》〃」「〃再生《メメント・モリ》〃」「〃再生《メメント・モリ》〃」

精霊力が空っぽになるまで『再生《メメント・モリ》』の魔術を施したところで、ふたりとも見た目は怪我ひとつない状態にまで姿が戻りました。

「〃大いなる癒しの手により、命の炎を燃やし給え〃――〃大快癒《リジェネレート》〃」

そこで再度『大快癒《リジェネレート》』を施しましたが、底の抜けたバケツに水を入れるように、治癒の力が抜けていきます。

「――くっ、〃大快癒《リジェネレート》〃」

さらに『大快癒《リジェネレート》』をかけたところで、セラヴィに「もうよせ」と、『光翼の神杖《アリ・ディ・ルーチェ》』を握る手を止められました。

「生命活動が停止して二十五時間から四十時間ってところですね。聖女スノウの『完全蘇生《リザレクション》』でも、これだけ時間が経った死者を蘇生させるのは無理ですよ、クララ様」

コッペリアがゆるゆると首を振って、私の行いが徒労であることを容赦なく指摘します。

「……この娘が嵌めている指輪の家紋は、ザイン侯家本家のものだ。多分、逃げようとした侯女様が暴徒に襲われて、嬲《なぶ》り者にされそうになったところを、護衛らしいこの爺さんが命懸けで救おうとしたんだろうな」

屈み込んで亡骸の検分をしたセラヴィが、やるせない口調でそう推測を口に出しました。

治癒術で有名な聖女教団。ここへ来れば、もしかすれば侯女様が助かるかもと、一縷の望みをかけて我が身も顧みずに門戸を叩いたのでしょう。ですが、すでにここの司祭たちは金目のものを持って逃げたあとで……ああああああっ‼

知らず私の両目から滂沱と涙が流れて、汚れた床にいくつもの灰色の染みが生まれます。

「……ごめん、なさい……私が……私がもう少し早く……ここに着いていたら……もっと、助けて……ごめんなさい、ごめんなさい、ごめんなさいっ……！」

立っていられなくなり、ふたりの亡骸の前で力なく両膝を突いて慟哭する私。途端、『光翼の神杖《アリ・ディ・ルーチェ》』が腕の中からすべり落ち、床に転がる澄んだ音が鐘塔の中を木霊《こだま》しながら響きました。

――なんて、なんて私は無力なんでしょう！　たとえ一撃でドラゴンを屠《ほふ》る力を持っていても、救いを求める声なき声に応えることができない、力なき小娘。所詮は、いまだに愚鈍で不出来なブタクサ姫でしかないのです‼　なにが〈巫女姫〉ですか。なにが〈聖女の再来〉ですか⁉

「別にクララ様のせいじゃないですよ。逃げた神官どもと、こいつらの運が悪かっただけです」

「そうだ、自分を責めるな、ジル。お前がこの半月あまり、どれだけ身を削って人助けをしていたことか……。お前は十分に頑張っている。だが、それでも万能ではないんだ。この世の悲劇のすべてにまで責任を感じるな」

自責の念に駆られてとめどなく涙を流す私へ向かって、コッペリアとプリュイが口々に、私に落ち度はなかった、仕方がないことだと励ましてくれますが、たとえ世界中の人々が私を許してくれても、私自身が私の力なきことを……不甲斐なさを許すことはないでしょう。

「――いつまでもこのままじゃ可哀想だ。せめて弔ってやろう」

いつもと変わらない口調でそう言うと、『光翼の神杖《アリ・ディ・ルーチェ》』を拾ったセラヴィが、私に向かって杖の持ち手を突き出しながら、しゃがみ込んだままの私の頭を、子供をあやすように軽くポンポンと叩きました。

セラヴィの、一貫してぶっきら棒なその態度と、思いがけない労《いたわ》りを前に、少しだけ冷静になった私は、『光翼の神杖《アリ・ディ・ルーチェ》』を受け取って、杖にしがみ付くようにしてその場に立ち上がりました。

「そう……ですわね。それぐらいしかできませんけれど、せめてきちんと亡骸を葬らないと……」


「……人間という生き物は、つくづく矛盾しているな。獣のように同族に襲いかかり、女子供に対してこのようにむごい真似をするかと思えば、命懸けでその子供を守る崇高さを見せる。人の宗教でいう天使と悪魔が、ひとりの中に同居しているようだ」

教会の裏手にあった墓地の一角にセラヴィが掘った穴の前で、全員で家探《やさが》しをして見つけたふたつの手頃な箱――もとは司祭の長箪笥らしい華美なそれ――に入れたふたりの遺体を眺めながら、プリュイがやり切れない口調でそう口にしました。

「そうですわね。人というのは、つまるところ弱いのでしょう。弱いから助け合い、弱いからより弱い者から略奪する。そうした業《ごう》を背負った生き物なのでしょうね」

生活魔法の『洗浄《クリーン》』と精霊魔術の『玉体安穏《グリーミング》』を併用して、亡くなられた方々のご遺体を綺麗な姿にしてから、プリュイとふたりで精霊魔法を使って穴の土を戻し、最後に『念動』で手頃な石を墓標として据え置きます。

「クララ様。適当な花を見繕ってきましたけれど、これでいいですか？」

「ええ。ありがとう、コッペリア。ご苦労様です」

コッペリアが街外れまで行って見つけてきた花を受け取った私は、墓標の前に花を手向け、セラヴィとふたりでひとしきり聖女教団式のお祈りをして弔ったあと、もしもこの先、このふたりの遺族か知る人に会ったときに渡せるよう、ふたりの遺品と遺髪を持って、この場をあとにしたのでした。

『――巫女姫様、ありがとうございます！』

『――心より感謝いたします。姫君ともども巫女姫様に最期を看取っていただけるとは、身にあまる光栄にございます』

ふと、去りかけた私の背中に、女の子の明るい声と、老境に達した男性の厳かな声が聞こえた気がしました。

「どうしました、クララ様？」

一瞬足を止めた私を怪訝そうに振り返って尋ねるコッペリアに、「いいえ、なんでもありません」と答えて、私たちはこの荒れ果てた国をあとにすることにしました。

「………………」

最後にもう一度だけ教会を振り返った私の目に、飛んできた火の粉でしょうか？　ふたつのキラキラと輝く光が、踊るようにして天へ向かって昇っていく様子が垣間見えました。


それからの二巡週あまりは、ほとんど眠る暇もないほどの忙しさで、中原西部を駆け巡っていたような気がします。

そんな私の行動に、セラヴィもプリュイもなにか言いたげでしたが、私の気持ちを汲んでくれたのでしょう。あえてなにも言わずに付き合ってくれていました。

それでも、あのふたりの亡骸を前に号泣した日から、遮二無二働く私を陰ながら案じてくれていたようです。ある日、日中の直射日光を避けて、適当な大樹の陰で休憩を取っていた際、さすがに疲れが出たのかウトウトしていると、セラヴィたちが声を押し殺して話しているのが、半分夢現《ゆめうつつ》に聞こえました。

「ジルは寝ているのか？」

「うむ。いちおう、眠りの精霊《ヒュプノス》に頼んで入眠を促してみたが、ジルは素で抵抗力があるので、どこまで効果があるのかは微妙なところだな」

「そうか。なにはともあれ、このあたりで一度気持ちをリセットさせないとマズいだろうな」

セラヴィのため息混じりの提案にプリュイが無言で頷く気配がして、対照的にコッペリアが怪訝な声を発しました。

「クララ様なら、まだまだ体力に余裕がありますけど？　愚民のような凡人と違って、この程度の強行軍で音を上げるほど柔じゃないですよ」

「体力的には余裕があっても、人間ってのは精神の疲れが体に出るものだ。逆もまた然り」

「そうだな。口にこそ出さないが、ボースの一件を相当に気に病んでいるようであるし……」

「そうっすか？　普段と変わらずにニコニコして、ぼけ～～っとしているように思えますけど」

　コッペリアが、普段から私をどういった目で見ているのか、よくわかりましたわ。

「あの慟哭を見たあとでは、逆に痛々しいだけだ。――まったく、〈巫女姫〉という立場もあるのだろうが、人前で笑顔を絶やすことができないというのは、なかなかつらいものだな」

　嘆息するプリュイに対して、

「……ああ、まったくだ。なんの褒賞も求めず、逆に求められる一方で、尽くして尽くして、自分をすり減らす。バカな生き方をしているもんだ……」

　セラヴィがいつもの憎まれ口を叩きますが、どこか他人を俯瞰したような普段の物言いではなく、彼自身の素の感情がつい口に出てしまった……というような印象を受けました。

「随分と辛辣だが、聖女教団の司祭としてはどうなのだ、その発言は。〈巫女姫〉の偉業を称えるべき立場だろう、お前は？」

　皮肉混じりのプリュイの追及に、セラヴィがシニカルな笑いを放ちました。

「ふん。『心優しき巫女姫様は、常にすべての人たちの幸福を願い守る』か。自分にできもしないことを、女子供に強要する教団の美辞麗句なんて、クソ食らえだ」

「美辞麗句なのは事実だが、実際にジルはその容姿、心根、能力ともに『そうあれ』と、人々が思い描いた巫女姫の偶像を矛盾なく実践している。それに、力ある者がそれに見合った行いをするのは、当然の義務だろう？」

プリュイの言葉を受け、途端、皮肉たっぷりに嗤《わら》い出すセラヴィ。

「バカバカしい。その理屈は自分勝手な幻想の押し付けだ。俺が言うのもなんだが、崇拝っていうのは相手に対する一番の不理解だぞ。こうであれという、自分に都合のいい理想で上書きして、すべて曲解しているに過ぎない」

「……どうも先ほどから聞いていると、人の行動を頭ごなしに否定しているようだが、もしかしてお前《セラヴィ》は人間が嫌いなのか？」

怪訝そうにセラヴィを見据えるプリュイ。

「ああそうだな。バカな理由で争う連中も、自分の不幸を他人のせいにする連中も。ついでに、そんな連中まで救おうとしている、このバカも大嫌いだな」

どうやら、『このバカ』というのは私のことのようです。

「愚民の分際で、クララ様を馬鹿にするとは……」

黙ってふたりの会話を聞いていたコッペリアが色めき立ちましたが、セラヴィは気楽な口調で、一見まったく関係ないことをコッペリアに尋ねました。

「なあ、コッペリア。お前、ジルひとりと一万人の命、どちらかを取らなくちゃならなくなったら――」

「ンなモン、ほぼ食って寝るだけの存在が一万でも十億でも、クララ様ひとりの価値と比較になるわけがないでしょうが。常識的に考えろ、愚民」

セラヴィの問いかけが終わる前に、コッペリアがあっさりと即答します。

「俺もそう思う。命の価値は等価なんかじゃないんだが、このバカはそのあたりが全然わかっていないんだ。だいたい一方的にお願いされて、一生懸命それをかなえて、感謝されるだけで満足とか、そんな不公平な話があるか！」

いえ、別に私はそれで満足なんですけれど……。

「幸せの形など人それぞれだろう。それこそ、お前が勝手に決めるものではない」

私の心を代弁してくれたかのように、プリュイがセラヴィを窘《たしな》めます。

「幸せ、幸せねえ。いまいちピンとこない言葉だが、少なくともジル《コイツ》の願う幸せっていうのは、世界を救うとか、魔物の脅威から人々を守るとかじゃないぞ。気の許せる家族や仲間に囲まれて、美味いものを食う……誰もが望む平凡な日常だということくらい、お前《プリュイ》だってわかっているだろう？」

「………………」

まあ、だいたいは当たっていますわね。ただ、その日常の延長で騒動に巻き込まれているだけというのが、私の感覚ですわね。

「どいつもこいつもジル《コイツ》を特別だと言う。ああ、確かに特別だ。だけど、そうじゃないだろう。ただの十四歳の女の子なんだ！　それなのに、周りの期待と希望に沿って、挙句に苦しんで……俺はもう、このバカがあんなに取り乱して泣く姿なんて見たくはないんだよっ」

「ふむ――？」

途端、セラヴィと狸寝入りしている私とを見比べるプリュイ。

「……なんだよ？」

「いや。以前長《おさ》に、女が男の前で泣くのは、その相手を信頼しているからだと聞いたのでな。まあ、女の涙ほど信じられないものもないとも付け加えていたが。私の知る限り、ジルはルーカス公子の前で泣いたことはないはずだ。なら、もしかして意外と脈ありか……と思ったのだが」

――はぁ⁉︎!

一気に眠気が吹っ飛びました。

「……あのときはお前らもいただろう。別に俺がいたからってわけじゃない」

不貞腐れたようなセラヴィの反応に、プリュイが無言で肩をすくめる気配がします。

「まあ、クララ様が愚民を意識しているなどという、非論理的な話はゴミ箱に入れて削除するにしても、確かに現在のクララ様は効率性を無視して、エンジンを全開にしている感があります。――ま、クララ様なら気合と根性でどうにかできるとは思いますが、ここら辺で一度クールダウンをさせたほうがいいという、常識的な判断には同意します」

「コッペリア《おまえ》に〝常識〟とか語られるとヘソで茶が沸くんだが、まあ潮時だろうな」

まったくもって同意できる憎まれ口を叩くセラヴィの言葉に、プリュイが頷く気配がしました。

「とりあえず、無理やりにでも気分転換は必要だな」

そう締めくくったセラヴィの言葉に、私は自分の至らなさを反省しながら、ゆっくりと眠りに就きました。

　そうして、ルークたちと別行動をしてから、一月《ひとつき》ほどが経ち――。


　ルークたちと一月ぶりに落ち合う予定になっていたロスマリー湖《海の雫》は、大陸最大の湖にして、龍を神として信奉する竜人族《ドラゴニュート》を頂点とした、水棲の亜人たちの楽園です。

「風光明媚な場所ですわね。気持ちよくて素敵ですわ」

　草の根でひとりひとりの人々の苦境を和らげるため、あえて空路を使わずに、ほとんど陸路を駆けてきた〈天狼《シリウス》〉形態のフィーアの背から飛び降りた私は、解放感に浸りながら大きく背伸びをしました。

　どこまでも澄んだ青空と、同じくらい透き通った湖面、緑豊かな自然の景観を前にすると、ここのところ忙しかったうえに、陰鬱な出来事が多かったせいで、肉体的にはともかく精神的に澱《おり》のように溜まっていた疲れが、少しだけ安らいだ気がします。

「水と緑以外、建造物がなにもないド田舎という隠喩ですね。わかります」

　水平線の彼方まで満々と水を湛える、澄んだロスマリー湖の湖畔（というか、ほとんど海岸線のようですが）で、深緑の緑と花々に囲まれて和やかな気分になった私の呟きに、続いてフィーアの背中から下りてきたコッペリアが、即座に尖ったというか、穿った見方で同意をしました。

「ふむ……確かに、なかなかいい場所だ。これでもう少し日差しが弱くて湿度と気温が低めならば文句がないのだが。まあ、たまに羽を伸ばすには絶好の穴場だな……」

最後に地面に足を付けたプリュイは、肌を炙るような南国の日差しに閉口しつつも、私たちの周囲で踊り遊ぶ、気まぐれな精霊たちのリラックスした姿に目を細めて同意します。

私たちが下りたことで気が緩んだのか、フィーアは省エネモードの仔犬形態に縮んで、私が止める間もなく、波打ち際のほうへ尻尾を振って駆けていきました。

この一月あまり、私たちを乗せて中原諸国を行き来していたフィーアも、ことによるとストレスを溜めていたのかも知れませんわね。制止するのは野暮というものでしょう。

「あ、日焼け止めならありますわよ？」

私はプリュイに、ラズベリーの種から作ったラズベリーシードオイルをベースにして、清涼感のあるペパーミントと虫よけ効果のあるレモングラス、植物性のバターに芳香蒸留水《フローラルウォーター》や各種薬品を混ぜクリーム状にして瓶に入れた、手製の日焼け止めを渡しました。

「どうぞ。すべて植物由来成分ですけれど、ＳＰＦは三十から五十くらいありますので、妖精族《エルフ》の敏感肌でも、数時間は塗り直さなくて大丈夫なはずですわ」

「「えすぴーえふ？」」

同時に首を捻る、コッペリアとプリュイ。

「サンプロテクションファクター《Sun Protection Factor》の略で、個人差がありますが、人の肌は十分から二十分で日焼けするといわれています。ですが、ＳＰＦが三十であった場合、これを三十倍遅らせることができる薬というわけです」

仮にプリュイの肌が十分しか紫外線に持たないとして、三十倍遅らせられれば三百分＝五時間は日焼けを回避できる計算です。

なお、紫外線反射物質である酸化亜鉛や二酸化チタンを混ぜた、もっと透明感のある日焼け止めもあるにはあるのですが、卑金属にアレルギーのある妖精族《エルフ》にそんなものを渡したら毒を塗り込むようなものなので、これは当然出さずに人間用に販売するつもり……というか、すでに知人のエステルを通じてベーレンズ商会から発売されています。

「おお～っ、それは助かる。この日差しだと火膨れしたような日焼けになるからな。――っと、ジルは塗らなくてもいいのか？　生粋の妖精族《エルフ》である私にも負けず劣らず肌が白いだろう」

礼を言って瓶を受け取ったプリュイが、自分の雪のように白くて透明感のある肌と、私の腕とを見比べて、そう小首を傾げました。

なお、こうして比べてみると、プリュイと私は色の白さは同じくらいですが、私のほうは若干全体にピンク色がかって見えるところに、種族的な差異があるのでしょう。

「ああ、私は治癒魔術の『自動回復《バイタルガード》』を施術していますので、日焼けは火傷と見做して自動的に治癒されますから大丈夫ですわ」

もっともこの術にも欠点があり、治癒に合わせて老排泄物《アカ》が出るのが悩みだったのですが、ラクス様に教えを請うた『玉体安穏《グリーミング》』の精霊魔術を併用することで、そうした煩わしさから解放されることができました。

なお、日焼け止めも魔術も髪の毛まではカバーし切れませんので——私やプリュイのような生粋の金髪は、強い日差しに当たると色落ちしたように日焼けしてしまうのです——ここに来る途中の村の雑貨屋で、ふたり揃って購入した麦わら帽子を被って対策を取ることにしました。

「日焼け止め、セラヴィも使いますか？」

「いらん。つーか、なんで女ってのは、そんなに日焼けを嫌がるんだ？」

自らの騎竜である火蜥蜴《サラマンダー》に、オヤツ代わりに石炭を食べさせていたセラヴィにも確認しましたが、興味なげに手を振られました。

ちなみに、この火蜥蜴《サラマンダー》は紆余曲折があって、シレント央国のよろず商会で預かっていたものですが、今回の旅が決まった時点で、リビティウム皇立学園のメイ理事長によって、私たちの拠点にしていた天幕《テント》の傍に『転移術《トランスファー》』で届けられたものです。どういうルートを使ったのかは不明ですが。

「これだから、朴念仁の愚民はダメというか、女心を理解していないというか……我々乙女が常日頃、美しさを保つためにどれだけ努力しているのか、考えたこともないんでしょうね」

セラヴィの素っ気ない独り言に、鼻を鳴らしたコッペリアがツッコミを入れますけれど、乳液や化粧水の代わりに、シンナーとラッカーを使っている人造人間《オートマトン》が語る乙女心っていったい……？

と疑問に思う私でした。

一方、仔犬形態のまま、勝手に湖に入ってはしゃいでいたフィーアは、途中から潜水に切り替え……ほどなく、なにやらヌメヌメした魚（？）を口に咥え、もぐもぐとオヤツ感覚で頬張ることを繰り返し始めました。〈神滅狼《フェンリル》〉形態へなれるようになってから、前よりも食欲が増したように思えます。あれだけの量の食餌がどこへ消えるのでしょうか？（なお、フィーア当狼《とうにん》に確認してみたところ、どうもマイクロブラックホールを生成するのに必要らしいのですが、まだまだ全然足りないので、しばらくは二発目を撃てないとのことでした）

「いちおう、今日ここでルークたちと落ち合う予定なのですが、まだ来ていないようですね」

一目瞭然の事実を口に出して、私はほぼ百八十度見渡せる水平線を、改めてぐるりと一望しました。

「そのようだな。それにしても〝海の雫《ロスマリー》〟とは、よくぞ名付けたものだ」

「あら？　プリュイは海をご存知ですの？」

「いや、長に話の中で聞かされただけだが、実際の海もこんな風なのだろう？」

「そうですわね。ただ、海の水は塩辛いうえに、磯独特の香りがしますから、好みが分かれるところですわね。私は好きですが」

そうして内陸にある広大な淡水の海を眺め、思う存分深呼吸をして心にも潤いを満たしながら、私はここに来るまでの一月あまりに経験した、波乱万丈の日々を改めて思い出していました。

そう、そもそも事の発端になったのも、ロスマリー湖に関する話題からでしたわね――。

「どうも、ロスマリー湖周辺の小国群が、きな臭い塩梅ですな」

洞矮族《ドワーフ》の国における拠点となっている天幕《テント》内部の広間に集まった私たち――当初の面子に加えて、

妖精族《エルフ》のプリュイとアシミを加えたメンバー――を見回し、カラバ卿は難しい顔で自慢の髭をしごきつつ、紙に描かれた、ロスマリー湖を中心にした中原の簡単な地図を指さしながら、帝国が集めた最新の情報を、唸るように開示してくださいました。

「それは、例のケンスルーナ連邦、もしくは周辺国に新たな動きがあったということですか？」

地図を眺めながら、私がかねてからの懸念を口に出します。

こうして地図を見れば一目瞭然ですが、ロスマリー湖は本来ならばその豊潤な水を求めて、中原のどこの国も、争って領有を主張しても当然の場所です。

ですが、この地を支配する竜人族《ドラゴニュート》と水棲種族たちが一致団結して、他国家の侵略を跳ね返してきた経緯があり、それどころか、敵対の代償として、相手の国の水脈をすべて閉ざして、僅か数年で塩の吹き出す死の大地へ変えたこともあるそうです（当然、相手国は滅びました）。

その手痛い失敗から、周辺国はロスマリー湖を一種の不可侵地帯として、どこの国も手出しをしないようにしていますが（このあたりの経緯は【闇の森《テネブラエ・ネムス》】と同様ですわね）、だからといって支配を諦めたかといえばそんなことはなく、どの国も虎視眈々と侵略する機会を狙っているのが実状です。

先日の鉱山都市ミネラでの攻防の顛末も、他国へ拡散されている頃合いでしょう。ロスマリー湖の竜人族《ドラゴニュート》と水棲種族たちが手痛い敗北を喫して、少なからぬ被害を受けたのを知り、いまがチャンスとばかり、かねてから準備万端整えていた水軍で一斉に挙兵した……という展開も、十分にあり得ることです。

「いや。幸いにして、その手のことは未然に防げた……というか、どうも自分の足元に火がついて、それどころではないようですな」

ピンと髭を弾いて嘆息するカラバ卿。それから、地図のそこかしこを指で叩いて補足します。

「最大の懸念であったケンスルーナ連邦は、檄文を出したにもかかわらず、クレスとドルミートが早くから中立を表明したことで当てが外れましたし、逆に国境線沿いに展開した我が帝国軍《ドラグロア》の遊撃隊によって戦力を分散せざるを得なくなり、また未確認ながら、ユース大公国の吸血騎士団の動きが活発なことから、迂闊に動けない状況ですな」

地図を見れば、ロスマリー湖の南側にはアイテール山脈という切り立った山々が軒を連ね、そのさらに南側には、大陸最大の砂漠である【愚者の砂海《ストゥルティ・ワースティタース》】が存在するわけですから、構造的に山脈で水気がせき止められ、水分がすべてロスマリー湖へ流れ込む代わりに、乾いた風だけが山脈を越えて吹き下りる形となっています。

そのため、反対側のクレス自由同盟の領土が慢性的な水不足に陥っているわけですから、世の中ままならないというか、自然のバランスが取れているというか、微妙なところです（地球でいうアマゾン川とペルーの位置関係に近いですわね）。

そのため、クレス自由同盟では百五十年以上前から、ロスマリー湖から流れる水を石造りの水路でクレスの領土へ引き込む工事を行っているそうですが、あまりにも大規模過ぎて、なかなか上手くいかないようです。

また、技術や予算面以外でも、地理的な要因――山脈を迂回できるルートとなると、クレスの東側か西側にしかありませんが、東側は昔から不倶戴天の敵同士であるケンスルーナ連邦が睨みを利かせています。そのため、必然的に西側にあるクレス自由同盟の盟主国クレス王国側を通すルートしか選択できず、同盟内の他国（ほかの部族）との間で、目に見えない軋轢や不満が燻っているのが偽らざる現状だとか……。

そのため、今回の中原の混乱に乗じて、獣人族《ソアン》の一部の部族では、中原の豊かな土地を奪おうという動きもあったようですが、ロイスさんと、私の知人であるもうひとりの〈獣王《ゾーオン・レークス》〉ディオン、さらには各部族に絶大な権威を誇る獣人族《ソアン》の巫女ウタタ様（私の治癒術や浄化術の最初の師でもあります）がご尽力くださり、どうにか説得に成功した……と連絡があったのは、洞矮族《ドワーフ》の国インフラマラエ王国の王都である鉱山都市ミネラの攻防戦が一段落ついた一巡週目でした。

それとほぼ同時に、ユース大公国の国主にして真祖吸血鬼《トゥルー・ヴァンパイア》であるヘル公女様からも、

『若干手こずったが、魔人国ドルミートの魔王《シャイタン》と側近どもは黙らせた』

という吉報が届きました。なお――、

『詳細は追って話すが、久々に体の半分近くを吹き飛ばされたので、回復に時間がかかりそうである。回復次第、合流するのである』

と追伸があったことから、こちらでルークが洞矮族《ドワーフ》王相手に奮闘したのと同様（いえ、それ以上に）、あちらも体を張って説得にあたってくれたことが、行間から窺い知れました。

この恩を返すためになにができるかと考えたのですが、やはり早急なユース大公国との交易及び、ヘル公女が熱望しているルタンドゥテの出店を、本気で検討しなくてはならないかも知れません。

　ともあれ、当初懸念されていた中原情勢の不確定因子――洞矮族《ドワーフ》・魔族《ダイモン》・獣人族《ゾアン》・吸血鬼《ヴァンパイア》・竜人族《ドラゴニュート》という亜人種――に関しては、とりあえず静観が確実になったのは僥倖でしょう。

「そうなると、もしかしていま問題になっているのは、人間同士の小競り合いというか、内紛のようなものでしょうか？」

「左様でございます。豊かな中原の農村部に魔獣が頻繁に出没するようになり、合わせて野盗、山賊の類が幅を利かせて、小国などは壊滅的な被害を被っている様子です」

　渋い顔で首肯するカラバ卿。

「これだから愚かな人間族《ビーン》は……」

　オブザーバー的に会議に出席していたアシミが、冷笑を浮かべて見下します。

「あ、いまの言い方って、トニトルスにそっくりですわね」

「――ちっ。〈妖精女王《ティターニア》〉様に反逆して、取って代わろうとするような恥知らずと一緒にするな！」

　私が思わず合いの手を入れると、アシミはあからさまに不機嫌な顔でソッポを向きます。

「そういえば、その〈妖精女王《ラクス》〉様と〈妖精王《ウラノス》〉様は、いかがお過ごしですか？」

　ふと思い立ってプリュイに尋ねたところ、「特に問題もなく順調だ」との答えが返ってきました。

　現在ウラノス様は【闇の森《テネブラエ・ネムス》】で、ラクス様たちと一緒に、一時的な黒妖精族《ダークエルフ》の隠れ家造りの協力をされていらっしゃいます。

当代の〈妖精王《オベロン》〉と〈妖精女王《ティターニア》〉が協力して結界を張ったり、森の精霊に干渉して樹上都市を形作るというのですから、まずもってトニトルス程度の若年《じゃくねん》の黒妖精族《ダークエルフ》が百人集まろうとも、結界を破ることも、そもそも感知することも不可能だろう……というのが、お二方の神業ともいえる精霊魔術を目の当たりにした、プリュイの見解でした。

「ならば、ここでできる私の仕事は、ほとんどないも同然ですわね」

ともあれ話を整理して、私はそんな結論に達しました。

そのようなわけで、次の仕事に取りかかる前に、まずは直接会いにいける洞矮族王《ドワーフ》に謝意を伝えたあと、礼儀として関係者各位へお礼の手紙をしたためることにしました。

この世界に郵便事業は存在しませんので、基本的に手紙の運搬は冒険者ギルドが窓口になります。急ぎの場合は特別料金を払って冒険者に届けてもらうか、通常料金であれば届け先に近い場所へ足を延ばす予定の冒険者や商人に手間賃を払って、手近な冒険者ギルドへまとめて届けてもらうかの二者択一です。

最初は私もそうしようかと思ったのですが、ここでシャトンが意外な提案をしてきました。

「親方への報告と売り上げの精算がてら、クレスの首都ウィリデまで足を延ばしてみるにゃよ。いい加減に戻らないと、金を持ち逃げしたと思われて洒落抜きで親方に殺されるにゃ」

「そんな悪い人ではないと思いますけれど？　このフィーアの卵をくださった方ですし」

本気で身震いするシャトンへ、久しく会っていない行商人さんの印象をもとに――まあ、多少胡散臭いのは確かですが――そう話しかけると、即座に「甘いにゃ！」という否定の言葉が返ってきました。

「アレくらい信用できない人間はいないにゃ。もしも将来親方が死んだら、墓碑銘には親方にしてやられた連中が寄ってたかって、『生涯を愛と正義と真実に生きた稀代の善人。ここに眠る』と刻んで、末代まで晒されること請け負いにゃ」

　雇用主に対して言いたい放題全開なシャトンですが、ともかくもここまで私が無理を言って連れ回した手前、本人の希望で離脱を表明されては反対するわけにはいきません。

　それになにより――、

「とりあえず、レウィス大河を下って向かうにゃ。それにウィリデは、複数の『転移門《テレポーター》』が集中した『拠点《ハブ》転移門《テレポーター》』があるから、大陸中のどこへ行くにも便利にゃ。ついでに言えばあたしには、影が触れているところならどこにでも行ける〝影移動〟のスキルがあるから、ひとりのほうが楽にゃし、親方に会ったあとでよければ、あたしが手紙を届けるにゃ」

　そう言ってくださいましたので、渡りに船で彼女にお願いして――無論、お代は取られましたけれど――直接、手渡ししてもらうことにしました。

「これであと問題なのは、中原で暴れている魔物の被害と、ケンスルーナ連邦を筆頭とした中原に存在する人間の国同士の情勢。あとは、不気味なほど静かにしている、トニトルスを中心とした【大樹界《インゲーンス・シルワ》】にいる黒妖精族《ダークエルフ》の動向ですわね」

　シャトンが離れるのに合わせて、一月半ほどお世話になった拠点を引き払う準備を進める傍ら、私が今後の予定を口に出しながら思案していると、カラバ卿が自慢の髭をしごきながら、どことなく言いづらそうに提案してきました。

「〈巫女姫〉様として政治的な中立を保つために、可能な限り人間族《ヒューム》の国家間の問題には関わらないようにと、皇帝陛下や聖女教団本山からも釘を刺されておりますので、そこいらに関しては吾輩らに任せていただけませんかな、ジル嬢？」

「ええ、それはまあ……私としましても、国家間の問題に余計な口出しをしたり、したり顔でしゃしゃり出るのは本意ではありませんので、お任せできるのであればお任せしますけれど？」

グラウィオール帝国の看板があれば、確かに私が嘴《くちばし》を挟むよりも確実でしょうね。ですがそれは、つまるところ帝国の中原に対する圧力と、軍事的な支配に繋がるのではないでしょうか？

そんな私の内心が顔に出たのでしょうか、カラバ卿は軽く肩をすくめて、

「別に強引な手段を行使するつもりはございませんよ。ただ今回の一件に絡んで、ルーカス公子様の騎龍であるゼクスが元凶になった……という、非公式の抗議が帝国にきておりますからなぁ。根も葉もない濡れ衣……というわけでもありませんが、体面上、その疑いを払拭するためにも、実際に公子様が〈真龍《ゼクス》〉を駆って、各国各地で暴れている魔物を退治して回れば、自身の潔白を証明することになりますし、またティフィオム商業圏を牽制することもできますので」

まあ確かに、巨大かつ強大な〈真龍《エンシェント・ドラゴン》〉を自在に操るルークを目の当たりにしたなら、表立って喧嘩を売ろうという国はないでしょうね。

なんとなく結果的に、トニトルスが画策していた計画の尻馬に乗ったというか、横取りしたよう

な形になってしまいましたけれど、正義なき力が暴力であるように、力なき正義は無力なので、正義を実行するために目に見えた裏付けが必要なのは、必要悪として割り切るしかないでしょう。

「ならば、ルークたちはティフィオム商業圏の主要国が多い大陸東側から、示威行為――というか、魔物を斃《たお》すなどの平和貢献を行い、私たちは逆に亜人種が多い西側から、草の根での治安維持や援助活動を行いながら、途中で合流するという流れでどうでしょうか？」

「そうですな。ルーカス殿下と〈巫女姫〉様とが行動をともにすると、どちらが主役なのか一見してブレる恐れもありますので、妥当な判断かと思いますな」

ケレイブ卿も同意を示したことで、表舞台ではルークと〈三獣士《さんじゅうし》〉が魔物の討伐をする傍ら、裏方では私たちが、大陸中部域を荒らし回る魔物の被害を抑える役目をするということで、適材適所で手分けをして行うことにしました。

私たちのほうは、シャトンが抜けた代わりというわけではありませんが、プリュイが私と一緒に行動することになり、また女三人で行動するのはあまりにも不用心ということで、いざというときのフォロー役に、セラヴィが同行することになりました。

私たちは別に、女三人（？）での気楽な道中でも問題ないと思ったのですが――。

「超の付く頭がお花畑のお人好しと、大雑把バカと、世間知らずの妖精族《エルフ》の女三人旅とか、護摩の灰に『騙してください』、女衒《ぜげん》に『攫ってください』、奸賊に『襲ってください』と、全方位に喧伝しながら歩くようなもんだぞ」

そんなに心配しなくても大丈夫ですよ、と胸を張る私たちを前にして、セラヴィが深い深いため息とともに、そう言い切りました。

「あ～～～～～、そうにゃね」

セラヴィの言葉に深く納得するシャトン。

心外ですわ。私だってそれなりに危険な修羅場をくぐり抜け、貧民街《スラム》などにも何度も足を運んだ経験があるので、そんな世間知らずのお姫様ではありませんわよ。と反論したものの、セラヴィは再度嘆息をして、「それとこれとは別次元の問題だ」と断定します。

「たとえばの話、お前が町に着いて宿を探していると、子供の客引きが近付いてきて、『お姉さん、宿を探しているのならウチの宿にしとくれよ。一泊金貨一枚半で個室に寝室、三食と風呂、ルームサービス付きの高級宿だよ』と言われたら、ホイホイついていくだろう？」

「そうですわね。それなりにお手頃な値段なのではないでしょうか？」

雑魚寝の木賃宿なら銅貨五枚とかで泊まれますが、お風呂が付いている時点でそれなりの高級宿だと判断できますので、まあまあ妥当な金額だと思えます。

「ところが、金貨一枚半っていうのは素泊まりの値段で、やれ風呂を使うのは別料金で金貨一枚追加だ、食事は金額に応じてコースが分けられている――とか言われたら、それに応じてポンポンと金を払うだろう」

「ええ、と……そう、ですわね……」

「そういうのをボッタクリって言うんだ！　下手したら夕飯に一服盛られて売り飛ばされるぞ！」

「いえ、私は毒物に耐性があるので……」

「ワタシの味覚センサーが毒物を感知できないと？」

「妖精族《エルフ》が毒草や毒キノコの匂いを判別できないわけがないだろう」

問答無用で言い切るセラヴィに、私とコッペリアとプリュイとで口々に反論しましたけれど、結局のところ賛成多数で、セラヴィの同行が決められてしまいました。

そんな一幕を経て、出立の準備ができたところで、私たちは市場《バザール》の皆さんに名残惜しまれながら、ドワーフの国、インフラマラエ王国の首都・鉱山都市ミネラをあとにしたのでした。

「あとは、小物臭く捨て台詞を残して逃げた口だけ黒妖精族《トニトルス》が、ワタシたちがいない間にどう出るかですねえ」

コッペリアが懸念を示しましたけれど、破壊された国境線である鋼鉄の障壁は、この二巡週の間に修繕・補強されています。さらには【大樹界《インゲーンス・シルワ》】に睨みを利かせられる場所に、即席とは思えない砦がいくつも造られて、スヴィーオル王を筆頭にした一騎当千の洞矮族《ドワーフ》の戦士たち（当然、怪我をしていた方々は私が治癒済みです）が、いつでも攻め込める態勢で着々と準備を進めているので、〈真龍《ゼクス》〉を失ったトニトルスも、迂闊に手出しできないでしょう。

ちなみに、二巡週あまりで砦を複数個造るなんて、いくら洞矮族《ドワーフ》でも常軌を逸した建設速度ですが、これにはタネがあります。

たまたまなのですが、私が、今回の水没被害で住む家を失くされた住民の方向けに、

「いちいちゼロから建てないで、一時的に被災者用の住宅、つまり同一規格のプレハブのような建物を造れませんか？」

と、知り合いの洞矮族《ドワーフ》であるヘギル班長に相談したのが発端なのですが。

「ああん⁉　どんな素人《トーシロ》でも組み立てられる、見た目も中身も同じ造りの家だぁ⁈　んなつまんねえもん、俺は造らんぞ！」

ワンオブゼムよりもオンリーワンを追求する職人としての矜持から、にべもなく断られましたが、その代わりに、「見習いの小僧で十分だ！」と、若い洞矮族《ドワーフ》たちを紹介していただきました。

見習いといってもそこは洞矮族《ドワーフ》。数日中にはそれなりの形になり、次の日には物珍しがった熟練の職人さんたちが集まって、不備な点や思い付いた改良点を加えて、ほどなく量産できる態勢ができあがったのですから、さすがに大したものです。

できた図面と流れ作業の手順に沿って、手の空いている洞矮族《ドワーフ》の皆さんや、女性や子供も動員し――賃金はとりあえず私のポケットマネーで支払い、三食を賄う形で雇用しましたので、家や家族を亡くした方々に多少は寄与できたかと思います――廃坑場を利用して組み立て式の仮設住宅を、初日は五棟、翌日からは慣れと雇用者の数が増えたことで十棟、最終的にはコンスタントに、一日に二十棟くらいは造って組み立てられるようになりました。

とりあえず許可をいただいて、空いている土地に仮設住宅が長屋のようにひさしを並べることになったのですが、これに別な視点から着目したのが、わざわざ足を運んで視察に来られたスヴィーオル王です。

私と、竣工にあたって協力してくれた大工の棟梁が、スヴィーオル王にプレハブ住宅の概要を説明したところ、即座に「面白い！」と膝を叩かれたかと思いきや、踵を返してさっさと城に戻ったその足で、組み立て式の被災者住宅ならぬ、組み立て式の砦の設計製作を始めるようにと命じ、僅か二巡週あまりで、国境線に同一規格の砦を六棟も建ててしまったのですから恐れ入ります。

「まるで秀吉の一夜城ですわね。野心と行動力のある人の前では、迂闊に私の前世の知識は開陳できませんわね」

思わず感嘆と危惧を抱いた私と同様に、ラクス様とノワさんもまた、洞矮族《ドワーフ》の技術と実行力に、改めて脅威と危機感を抱いたようでした。

本格的に洞矮族《ドワーフ》の黒妖精族《ダークエルフ》に対する反攻作戦が始まる前に、どうにか直接戦闘を回避できないかと苦慮し、【大樹界《インゲーンス・シルワ》】にいる反トニトルス派の黒妖精族《ダークエルフ》や、いまのところ傍観に徹している、同じ森の中でも離れた場所にいる西の妖精族《エルフ》村の住人と、密かに水面下で折衝を始めたそうです。

そんなわけで、黒妖精族《ダークエルフ》対策については皆さんにお任せして、その間にルークたちと別行動を取ることにした私たち（私、コッペリア、プリュイ、フィーア、セラヴィ）は、ルークたちと動きを連動させ、東西から中原諸国の混乱を収めるために尽力することにしました。

たとえば、西に魔物に襲われている村があると聞けば行って魔物を駆逐し、近くで野盗に襲われた村があると知ればフィーアの鼻で追跡をして――追うまでもなく、私たち目当てに嬉々として襲ってきたので――返り討ちにして官憲に突き出したりと、地道な活動を繰り返したのでした。

とはいえ、こうした活動は感謝されるのと同時に、野盗から助けた娘さんたちが目を離した隙に自決したり、「なんでうちの人を助けてもらえなかったんですか、巫女姫様⁉」と、内戦で夫を亡くした寡婦から面罵されたりと、ザイン侯国での出来事のように、何度も心が折れかかった旅でした。

「この世界でも『想いが奇跡を生む』なんてことはないのですわね……」

剣と魔法のお伽の世界ではなく、紛れもない厳格たる現実が支配する世界なのだと、いまさらながら実感するのでした。

「そりゃそうですよ。魔術だって精神力を具現化したものですが、つまりは『想いの力は奇跡を生まない。決まった力しか及ぼさない』ってわけですね。クララ様は平均的な魔術師の五十二・八倍の魔力量と二十四倍の魔術展開能力、三倍の詠唱速度に多重思考までできますから、私の計算では文字通り一騎当千ですね」

私の慨嘆に、コッペリアが訳知り顔で言葉を重ねます。

いつもの情緒の一切ない無味乾燥な合いの手ですが、ふとその言葉が私の胸にスッと染み入るように入ってきました。

「そう……ですわね。この世界、『想いの力はきちんと決まった力になる』そんな世界でしたわね」

祈りも願いも奇跡は起こせないかも知れないけれど、確実になにかを起こすことはできる。ならば、私は私のできるだけのことをしなければ。そうでなければ、哀しみと無念を抱いて亡くなられた方々に、いま苦しんでいる方々に申し訳が立ちません。

改めてそう気持ちにギアを入れ直した私は、そのあとも中原を荒らす魔物や賊の類を一心不乱に討伐して回りました。また、病気や水害で荒れた田畑に精霊魔術で豊穣を取り戻したり、疫病が蔓延している地域へ行って治癒と日頃の予防の大切さなどを説いたりして、できる限りの支援や治療活動を行い、どんなときでも努めて笑顔を絶やさないようにして――コッペリア曰く「聖女モードですね」とのこと（よくわかりませんが？）――各地を転々としたのでした。

そんな感じで大過なく四巡週が経過したことで、当初の予定通り一度ルークたちと合流することにしました。

「ちょうどいい、そろそろ限界だろう。ジルもたまには骨休めしたほうがいい」

もうちょっと草の根の活動をしたいと渋る私を心配してか、予定よりも半日早くロスマリー湖に向かう船を予約してきたプリュイが、私の身を案じてそう言ってくれましたけれど、その半日で救える命があるかも知れないと思うと、正直私は気が気ではありません。

そんな私の煩悶を前にして、コッペリアがいつになく神妙な顔で私に意見してきました。

「クララ様。クララ様が前回休まれたのは、確か二カ月前ですよね？」

「そうですわね。ゼクスとの戦いで精魂尽き果てて身動きが取れなかったため、半ば無理やりベッドに縛り付けられていたのですが……」

「その間もワタシはずっと働いておりました」

「――うっ」

言われてみれば、現在ユース大公国で足止めされているため、半ば夏休み中のエレンやラナと違って、コッペリアにはまとまった休みって与えたことがなかったですわね。

「ついでに言えばその前もず〜〜〜〜〜っと、三十年以上休みなしに働いております」

「うう、それは本当に感謝しておりますが……」

「ワタシはクララ様個人に忠誠を誓ったメイドですので、クララ様が休めと言わないと休めません。

それから鑑みるに、もの凄いブラックな職場事情だと思いませんか？　それともあれですか。クララ様は人助けをし続けないと死ぬ病気に罹っていて、目についた先から、あいつも、こいつも、みーんな助けちゃるぞ！　なんて馬鹿なことを考えているんじゃないでしょうね？　いくらクララ様でも、キリがなくなって死にますよ」

「――はい、その通りです。本当に申し訳ございません。しばらくお休みして結構ですわ。その間に私はひとりでも……」

「上司が率先して休みを取らないと、部下は安心して休めないもんです！」

正論で論破されてしまいました。

いたたまれなさに視線を外して黙り込む私を見かねてか、

「まあ、たまには休め。冒険者だって、仕事をするのは週に二日か三日で、残りは休養や武具の手入れ、消耗品の補充に当てているからな」

セラヴィも休むことに同調しましたので、私は久方ぶりの休養を取ることになったのでした。

さて、ルークたちとの合流箇所は、ここロスマリー湖にある離れ小島にしてあります。

なんでも、トト卿の親類である魚人族《ギルマン》の縄張りにある島のひとつだそうで、周囲に危険な魔物もおらず、また目立たない場所にあって、人間を含むほかの種族も近寄らない格好の穴場ということで、〈真龍《エンシェント・ドラゴン》〉と〈飛竜《ワイバーン》〉が飛来してもまず騒ぎにはならないことから、トト卿の口利きで便宜を図っていただいたものです。

定期便の船を下りて（ちなみに船員は魚人族《ギルマン》。船体は艀《はしけ》に毛が生えたような粗末なもので、動力は巨大な鸚鵡貝《おうむがい》に似た魔物です）、ロスマリー湖にある最大の島、マグヌス島に降り立った私たち。

意外かも知れませんが、この島には水棲人の居住区のほかに、どこからか流れ着いた、国家に所属していない人間族《ヒューム》や獣人族《ゾアン》などが混在する、流民《デラシネ》の集落もあります。

とはいえ今回はそちらに用はないので、周囲に人がいない場所まで離れてから、〈天狼《シリウス》〉形態になったフィーアに、火蜥蜴《サラマンダー》を含めた荷物ごと抱えてもらって、ひとっ飛びで小島まで運んでもらいました。

「そういえば、ロスマリー湖《ここ》は例の竜人族《ドラゴニュート》が幅を利かせている場所なのだろう？　ゼクスの件で確執を抱いた連中が、襲ってきやしないだろうか？」

すっかり慣れた大陸共通語で、周囲を見回し警戒しながら、そう口に出すプリュイ。

「別に遺恨や確執はないような感じでしたけれど……」

もっともゴーレム並みの鉄面皮でしたので、内心ではなにを考えていたのか、いまいち読み取れなかったのも事実ですが、あのふたり――龍神官《ドラゴン・プリースト》メレアグロスと、龍の巫女《ドラゴン・メディウム》テオドシア――に関しては常に超然として、個人の恩讐とか感傷などにはこだわらない雰囲気があったように思えます。

「それに聞いた話では、竜人族《ドラゴニュート》たちは数が少ないうえに、ほとんどが《龍神の聖地》と呼ばれる地域から出ないそうですから、いくら地元でも偶然会う確率は相当に低いと思いますわよ」

その竜人族《ドラゴニュート》たちが居を構えるのは、マグヌス島から離れた場所にあるそうで、なおかつ彼ら自身も、滅多に人前に出ることはないとのことです。

　現在、私たちがいるのは、そのマグヌス島の東端にある、人気《ひとけ》のない小島のひとつですから、まずもって竜人族《ドラゴニュート》たちと偶然会うことはないでしょう。

　まあ、あとからルークたちが合流したならば、〈真龍騎士〉と竜騎士に敬意を表して挨拶にくるかも知れませんが、そうなった場合私たちは、眼中にないオマケ程度の扱いでしょうね。

　燦々と降り注ぐ南国の太陽の下、陽の光を浴びて透ける澄んだ水に、打ち寄せる波と白い砂浜（コッペリアの分析によれば、湖に生息する貝が砕けた残骸だそうです）、ちょっと歩けば豊かな緑と椰子の木が生い茂る無人島。

　ともあれ、この絶好のシチュエーションで、いつ来るかわからないルークたちを、ただボーッと待っているだけというのも芸がない話です。

「……う～～ん、来て早々不謹慎ですけれど、水着に着替えましょうか？」

　南国の日差しとエメラルドグリーンの波しぶきが放つ誘惑を前にして、ついつい心の箍《たが》が外れた私は、空間魔術で『収納《クローズ》』してあった、白を基調にした三角ビキニを取り出して、コッペリアとプリュイを誘います。

　途端ニヤリと笑うコッペリア。

「――ふっふっふ、さすがはクララ様。ご自分の魅力を存分に理解していますね。信者用に水着姿の似姿《ブロマイド》を売り出したらバカ売れしますよ。ぜひやりましょう！」

「やりませんっ！　というか、敬虔な信者相手に阿漕《あこぎ》な商売をするのはやめなさい。何度言えば

――」

「クララ様。『信者』と書いて『儲《もう》かる』と読めるんですよ？　とはいえ、当然メイドとしてワタシもお供する所存ですので、ご安心ください」

そうして含み笑いをしながら、私に追随をして、エプロンドレスの亜空間収納ポケットから、派手な見た目のオフショルビキニを取り出すコッペリア。

メタリックシルバーとゴールドの生地に、紅白のおめでたい柄のパレオが付いた、似合っているのか悪趣味なのか、判断に迷う代物《シロモノ》ですわね。

「……どうでもいいけど、もうちょっと控え目にできなかったのかしら？」

「はっはっはっ。若いワタシには派手な格好が似合いますからね」

私の感想を、コッペリアは柳に風で受け流します。

そして、自然な流れでプリュイに視線を巡らせれば、

「私は、長から強引に渡された荷物の中にあったのだが、まさか本当に使うことになろうとは……」

はにかんで葛藤しているのを強引に口説いて、ウラノス様が用意されたという水着を荷物から取り出させてのお披露目となりました。

「わああ、素敵ですわ！」

新緑を思わせるエメラルド色のホルターネックの水着は、妖精族《エルフ》であるプリュイにピッタリです。

「ということで、海水浴ならぬ湖水浴ですね！　幸いほかに人目もないことですし、ぱぱっと着替

えて水浴び、素潜り、魚の密漁を満喫しましょう！」

「最後のはやりませんわよ！　というか、意味がわかりませんわ⁉」

俄然張り切るコッペリアを先頭に、ここのところ忙しかった私たちは束の間のバカンスとばかり、水着に着替えるために、マングローブのような板状の根がちょうどよい壁になっている、浜辺の奥にある木立の中へと、浮足立ちながら移動することにしました。

セラヴィは気を利かせたのか、覗くなという私たちの無言の圧力に屈したのか、着替えと釣り道具を持って、人気のない岬のほうへと背中を向けて歩いていきます。

火蜥蜴《サラマンダー》は案の定水辺が苦手なのか、水際には近寄らずに焼けた砂の上に腹ばいになり、ジリジリと肌を焼くような陽の光と焼けた砂の熱気を全身で浴びて、気持ちよさそうに昼寝を始めました。

周囲に人影がないとはいえ、念のために木陰で着替える私たち。

女三人寄れば姦しいとの言葉通り、自然にきゃっきゃっと黄色い声が飛び交います。

「そういえば、コッペリアは水に浮かないのでしたわよね？　物理的に重い女なので」

「ハハハハハ。ちょっと水より比重がありますが、体重自体は六十キルグーラと、クララ様とそう変わりませんよ。まあ、クララ様は豊富に蓄えられた胸部の脂肪による、天然の浮袋があるだけ優位でしょうけど」

「――ちょっ、私、六十もありませんわよ‼」

「……つまり五十以上はあるわけか。どっちにしても私の約一・五倍だな」

「……ぐっ……」

「細けりゃいいってもんじゃないんですよ。発育不良の牛蒡《ごぼう》みたいなもんで、女性的な魅力としてはどーなんでしょうかねぇ～」

……心なしかこれまでの友情に若干罅《ヒビ》が入った感じで、ギスギスした場面もありましたが、無事に着替えを終えて、いままで着ていた服を畳んだ私たち。

「ついでにあとでワタシが洗濯しておきます」

というコッペリアの言葉に甘えて、私もプリュイも、下着を含めてそのまま一式渡しました。

そうしてサンダルに履き替え、麦わら帽子を被り、さらに動きやすいように髪を結い直し――私はフィッシュボーンに、プリュイはポニーテールに、コッペリアはそのままでも髪が傷むことはないというので変わらず。その代わり、いつも耳に着けているアンテナのようなパーツを外しました。

「それって、外れるうえに、普通に下に耳が付いていたのね」

「ええ、なにしろワタシは完璧な人造人間《オートマトン》ですから。受精卵さえあれば、妊娠出産だってできますよ？　あとアンテナ《コレ》は、人間と区別するためのアイコンみたいなもので、なんの機能もありません」

あっさりとファッションだったことをバラして、アンテナをしまい込むコッペリア。

全員の準備が完了したところで、私たちは一斉に砂浜を駆け出し、澄んだ湖面へとダイブしたのでした。

それから小一時間、コッペリアは無論のこと山育ちのプリュイも泳げないということで、それほど深いところへは行かずに、浜辺で水をかけ合ったり、ボール遊びやスイカ割りをしたり、寄ってきた〈水の精霊《ウンディーネ》〉と戯れたりしてはしゃぎ回る私たち。フィーアは相変わらず素潜りに夢中です。

「いや〜、癒されますね〜。命の洗濯とはこのことですね。ルーカス公子たちも合流したら、一緒に泳いでバカンスを楽しみましょう」

一見、首から下が砂に潜ったような格好ですが、実際は首だけ砂浜に置いてあって、身体《ボディ》のほうはせっせと洗濯をして、ロープを張ったところに天日干しにする作業をしているコッペリアが、しみじみとそんなことを口にしました。

「それはいいが、ルーカス公子たちは水着を持っているのか？」

スイカ割りで割った——第六感に優れた魔女に、目以外のセンサーで感知できる人造人間《オートマトン》、植物を精霊魔術で感知できる妖精族《エルフ》に目隠しはあまり意味がなく、全員が目標を粉砕して都合三つのスイカを消費しなければならなくなりました——スイカを食べながら小首を傾げるプリュイ。

「ほかの方は知りませんが、ルークは確か帝都で水着を入手したはずですが……」

具体的には、私とお揃いのサーフパンツ風の水着です。

「ほほう、楽しみですね。当然、公子様はクララ様のダイナマイトボディにメロメロになるでしょうけれど、『いやだ、あんまり見ないで……』と、淑女の嗜みで恥じらう姿勢が大事なので、きちんと予習しておいたほうがいいですよ。あと、クララ様も公子様の格好を褒めないと駄目っすよ」

侍女らしい（？）コッペリアの助言に、

「……えーと、『よくお似合いですわよ』とかですか？」

そう確認すると、コッペリアの生首は「う〜〜ん、ちょっとありきたりですね」と、微妙な難色を示しました。

「思い切ってそこは、『へっへっへっ、いい体してるじゃねえか』とか『うひひ、乳首綺麗じゃないの』とか、ぶっちゃけた発言をして逆に襲いかかるのはどうでしょうか？」

「それ、思いっきりセクハラですわよ！」

「いや、あのな。そういう、肉と肉をぶつけ合う系の話題は避けてほしいのだが……」

げんなりした口調で、私とコッペリアの押し問答に口を挟む、草食系女子《エルフ》のプリュイ。

「つーか、愚民はまーだ釣りやってるんですかね。我々のような空前絶後の美少女三人組が、水着でパラダイスなんだから、ガッツリと目の保養に来ればいいものを」

ふと、セラヴィが消えた岬のほうを眺めて、当てが外れたという風に唇を尖らせるコッペリア。

美少女三人組といっても、ひとりは中身が前世男子高校生なブタクサ姫ですし、ひとりは機械仕かけの人造人間《オートマトン》、最後のひとりは実年齢百四十七歳の妖精族《エルフ》という、少女というには全員が全員、包装詐欺に近いものがあるのが実状ですが……。

「――そうですわね。そろそろお昼ですし、ちょっと様子を見てきますわ」

「ワタシが行きましょうか？」

気を利かせたコッペリアの申し出ですけれど、コッペリアとセラヴィをふたりにすると、十中八九問題が起きるでしょう。また、魚釣りをしている現場に精進潔斎が基本の妖精族《エルフ》であるプリュイに行っていただくわけにもいかないので、消去法で私が行くのがベターということになります。

「大丈夫ですわ。それよりも戻ってきたあと、お昼はバーベキューにするつもりですので、焚火の用意をして、食材を串に刺しておいてくれますか?」

必要な材料と食材が入った袋を、『収納《クローズ》』してあった亜空間から取り出して砂浜に置きます。

「コッペリアはお肉やそのほかの食材を一口大に切って串に刺す作業を、プリュイは竈《かまど》の設置と野菜の用意をお願いできますか?」

戻ってきたコッペリアの身体《ボディ》が、首を持ち上げて帽子でも被るように接合させました。

「任せてください。このコッペリア、肉を切り刻むことに関しては権威《オーソリティー》であると自負しております」

「ふむ。野菜を一口大に切って、このタレを付ければいいのか。周りに水はいくらでもあるとはいえ、煮沸消毒は必要だろうな」

竹製の串を手にして頷くプリュイ。

ふたりとも、やるべきことを即座に呑み込んで了承してくれたようです。

「わんわん!(なになに?)」

私が岬のほうへ歩き出したのを見て取ったフィーアが、水浴びと食事を切り上げて——ピンク色のリュウグウノツカイに似た怪魚をパクパク食べていたようですが——私の足元へすり寄ってきます。

「いまからセラヴィの様子を見にいくので、フィーアも一緒に来る?」

「わんっ(行く〜)」

ということで、フィーアと一緒に焼けた砂浜に足跡を付けながら、セラヴィを迎えにいく私。

「クララ様ーっ。愚民がクララ様の水着姿を邪念塗れの目で見たら、構わずお仕置きしてください。あと、褒めもしないような朴念仁なら、消し炭に変えたほうがいいですよ〜っ!」

コッペリアから、女心の難しさに富んだ示唆を背中に受けましたけれど、セラヴィに女心を忖度させるのは難しそうだから、消し炭一択かなあ……と思うのでした。

岬で着替えをしたのか、セラヴィは黒のサーフパンツに小物入れが各所に付いた冒険者御用達の短衣《ジャケット》を羽織って、慣れた仕草で釣糸を垂らしていました。

もともと、この世界には『釣り』という文化はなかったのですが、数年前に私が思い付いて、ガイド付きの釣竿を作って（さすがにリールを作る余裕も知識もなかったので、いまもありませんが、鋭意研究中です）公開したところ、私の予想に反して『貴族の優雅な趣味』として、上級階級《ブルジョワジー》を中心に最近流行り始めたとか（販売を委託しているクリスティ女史曰く）。

ルークはあまり興味を示さなかったのですが、意外なことにセラヴィは気に入ったらしく、野営などをする際に近くに川があると、竿を振る姿をよく見かけたものでした。

「釣れますか？」

「いや、魚影はあるんだが、ちょっとポイントが遠くて、釣れるのは雑魚ばかりだな」

フィーアが騒ぎながら近付きましたので、私が来たことはすぐにわかったのでしょう。声をかけると、魔術で作ったらしい石の椅子に腰かけたままのセラヴィは振り返りもせず、そこに私がいるのが当然といった口調で、ぶっきら棒に返事をしました。

脇にある水を張った窪み（これも魔術で作ったものでしょう）を前屈みになって覗き見れば、指で測れる程度の大きさの魚が五、六匹泳いでいるだけでした。食べるにはちょっと小骨が多くて、食べづらそうです。

「エサはなにを使っているのですか？」

「その辺の石の下にいた虫」

「ふむ。なら……エサを変えて、投げ釣りに切り替えてみてはいかがでしょうか？」

「投げ釣り？」

興味を覚えたらしいセラヴィが、湖面から目を離して私のほうを向きました。

「――ぶっ⁉」

向いたかと思ったら、即座に顔を赤くして視線を逸らすセラヴィ。

「？　どうかしましたか？」

「なんでもない。つーか、そのポーズが危険というか、こぼれ落ちそうで目の毒だから、いい加減に前屈みにならず姿勢を直せ！」

「はあ……？」

なんで動揺しているのかなぁ、と思いながら私は背筋を伸ばしました。

「――はい、これでいいですか？」

「……ああ、まあ……な」

改めて私の水着姿を上から下まで眺めて、微かに息を呑むセラヴィ。

「どうしました？　この水着って変ですか？」

先ほどのコッペリアの台詞を思い出しながら、そう直截に尋ねると、一瞬だけ目を泳がせたセラヴィですが、意外なほどあっさりと褒めてくれました。

「……いや、似合ってる」

柄にもないとでも言いたげに、口にしてからガシガシと蓬髪を掻くセラヴィ。意外と初心《うぶ》なその反応に、私は思わず口元を押さえて小さく笑ってしまいました。

「――で、エサと投げ方を変えるんだって？」

分が悪いと思われたのか強引に話を戻された私は、あまりしつこく絡むのも悪趣味ですので、頷いて『収納《クローズ》』しておいた六角牛《ヘキサ・クー》と黒羊《アリエス》のミルク、それに小麦粉とマッシュポテトを取り出して、いくつかのボウルに入れて練り上げます。

「おいおい、料理でも作るつもりか？　そりゃもうお昼だけど」

「違いますわ、練り餌です。淡水魚はミルクの匂いに敏感ですし、マッシュポテトもそれ自体で餌になるくらい食い付きがいいので、いくつか種類を作って試してみようと思いますの」

「わう～（食べてい～い？）」

舌舐めずりをしてボウルに顔を突っ込もうとするフィーアにオアズケをして、代わりにミルクとビスケットをあげ、練り上げた餌を丸めて天日で乾かします。

日差しが強いのであっという間に乾いたソレを釣針に張り付けて、まずは試しに投げてみせました。

「こうやって糸を押さえて、竿を振りかぶって――投げる――と同時に糸を放す」

ポチャンと音を立てて、錘《おもり》の先が遥か彼方まで飛びました。

「ほーっ」

糸を手繰り寄せてセラヴィに返して、やってみるように促します。

「こう――か？」

最初は糸を放すタイミングが掴めなかったようですが、二、三回やるとすぐに要領を覚えたようで、先ほどの私以上に飛距離を伸ばして、『魚影が濃い』と言っていた場所に着水しました。

ほどなく、釣りに慣れていない貪欲な魚がセラヴィの針に食い付きます。

「――きたっ」

「大物ですわ！　力任せに上げると糸が切れるので、竿を固定して糸を緩めず、魚が疲れるまで待ってから、ゆっくり引き上げるようにするのです」

「任せておけ！　俺だって素人じゃないんだから――うおっ、凄い引きだ‼」

セラヴィが危うく逆に引き摺られそうになって、たたらを踏みました。

「手伝いますわっ。しっかりと竿を握っていてください！」

慌てて、私も背後から二人羽織の要領で、竿を握るセラヴィの手に、私の手を添えて支えたのですが、

「ちょ、ちょっと待て！　この体勢はヤバいぞ、背中に思いっきり当たっている自覚が――」

なぜか逆に、腰砕けになりそうなセラヴィ。

「どうしたんですか。しっかりしてください！」

珍しく狼狽する彼を必死に鼓舞して、目の前の獲物に集中させます。

そうして死闘を繰り広げること五分ほどで、人間の大人ほどもある巨大な魚の影が見えてきました。

「見えてきました。伝導魔術で筋力と一緒に竿と糸を強化して、一気に引き上げますわ。五、四、三、二、一、いまです！」

同時に筋力と釣竿及び糸を強化する私たち。最初からそうしろと言われるかも知れませんが、魔道具《マジックアイテム》でもないただの竹と、植物繊維をタンニンで煮ただけの糸では、魔力に耐え切れず一発で破断してしまうのが目に見えています。

そのため、普通はこんなやり方はしないのですが、今回は手にある大物だったことから、最後の手段として選択したに過ぎません。

強化された竿が一直線に天を向き、同時にシーラカンスに似た巨大な魚が牛蒡抜きで水中から引き摺り出され、放物線を描いて頭の上を飛び、後方の岩場へと叩き付けられました。

自分の役目を果たしたとばかり、過負荷に耐え切れずに粉々になる釣竿。そして、いきなり負荷がなくなったことで、もんどり打って倒れる私たち。

魚と一緒に、私の麦わら帽子も飛んでいきました。

「わうっ」

岩の上で元気に暴れまくる獲物に素早く近寄っていったフィーアが、魚の首筋を噛んできっちりとどめを刺したのが、逆さまになった視界に映ります。

「きゃっ⁉」

「うおっ⁉」

一瞬なにが起こったのかわからなくなり、セラヴィともつれ合いながら岩場に仰向けに倒れると、背中に痛みを感じたと同時に上からも叩き付けられるように体を圧迫され、その拍子に私は意識が途切れてしまいました。

幸い、意識を失っていたのはそう長い時間ではなかったようです。せいぜい数秒。『自動回復《バイタルガード》』のお陰でかすり傷ひとつありませんが、それでも上からの圧力はいまだに収まりません。

「う……ぐむぅ……」

「あ、気が付きましたか、セラヴィ。どこか痛むところがあったり、気分が悪かったりはしませんか？」

「ん、いや大丈――」

同じく倒れた拍子に意識を失っていたらしい、すぐ目の前にあるセラヴィの顔に向かって問いかけると、まだ意識が混濁しているのか、セラヴィはぼんやりと答えつつ目を開けました。

息がかかるほどの至近距離で見詰め合う私たち。

ハシバミ色の瞳が大きく見開かれ、そこへ私自身の顔が映っているのが見えるほどです。

「……あ……？　あ、ちょっ……」

「――はい？」

滅多に見られない微妙に間抜けた表情のセラヴィが、現在の状況を理解しようと頭を再起動させ、自問自答している様子が手に取るように自然と伝わってきます。

――疑問。なぜ俺は、ジルとこんなに接近しているんだ？

――回答。一緒に倒れたときに押し倒したから。

——疑問。なぜジルは困惑したような、恥ずかしそうな顔をしているんだ？

——回答。俺の手がジルの胸の上にあるから。薄い布越しに、片手じゃ収まらないボリュームの胸を、しっかりとホールドしているから。

「わ、悪い！　すぐ退《ど》ける」

「ええ、そうお願いできますか」

普通の女の子なら、キャーとか悲鳴を上げる場面なのかも知れませんが、こんな絵に描いたようなイベントに遭遇するなんて思わなかったので、逆に新鮮な驚きを感じてしまいました。

同時刻。ふたりがいる岩場のすぐ傍の砂浜にて、プリュイが慣れた手際で石を組んで竈を使り、それを使って拾ってきた流木を燃やして焚火をしながらバーベキューの支度をしていたコッペリアが、「ん？」と怪訝な様子で、ふたりのいる岩場のほうを見た。

「なんとなくクララ様が、男受けする〝無防備な女〟を無意識にやっているような気がするのですが……」

「別に心配することはないだろう。セラヴィはああ見えてもきちんとした聖職者なんだし、ましてや自分の教団が信奉する〈巫女姫〉に手を出すほど、破廉恥とも思えんしな」

切ったピーマンやナス、キノコなどを串に刺しながら、プリュイが気楽に答える。

「それもそうですね。いくらクララ様の色気が人跡未踏とはいえ、愚民にそんな度胸があるとは思えませんし。仮に襲われてもクララ様のほうが圧倒的に強いので、問題はないでしょうね」

「そういうことだ」

納得したふたりは、黙々とバーベキューの準備に没頭するのだった。

「すまん。わ、わざとじゃないんだ」

「ええ、わかっています」

「……平静だな。嫌がったり慌てたりもしないんだな」

どうでもいいと思っているからなのか？　と問いかけるようなセラヴィの瞳を真っ直ぐに見上げて、私は正直に答えます。

「そんなことないですわ、これ以上ないくらい心臓がドキドキしています。――ほら、わかるでしょう？　凄くビックリしていますし恥ずかしいですけれど、私が取り乱したらセラヴィが困るでしょう？　だから平静を装っているだけです」

「――っ……！」

「――あんっ」

弾かれたようにその手を離すセラヴィ。不可抗力でしょうけれど、その際にセラヴィの腕に力が入って、我ながらはしたないというか……艶めかしい声が漏れてしまいました。

「……セラヴィ？」

胸から手は離れたのですが、セラヴィが両手と両膝を使って私に覆い被さる姿勢のまま、なかなか動こうとしません。

「……『花泥棒は罪にならない』か。なあ、俺とアイツ、どう違うんだ？」

なにか問題でも発生したのかと思って問いかけようとした私の機先を制して、セラヴィが怖いほど真剣な表情でそんなことを口にしました。

「アイツ……？」

「ルークだ。なあ、ジル。いまここで俺が、目の前に咲く大輪《おまえ》の花を摘んでもほしい……と、そう言ったらどうする？」

は?!　と、一瞬頭が真っ白になりましたけれど――ブタクサの花なんて誰が欲しがるんだろうなぁと頭の片隅で思いつつ――どうやら本気らしいのがわかって、私は正直に答えます。

「――怒ります」

「……怒る……のか。そうか……」

張り詰めていた糸が切れるように、途端に全身の力を抜いて、長いため息を漏らすセラヴィ。

「ルークに対する当てつけなのか、私が誰にでも簡単になびくような、軽薄な人間だと思われたのかはわかりませんが、いずれにしても失礼な話なので怒ります」

「ち、違うっ！　俺は本気で――」

急に精彩を取り戻したセラヴィが、珍しく感情的になって取り乱すのを間近に眺めながら、なにが彼の琴線に触れたのか思案した私の脳裏に閃光が奔《はし》りました！

「もしかして、セラヴィ。――嫉妬している……のですか⁉」

「！」

息を呑んだセラヴィの態度ですべてを悟った私は、いたたまれなさと申し訳なさから瞳を伏せて、いまさらながら陳謝するしかありませんでした。

「ご、ごめんなさい、気が付かないで。まさか、セラヴィが……ルークのことを好きだったなんて、いまのいままで思いもしなかったものですから……」

いやにルークに絡んでいると思っていましたけれど、あれは好意の裏返し。いわゆるツンデレという行為だったのですわね。

「…………」

そう私が口にした途端、セラヴィが豪快に頭を岩場にぶつけました。

「だ、大丈夫ですか、セラヴィ⁈」

「な……なんでそうなるっ⁉」

即座に顔を上げて思いっきり絶叫するセラヴィ。幸い額が赤くなっているだけで、血は出ていないようです。

「はあぁ……。そうだよな、お前はこういう天然ボケだったんだよなぁ。興が削がれた。やめだ、やめ！」

先ほどとはまた違う、どこか余裕のある脱力をしながら立ち上がったセラヴィ。ついでとばかりに手を差し出されたので、その手を借りて私も立ち上がりました。

「わん！　わわん！」

体に付いた砂を払う私のもとへ、フィーアがクロマグロほどもある釣り上げた獲物を持ってきて、お座りをしました。ちなみに見た目は紫色のシーラカンスで、よくよく見るとヤモリのような手足が生えています。

「――で、どうする。これ食うのか？」

「ええと、フィーアが齧った限りでは毒はないようですけれど、見るからにゲテモノですわね～」

なお、地球でも実際に日本の学者がシーラカンスを食べたそうですが、『古くなった歯ブラシを水に漬けて噛んだみたい』で、すこぶるマズかったとのこと。

「私は遠慮させていただきますわ」

「俺もいらん」

コッペリアもプリュイも興味はないでしょうから、自動的にフィーアの餌になることが確定しました。

「釣竿も壊れたことだし、戻るか」

釣った雑魚を湖に戻して、なにごともなかったかのように歩き出すセラヴィ。

ふと思い付いて、私はその背中に語りかけました。

「ルークとセラヴィ貴方《あなた》の違いですが。私にとってルークが蒼天の空なのに対して、貴方は夕暮れの空ですわ」

「!?!!」

弾かれたように振り返るセラヴィ。

「お前、覚えて……思い出したのか？　あのときのことを……？」

ひたむきな眼差しで、探るように問いかけるセラヴィに、私は先ほどの不躾な行為に対するお返しという含みを持たせ、曖昧な表情を作って明言を避けるのでした。

「さあ……どうでしょう？」

もどかしげなセラヴィに対して、小首を傾げたジェスチャーからウインクをするのは、ちょっとだけ痛快でした。

私たちが浜辺に戻ると、バーベキューの用意を準備万端整え、いまや遅しと待っていたコッペリアとプリュイが出迎えてくれました。

「戻ったのか、ふたりとも。釣果のほうは……もしかして、あれを食べるつもりか？」

菜食主義者なのを差し引いても、フィーアが余裕で引っ張ってきた獲物――手足の生えたシーラカンス――を前に、プリュイがドン引きしています。

「いえ。あれはフィーアの食餌で、残念ながら釣果《ボウズ》はなしでしたわ」

「神官《ボウズ》がボウズとは語呂がいいですね。あんまり遅いので、クララ様が野獣と化した愚民に襲われているのではないかと心配していましたよ、ワタシは」

野菜にお肉を挟んだ串と、野菜のみのプリュイ用の串を二対一の割合で火にかけながら、コッペリアがなにげに正鵠を射ます。

そんな平和なやり取りをしていた私たちですが、プリュイ手製の竈の上に置いた串を、手慣れた仕草で焼いていたコッペリアがその手を休めると、両手で自分の頭部を持ち上げて、高々と差し上げました。

「ん？　ドラゴンに似た強力な魔力波動《バイブレーション》を放つ生物が複数、高速でこちらに向かってきますね」

視界が高くなったことで、より遠くまで見渡せるようになったコッペリアが、水平線の彼方へ視線を投げて、そう警戒を促します。

「——ルーカス公子たちが着いたのか？　……なぜ逃げる、ジル？」

ドラゴンに似た強力な魔力波動《バイブレーション》を放つ生物と聞き、私同様に〈真龍《エンシェント・ドラゴン》〉のゼクスと〈三獣士〉の乗る飛竜《ワイバーン》を連想したプリュイが、食べかけのスイカを置き、水平線の方角へ目をやりました。

それを聞きながら、思わず反射的に回れ右をする私。

「え、ええと……その、そうそう、砂だらけのこんな格好《水着》でお迎えするのも失礼ですので、着替えないとという乙女ゴコロなわけで、他意はありませんわ」

「いや。普段着ている服もビキニと大して変わらないですし、クララ様はなにを着てもお似合いですから、問題ないと思いますよ」

「一理あるな」

私が咄嗟に思い付いた言い訳を、バッサリと一刀両断するコッペリアと、それに同意するプリュイ。

「それにここだけの話ですが、クララ様の場合は『裸に近くなればなるほど魅力を増す』と、以前にルーカス殿下と愚民《セラヴィ》と野猿《ブルーノ》が話していましたし」

「話していたのは、ほとんどあのバカ野郎《ブルーノ》だけだ！　ルークは適当に相槌を打っていて、俺は無視していた！」

「いや、あの……男子の猥談を盗み聞きして、当人の耳に入れるとか、どんな罰ゲームですか⁉」

声を潜めて密告するコッペリアですが、もはやそれは『ここだけの話』ではありませんよね⁈

「……というか、この間から妙にギクシャクしているように見えたのだが、ジルはルーカス公子と顔を合わせたくないのか？」

挙動不審な理由をプリュイにズバリと尋ねられ、私は思わず言葉に詰まりました。

それからようやく、「ソ、ソンナコトハナイデスワ」と、自然な態度で取り繕います。

「「いや、無茶苦茶不自然（だ）（ですね）！」」

「ま、ルーカス公子とのファーストキスの件が尾を引いているのはわかるが……」

さもありなんという口調で付け加えるプリュイに、

「なんで現場にいなかった貴女《プリュイ》が知っているんですか⁉」

思わず私は泡を食って、そう叫んでいました。

「事の顚末を面白おかしく、周囲に吹聴して回っていた連中がいるからなぁ」

プリュイの視線をちらりと受けたコッペリアは、訳知り顔で大仰に頷きます。

「とんでもない奴もいたものですね。ワタシが思うに大方、あの腹黒猫の仕業でしょうね」

そして、この場にいないシャトンに罪を被せて、憤慨して見せるのでした。

いや、プリュイは『連中』って、複数の犯人がいると示唆していましたわよね?! どう考えても、貴女も共犯ですわよね!?

「……まあいい。それで、つまりジルはルーカス公子のことが嫌いになったのか?」

再度プリュイからストレートに尋ねられて、私は思わず視線を彷徨《さまよ》わせ……観念をして、この間からずっと考えて考えて、考え抜いて、ひとつの可能性として出した結論を口にしました。

「――いえ、別に嫌いになったわけではなくて」

「ふむ……?」

「もしかして、もしかするのですが、ひょっとして……その……ルークは、えーと……冗談とか、洒落とか、友人としてではなく、もしかして、その……わ、私に異性として、こ、好意を抱いているのではないかなぁ……とか、思ってしまって」

うわ～。自分で口に出して、自意識過剰な勘違い女になった気がします。慌てて訂正しようとしたところ、なぜかセラヴィを筆頭に、プリュイとコッペリアもまた、豪快に砂浜に倒れ込みました。

「は――? あの、大丈夫ですか!? もしかして夏の暑さにやられたのですか?!」

熱中症と熱暴走かしら? と思わず三人へ駆け寄って介抱しようとしたところで、全員が微妙に据わった目つきで顔だけ私のほうへ向けて、異口同音に問いかけてきます。

「……本気で言っているのか、お前……?」

「……いまさら気付いたの……？」

「……ワタシはコンマ〇一でその結論を算出していましたけど。というか、あれだけルーカス公子本人が好き好きオーラを全開にしているのに、本気で気付いてなかったんですか……？」

口々に、『ないわ～～』という口調で、批難されてしまいました。

「え、いや、だって……」

もし、もしもルークが本気だとしたら、いたたまれないじゃないですか！　だって好きになった相手が、前世男の記憶を持った謎の生命体でした。もしくは、現世においても元世界的に有名な醜女《しこめ》だったのです……とか。いろいろな意味でショックでしょう。私なら耐えられませんわ!!

「う～～～～～～～～～～～～～～っ……」

思わず頭を抱えたところで、不意に頭上から無機質な男女の声が降ってきました。

「……相変わらず騒々しいな」

「肯定。とはいえ、ほかの人間族《ヒューム》のように、言葉の裏に底意《そこい》や空音《そらね》がないのは好意に値する。妖精族《エルフ》や黒妖精族《ダークエルフ》が信を寄せるのも納得。〈真龍《エンシェント・ドラゴン》〉様の件でも、結果的に我らの利になった。信頼できるかは不明なれど、信用はできるとテオドシアは判断する」

「一考に値する。メレアグロスもその判断と、なにより彼《か》のお方の神託を尊重しよう」

まだ幾分か距離がありましたが、角が生えた大蛇のような、亜竜の一種である二頭の〈飛蟒蛇《ワイアーム》〉に乗った一組の男女――こちらもまた、人ともドラゴンともつかぬ亜人種である竜人族《ドラゴニュート》――が、抑揚のない淡々とした口調で、そんなやり取りをしながら、こちらに向かって降下してきました。

「あれ？　あれって、ゼクスや飛竜《ワイバーン》じゃないですね。反応が似ているので誤認しましたけれど、この前確認した竜人族《ドラゴニュート》のようですね」

解せない口調で、〈飛蟒蛇《ワイアーム》〉ごと近付いてくる竜人族《ドラゴニュート》を観察するコッペリア。

その言葉を受けて、セラヴィが短衣《ジャケット》のポケットから護符を取り出し、プリュイがいつでも精霊魔術を使える態勢を取り、とりあえず私も念のために水着姿のまま、『収納《クローズ》』しておいた愛用の魔術杖《スタッフ》『光翼の神杖《アリ・ディイ・ルーチェ》』を手に取りました。

「待て、我々は敵ではない」

そんな私たちの警戒を前に、男性の竜人族《ドラゴニュート》――確かメレアグロスとか名乗ったはず――が、眉ひとつ動かさずに棒読みでそんな言葉を口に出します。

「それを信じろと？」

「はん。どこの世界に『俺は泥棒だ』と名乗る泥棒がいるかっつーの」

「うむ。実際に敵だった者に口先で言われて、『はいそうですか』と鵜呑みにするような馬鹿はいないだろう」

「あら、そうなんですか」

相手を推し量るように問い返すセラヴィと、即座に胡散臭そうな目つきで悪態をつくコッペリアと、それに同調するプリュイ。

三者三様に警戒心を露《あらわ》にするなか、相手の言葉を鵜呑みにして『光翼の神杖《アリ・ディイ・ルーチェ》』を下ろした私は、振り返った三人の、お馬鹿さんを見るような視線を前に、「――こほん」と決まり悪く咳払いをし

ながら、再度『光翼の神杖《アリ・ディ・ルーチェ》』の先端を竜人族《ドラゴニュート》に向けて、

「それでは、いったいどういったご用件なのでしょうか？」

取り繕った警戒感を前に出して、問いかけ直しました。

「それについてはテオドシアから話そう」

湖面に着水した〈飛蟒蛇《ワイアーム》〉の背中から、自前の翼を広げて浜辺へ一息で飛んできた女性の竜人族《ドラゴニュート》
――テオドシアが波打ち際に降り立って、敵意はないと示すように両手を広げ、民族衣装らしい、下着も同然の服に寸鉄すら帯びていないことを見せつけます。

まあ、竜人族《ドラゴニュート》である以上、素手でも大鬼《オーガ》をねじ伏せられるし、本来はドラゴンにしか使えない竜魔術という、独自の魔術を使えるはずですので、武器の有無はあまり意味がないのですが。

あと、どうでもいいですけど、この場にいる人間・人造人間《オートマトン》・妖精族《エルフ》・竜人族《ドラゴニュート》とも、水着と民族衣装の違いはありますが、ブラとパンツ一丁なのは、南国の浜辺という景色を別にしても、なかなかシュールな光景ですわね。

「まずは、過日の折に礼を逸したことを詫びたい。あなたたちのお陰で〈真龍《エンシェント・ドラゴン》〉様が救われ、村の秘宝も……まあ、無事に戻った」

なぜか言葉を濁すテオドシア。はて？　なにか問題でもあったのでしょうか？　戻って確認してみたら、《龍王の爪》の消費期限とか賞味期限とかが切れていた……とかのオチではないでしょうね。

「それなのに、ロクな礼もせずにあの場から退去したこと、祭祀長からお叱りを受けた。我らはドラゴンとともにあり、心魂をドラゴンと一体化させることを修行としている。そのため、人の機微

には疎いという自覚があるが、前回の我らの行為が著しく相手を不快にさせる……不義理を果たしたということを、テオドシアは認識している。幾重に謝辞しようと許されることではないが、すまなかったと重ねて陳謝させてほしい」

ちなみにメレアグロス（腰巻一丁）のほうは、交渉に関しては完全にテオドシアに一任しているみたいで、着水した〈飛蟒蛇《ワイアーム》〉の背中から下りずに、腕組みをして高みの見物をしています。

相方に謝らせておいて、自分は知らんぷりというのは、確かに人の機微をわかっていないですわね。別に怒ってはいませんが、女性を前面に立たせて自分だけ安全地帯とか、なんだかなぁ……と、

メレアグロスに対する私の中の好感度は、下降の一途をたどるのでした。

とはいえ、目の前でテオドシアが礼儀正しく謝意を表すのを、蔑ろにするわけにも参りません。

「はい、わかりました。では私からも、ゼクスを助ける際に、助言《ヒント》をいただいたことにお礼を申し上げますわ。これで、お互いにわだかまりはなしということで、問題はありませんわね？　それにそもそも、ニンゲン困ったときはお互い様ですから」

そう軽い口調でテオドシアの謝罪を受け入れて、問題ないことを伝えると、微かに困惑した表情で彼女が瞬きをしました。

「テオドシアは困惑している。人間族《ヒューム》は見ず知らずの第三者に対して、利害関係が絡まない限り、無償の行為や献身など行わない者が大部分であると理解しているが、貴女の――」

「ジルですわ」

「――ジルの言動は、テオドシアの常識に反するものだ。龍の巫女《ドラゴン・メディウム》として、虚言であれば即座に看

破できる自信があるが、その気配はない」

　本気で困惑しているらしいテオドシアに対して、

「コイツ《ジル》は空前絶後、無類のお人好しだからな」

「クララ様は無償の人助けが趣味という、変わった価値観の持ち主ですからね」

「確かにその認識に誤りはないが、ヒトのなかにも全《まった》き善人という者が存在するということを、私は彼女と知り合って、行動をともにして知ったと世界樹にかけて断言しよう、竜人族《ドラゴニュート》の者よ」

　セラヴィ、コッペリア、プリュイが、しみじみとした口調で話しかけます。

「ふむ……テオドシアは学んだ。ジルは人間族《ヒューム》のなかでも特殊で〝変〟なのだな？」

「「「その通り」」」

「……あのぉ。三人とも褒めているようで、私のことを貶していませんか？」

「「「そんなことはない（ですよ）」」」

　息の合った連携に、若干腑に落ちないモノを感じる私ですが、「そうか、そうか」と納得しているテオドシアを前に、反論して話をややこしくするわけにもいかず、「ええ……まあ……」と釈然としないまま、曖昧な相槌を打つしかありませんでした。

「あの……それで、今日はわざわざそのためにお見えになったのですか？　竜人族《ドラゴニュート》はここロスマリー湖でも、滅多に姿を見せないと聞いていたのですが……あ、バーベキューとスイカ、お召し上がりになりますか？」

　話題を変えてそう話を振ると、テオドシアは首をカクンカクンと上下左右に振りました。

「肯定。確かに本来であれば竜人族《われわれ》、いわんや龍神官《ドラゴン・プリースト》と龍の巫女《ドラゴン・メディウム》が聖地を離れることは、前回のような緊急事態でもなければあり得ない。今回もまた、その必要があると判断されたがゆえに、我らふたりが足を運んだ。それと、任務中に不要の飲食は控えているので、気持ちだけで結構だ」

「――なんつーか、お粗末な人工知能並みに反応が機械的ですねー」

人造人間《オートマトン》であるコッペリアが、つまらなそうに手を頭の後ろで組んでぼやきます。

「肯定。我らの存在意義は〈真龍《エンシェント・ドラゴン》〉様のためにある。個人の喜怒哀楽といった感情は不要であり、ドラゴン族が持つ集合的無意識に帰依し、来世においてドラゴンに輪廻転生することが目的である」

不意に『輪廻転生』という言葉が出てきたことで、思いがけず私の心臓の鼓動が大きく跳ね上がりました。

「個人の感情が不要ですか。錬金術師は無から有を、ヒトならざる素材から唯一無二の意識――〝ワタシ〟という個性を生み出すことに汲々としているのに、贅沢な話ですね～」

どことなく嘲るように、コッペリアが口の端を持ち上げます。

コッペリアの価値観に即して考えれば、真っ当な個性を持って生まれた個人が、自ら感情を捨ててロボットのようになることは、実に馬鹿げた――唯一無二の至宝をドブに捨てるのに等しい行為なのでしょう。

「まあ、価値観の相違だろう。我ら妖精族《エルフ》も最終的には自然に還《かえ》り、より高次元の天使《アンゲロス》や星霊《ダイモン》に転生することが誉れであるからな」

妖精族《エルフ》の論理としては竜人族《ドラゴニュート》寄りなのか、プリュイがテオドシアを擁護するように、そう言葉を足します。

「輪廻転生があると仮定して、別な思考ルーチンと筐体に移行された時点で、それはもう別個の存在であり、いまここに獲得されたワタシという個体とは、別物だと思いますけどねー。つーか、『明日のことは明日のワタシに任せよう』の拡大解釈というか、ある種の現実逃避にしか思えませんが」

対してコッペリアは「理解できませんね～」と、両手を解いて大きく手を開き、肩をすくめる仕草をしました。

セラヴィは来世や輪廻転生などの話題には興味がないのが、焼き上がったバーベキューを黙々と頬張って、ついでに涎を垂らして眺めていたフィーアへ、串からお肉を外して放り投げます。

生の魚(?)よりも焼いたお肉のほうが美味しいのか、空中でキャッチして即座にモグモグと頬張ると、尻尾を振り振り次を催促するフィーア。

そんな様子をぼーっと眺めながら、私は奇しくも話題に出た『前世』や『輪廻転生』について、我が身に置き換えて思考を巡らせるのでした。

(う～～ん、どうなんでしょう……。前世の記憶があったとしても、それはあくまで私という個性を形作る知識としての一部であって。シルティアーナとしての感性や感情は、女の子である肉体と、前世の記憶を思い出す前の幼少の記憶に左右されるのだとすれば、やっぱり現在の私《わたし》って普通の女の子ということになって、ルークにキスされてときめいたのも、精神的な同性愛的感情ではなくて、普通の異性愛であって、おかしくはないということに……ああ、でもそれを判断するのは私ではなくてルークだし……って、なにを考えているの、私?!)

混乱する私を置いて、さらに事態は急変します。

二頭の〈飛蟒蛇《ワイアーム》〉が予告もなしに、警戒するような唸り声を発すると、それに応える咆哮が聞こえてきました。

「〈飛竜《ワイバーン》〉が二頭。それに猫妖精《ケット・シー》と魚人族《ギルマン》の騎士か。いずれも見覚えがあるな」

それまで無言を貫いていたメレアグロスが頭上を見上げて、軋むような口調で見たままを口に出します。

「ジル嬢っ、ご無事であろうか⁉」

「む、竜人族《ドラゴニュート》に〈飛蟒蛇《ワイアーム》〉⁈」

こちらの状況を見て取ったカラバ卿とトト卿が、愛竜『アスピス』と『ウィグル』に騎乗したまま、油断なく頭上を旋回して〈飛蟒蛇《ワイアーム》〉と竜人族《ドラゴニュート》のふたりを牽制します。

「こちらは大丈夫ですわ。竜人族《ドラゴニュート》のおふたりは前回の騒動について、律義にお詫びにきてくださっただけで、他意はないそうなので、降りてきても問題ありません」

そう私が声をかけても、しばし逡巡していたカラバ卿とトト卿ですが、竜人族《ドラゴニュート》のふたりが特に反論を口にしないことから、

「……確かに、いまはそれどころではないか」

「うむ」

無理やり納得して、ゆっくりと二頭揃って砂浜に着陸してきました。

縄張りを荒らされたと思ったのか、途端に興奮して威嚇する〈飛蟒蛇《ワイアーム》〉。対する二頭の飛竜《ワイバーン》も、

受けて立つとばかりに翼を広げて、低い唸り声を発します。

「わおおおおおおお～～～～～～～～ん！」

そこへ、口いっぱいにお肉を頬張っていたフィーアが、チョコチョコと両者の中間点へ来て、口の中のものを一気に嚥下してから、一声、双方を諌めるように遠吠えを放ちました。

その声を聞いて、覿面《てきめん》に委縮する〈飛蜥蛇《ワイアーム》〉。

フィーアとも顔見知りの『アスピス』と『ウィグル』は、逆に落ち着いた様子で砂浜へ降りると、すぐに翼を畳んで待機の姿勢になりました。

着陸すると同時に、ひらりとマントを翻して近付いてくる、カラバ卿とトト卿。

「遅くなって申し訳ございません、〈巫女姫〉様」

その場で騎士の礼を取るふたりに、

「いえ。こちらこそ、このような格好《水着》で失礼しますわ。――ところで、ルークは一緒ではないのですか？」

ルークとゼクスの姿がないことに、疑問と安堵がない交ぜになった気持ちで尋ねたところ、カラバ卿が難しい顔で、自慢の髭をやや神経質そうな仕草でしごきました。

「そのことですが、実は〈妖精王《オベロン》〉陛下のジル嬢に向けた伝言が、商業ギルドを通して中原の商人の間に回されており、たまたま補給のために立ち寄った町で、幸運にも我々が先にその伝言を受け取ったのですが……」

実際、『中原のどこか』にいるルークたちが、比較的早い時期にその伝言を受け取れたのは、僥倖としか思えない奇跡のような幸運です。同じように中原を彷徨していた私たちは、行き違ったのか気付かなかったのか、まったく知らなかったわけですから。

「曰く『〈妖精女王《ティターニア》〉様がトニトルスに拉致された』とのことで、真偽は不明ですが、ともあれそうと聞いては放置できるわけもなく。とるものもとりあえず、公子様とケレイブ卿は、先にインフラマラエ王国と【大樹界《インゲーンス・シルワ》】の国境線に造られた要塞へ向かうことにしましたので、その旨を急ぎジル嬢に伝えるようにと、吾輩たちは承ったわけです」

「「「「なっ……っ⁉」」」」

カラバ卿にもたらされた予想もしていなかった凶報に、私たちは揃って息を呑んで絶句し、そして事態を理解するにつれて、恐慌をきたしました。

「拉致されたって、どうして【闇の森《テネブラエ・ネムス》】の隠れ家がバレたのですか⁉」

「警備の者は？　族長やアシミもいて、手をこまぬいていたというのか⁈」

「なんでそんな間抜けな事態になったんですかね～？」

「攫われたのは〈妖精女王《ティターニア》〉だけか？　ほかは無事だったのか？」

私、プリュイ、コッペリア、セラヴィの順で矢継ぎ早に質問を投げかけると、カラバ卿は困惑した様子で髭を弾いて、

「吾輩が聞いた話では、〈妖精王《オベロン》〉陛下と『銀の星《アシミ・アステリ》』殿は、折悪しく【大樹界《インゲーンス・シルワ》】に暮らす妖精族《エルフ》との話し合いのために集落を離れていたらしく、その間に、投降した黒妖精族《ダークエルフ》のなかに紛れ込んでいたトニトルスの手の者が、言葉巧みに〈妖精女王《ティターニア》〉様を結界の外へ連れ出したとのことで、詳しく

は現地へ行かないことには、吾輩にはなんとも言えませんな」

　カラバ卿の端的な説明にトト卿も無言で頷いて、この場でほかに説明できることがないことを示しました。

「わかりました。ともかく、私たちも急いでインフラマラエ王国方面へ戻りましょう」

　即断即決でバカンスを切り上げることにした私ですが、そんな私の二の腕をコッペリアが引っ張ります。

「戻るのはいいんですけど、アイツら——あの竜人族《トカゲもどき》どもをほっぽらかしといていいんですか？」

　その声が聞こえたのでしょう。〈飛蟒蛇《ワイアーム》〉の背に足を付けたまま、メレアグロスが重厚な錆を含んだ声で一言告げました。

「我らは神託に従い同伴する」

「「「「——はあ……?!」」」」

　思わず素っ頓狂な声を張り上げる私たち。

「……ええと、それはつまり〈真龍《エンシェント・ドラゴン》〉であるゼクスの手伝いをする、という解釈でよろしいのでしょうか？」

〈真龍《エンシェント・ドラゴン》〉絡みでない限り、他者に一切の興味を示さない竜人族《ドラゴニュート》が、こともあろうに自発的に「同伴する」となると、ほかに理由は考えつきません。

「否定。すべては偉大なる龍神様からのご神託である。我ら竜人族《ドラゴニュート》の存続と、聖地の運命を破滅から救うため、〝桜色《パールレッド》に輝く金色の髪、翡翠色の瞳〟の娘に協力することこそが、我らの身命を賭しての義務であると心得てもらいたい」

さらにはテオドシアが、いきなり『竜人族《ドラゴニュート》の存続と、聖地の運命を破滅から救う』という、わけのわからない重い十字架を、私の背中目がけて放り投げてきました。

「な、なんですか、それは⁉」

「知らん。我らは神託に従うのみ」

メレアグロスが融通の利かないロボットのように、私の疑問をけんもほろろに一蹴します。

「はあ、神託……ですか？」

「胡散臭《くせ》い話ですね、クララ様」

「――仮にも巫女姫である私に同意を求められると、コメントに窮するのですが……」

本音の部分ではコッペリアと同意見ですが、立場上「確かに、神託とか、怪しい話ですわね」とは言えない、信仰の面倒臭さです。

「重ねて言う。テオドシアとメレアグロスが同行する。問題はないであろう？」

規定事項とばかり、一切の疑問の余地のない口調でそう言い切るテオドシア。

問題ばかりですわ……‼　と、声を大にして言いたいのですが、あちらは純然たる好意……というか、宗教的な使命感で行動しているので、無下にするのも憚られます。そもそも、言っても多分聞かないでしょう。狂信……もとい、敬虔な信者とはそういうものだと、私も三十年前のユニス法国で、骨身に染みるほど理解させられましたし……。

そんな私たちを尻目に、すでに話はついたとばかり、翼を広げて自分の〈飛蟒蛇《ワイアーム》〉の背中に戻るテオドシア。

「こちらはいつでも行けるぞ」

ついてくる気満々で、メレアグロスともども、私たちが出発するタイミングを見計らっています。

「……いいのか、ジル？」

仮にも、この間まで敵の主力であった竜人族《ドラゴニュート》を引き連れて洞矮族《ドワーフ》の国へ戻ることに、難色を示すプリュイ。

カラバ卿とトト卿も口に出すほど無粋ではありませんが、明らかに厄介者を見据える目つきで、眼光鋭く相手の反応を窺っています。

対して私は、力なく頷くしかありませんでした。

「いいも悪いも、こうなったからには呉越同舟――いえ、〝同舟相救う〟とも言いますし、平和的に協力を申し出てくださっている以上、邪険にするわけには参りませんわ」

人の世では魔物や亜人は十把一絡げで、『異形異端の者』『恐ろしいモノ』とされているようですが、亜人はもとより魔物のなかにも知性のある特殊個体はいます。

私のスタンスとしては、意思疎通が可能で理性があり敵対の意思がない相手は、たとえその種族が豚鬼《オーク》であろうと火星人であろうと、恐れたり排斥したりすべき理由がないと疑いなく思えますので、追い返すわけにはいきません。

「それに、どうせ後悔するなら、なにもしないで後悔するよりも、自分で選んでやれるだけのことをやって、それで力及ばず後悔するほうが、まだマシですもの」

私の脳裏に、最期のその瞬間まで幼い主君の姫を守って殉死された老騎士の姿が、ふと甦りました。

なにか言いたげなプリュイに向かって、私はややあからさまに話題を変えて、軽く肩をすくめます。

「とはいえ、ついこの間までトニトルスに協力して、洞矮族《ドワーフ》と敵対していた竜人族《ドラゴニュート》と一緒にインフラマラエ王国へ戻るとか、どんな罰ゲームでしょうね」

「まあ、大騒ぎにはなるだろうな」

話を合わせて微苦笑を浮かべ、それから小声で「あまりひとりで抱え込むな」と囁いてくれたプリュイの気遣いに感謝をして、私たちはこの日差しですっかり乾いた衣装や下着を片っ端から手に取って、各々が抱え込みました。

「ともかく着替えをして、それからルークたちのあとを追いかけます」

カラバ卿とトト卿にそう伝えて、追いかけてきたフィーアも一緒に抱え、コッペリアとプリュイとともに、島のマングローブに似た木の根元――小部屋《ブース》のように区切られているスペースに入って着替えをしようとしたところで、不意に怖気《おぞけ》のような悪寒を感じて、反射的に島の西側に視線を巡らせていました。

同時に、フィーアが不快な唸り声を上げて背中の毛と翼を逆立て、その方向を一直線に見据えます。

「――いまの禍々しい龍気は……まさか聖地に異変が?」

「む、むううう……」

テオドシアとメレアグロスもまた同じ方向を見据え、心なしか顔を強張らせて、冷や汗を流したように見受けられます。

さらには『アスピス』と『ウィグル』、それに二頭の〈飛蟒蛇《ワイアーム》〉も、落ち着かない表情で西の方角を気にしているようです。

「なにかあったのですか？」

急ぎコッペリアに着替えを手伝ってもらい、髪を整えながら、木陰からテオドシアへ確認してみたのですが、「大過ない」という、いつもの鉄面皮による紋切り型の返答で、話をはぐらかされてしまいました。

「なら、質問を変えよう。竜人族《ドラゴニュート》の聖地とやらで、いまなにか異変が起きているのか？」

切り口を変えたセラヴィの質問に、僅かに顔をしかめたテオドシアが、「それは――」と言いかけたところで、いつになく声を荒らげたメレアグロスに素早く制止させられました。

「テオドシアッ！」

どうやら痛いところを突いた《ビンゴ》ようですが、不用意に部外者に明かす内容でもないのでしょう。あくまで隠蔽をしようと、メレアグロスは固く口を閉ざしたままです。

「――ハッ、隠し事をしておいて、手伝いをするとか聞いて呆れますねえ」

「ふん……」

途端に冷笑を浮かべるコッペリアと、鼻で嘲笑うセラヴィ。

そんなふたりの皮肉が通じたのか、ただ単に〝神託〟とやらを遵守したのかはわかりませんが、しばし瞑目してから、テオドシアはメレアグロスに対して反論しました。

「……………。……メレアグロス、我らは一度間違えた。二度目はないと、彼の御方はおっしゃられた。ならば道理に従って、質問に対して説明すべきだと、テオドシアは判断するが？」

「………………」

無言で黙りこくったメレアグロスの態度を肯定と受け止めたのか、顔だけ出して着替えをしている私のほうへ視線を巡らせたテオドシアが、ポツリポツリと事情を話し始めました。

「先ほど言葉を濁したが、回収した《龍王の爪》はすでにこの世にはない。あのあと、安置してあった神殿において、なにもないのに暴れるように動く兆候を見せていたのだが、龍神様のご慧眼《けいがん》によれば、いずこからともなく不浄な魔力が流れ込んでいたとのことで、塵も残さず消滅させられた」

「あら……まあ、あれだけ苦労したのに水の泡ですか？」

顛末を聞いて思わず目を瞠った私ですが、テオドシアもメレアグロスもあっさりしたもので、表情も変えずに無言で首肯するだけです。

「まあ、それはいいのだが」

竜人族《ドラゴニュート》の秘宝と崇め奉り、その奪還のために数万もの軍勢を繰り出し、万難を排して取り返したわりに、随分と執着がないものですわね。

おそらくは、ほかならぬ『龍神様』によって直々に行われた所業なので、それも運命と受け入れているのでしょう。というか、五大龍王すら凌ぐ存在って、まさか黄金龍……。

「それでだ。どうもその邪悪な力が、聖地にある《水鎗龍王《すいそうりゅうおう》》様本体のご聖骸にすら及んでいるらしく、聖地の周囲からは魚も逃げ、地鳴りのような唸り声も聞こえるようになってきた。いまのところ微々たる力であるが、我らの結界すら突破するとなると看過できん」

それから西の空を見上げて――そちらの方角に『聖地』があるのでしょうね――続けます。

「まことにもって不敬かつ不埒ながら、《水鎗龍王《すいそうりゅうおう》》様のご聖骸を不浄な力で染め上げ、《屍骸龍《ゾンビ・ドラゴン》》として使役しようとしている慮外者がいるのではないか……というのが、祭祀長アサナシオスの見解である」

「五大龍王の骸を《屍骸龍《ゾンビ・ドラゴン》》に変貌させるなどということが、神ならぬ人の所業として可能なのですか？」

ヘル公女が騎乗している〈骸骨竜《スケルトンドラゴン》〉は下級竜の骨格を利用したものですし、ヘル公女の異母妹であるイレアナさんが加工したゴーレムの一種なので、比較的容易に使役できますが（あくまで真祖吸血鬼《トゥルー・ヴァンパイア》としての魔力と能力があってという意味です。二流三流の魔術師や霊能者では、一瞬で魔力を枯渇して自滅するでしょう）、そのヘル公女でも五大龍王の骸を《屍骸龍《ゾンビ・ドラゴン》》に変えて自在に操るなどということは……不可能とはいいませんが、恐ろしく時間と効率が悪い行為です。

それだけの魔力があれば、ぶっちゃけ『天輪落とし《バイル・ヴァルティン》』の十発くらい連続で放てるはずで、鶏を割くに牛刀どころか船舶解体用のチェーンソーを使うようなもので、まったくもって費用対効果が見込めない愚考としか思えませんでした。

「普通であれば不可能であるが、それを行いそうなタワケ者にも心当たりがあるので、テオドシアにとっても今回の話は渡りに船であった」

テオドシアが暗にほのめかしたその相手――目つきの鋭い黒妖精族《ダークエルフ》の反逆者である青年の姿が、直接面識のないプリュイ以外の全員の胸に去来しました。

【第二章】大樹界《インゲーンス・シルワ》への潜入とトニトルスの異変

〈妖精女王《ティターニア》〉ラクス様の誘拐。私はその場に居合わせたわけではありませんが、複数人の証言を組み合わせて、当時の状況を私なりに再現してみました。

時は十日ほど遡ります――。

「【大樹界《インゲーンス・シルワ》】の同胞の大部分はトニトルスの横暴に耐え切れず、民の間には厭世気分が広がり、中立派の族長たちも、立て続けの失敗によって、トニトルスに対して懐疑的になっております。また、市井の同胞たちは皆〈妖精女王《ティターニア》〉様をいまでもお慕いし、そのご帰還を心待ちにしております」

今回の洞矮族《ドワーフ》との戦闘において、半ば使い潰されることを前提に部隊を組ませられていた、複数の支族からなる黒妖精族《ダークエルフ》の戦士たち。そのなかでも、諜報や偵察に長けた者たちからなる一部隊の部隊長が、三人の部下とともに〈妖精女王《ティターニア》〉である『湖上の月光《ラクス・ルーメン・ルーナエ》』様の前に跪《ひざまず》いて、彼らが見聞きしてきた【大樹界《インゲーンス・シルワ》】の現状を、切々と訴えかけていました。

危険を冒して、数人の偵察隊を【大樹界《インゲーンス・シルワ》】へ送り出し、現在の各支族の様子を探ってきた彼らは、トニトルスに不満を抱くいくつかの支族の代表者と、思いがけずに渡りをつけられたとのこと。

その中立派の要望としてトニトルスに対抗するため、ぜひともラクス様に旗印となっていただきたい。そのために、〈妖精女王《ティターニア》〉様のご無事を実際に会って確かめたかったとのことでした。

「そうはいっても、族長たちの大部分はいまだにトニトルスに心酔しているのだろう？　上層部と一般民衆の間で奴に対する毀誉褒貶《きよほうへん》が激しいのは理解したが、逆に言えば、そのような誰が敵で誰が味方かわからない疑心暗鬼の状況下で、【大樹界《インゲーンス・シルワ》】へ戻るなど正気の沙汰ではない」

傍らで話を聞いていたノワさん――〈妖精女王《ティターニア》〉様の友人にして、最後の親衛隊員である『新月の霧雨《ノワ・ルーナ・ローラーティオー》』――が、当然ながら懸念を露にします。

「はい。そのため秘密裏に、我らの支族の代表と、こちらに呼応してくれた支族の使者が、【闇の森《テネブラエ・ネムス》】の森の外で落ち合う手はずになっております。――ですが、先方が我らの主張にいまひとつ乗り気ではない……忌憚のない物言いをすれば、『トニトルスに切り捨てられた敗残兵が、適当な大義名分をつけて復讐しようとしているのに、巻き込まれるだけではないのか？』という疑念を抱いているようでして、そのため大義が我らにあることを明確にするために、〈妖精女王《ティターニア》〉様のお言葉を直接賜れればと、愚考した次第でございます」

「話にならんな、そのようなあやふやな話。ましてそれが本当だとしても、直接〈妖精女王《ティターニア》〉様がお出ましになる意味がない。まずは直筆の手紙でも――」

ノワさんがにべもなくその提案を一蹴しようとしたところで、

「わかりました。里を追われて匿われているだけの私などに、そのような資格があるかはわかりませんが、私が足を運ぶことで同胞たちに希望を与えられるのであれば、喜んで会見に応じましょう」

無言で話を聞いていたラクス様が、仮の玉座である、藤に似た植物の蔓で編まれた椅子から立ち上がって、あっさりと了承するのでした。

「ラクス様っ⁉」

危険です！　と、体を張ってでも止めようとするノワさんに向かって、慈母のような笑みを向けるラクス様。

「ここに引き籠もっていても、事態は好転しないでしょう。いえ、違うわね。この瞬間にもジルやウラノスが、私と黒妖精族《ダークエルフ》のために必死に頑張ってくれている。それに対して、当事者である私がなにもせずに散漫と日常を送ることは怠慢であり驕慢《きょうまん》ではないかと、常日頃から気にかけていたのです」

「いいえ。ラクス様は我々黒妖精族《ダークエルフ》の象徴であり、そこに存在するだけで燦然と輝く星であるのです。軽々と前線に出る必要はありません。対象の〈巫女姫《ジル》〉や〈妖精王《オベロン》〉様が特異なのであって、普通は後方でどっしりと構えるものです」

……なにげに、ここでも変人扱いされているような気もしますが、確かにノワさんの言うことは正論で、私がその場にいたとしても、ラクス様を押しとどめたでしょう。

「心配なさらずとも、今回は顔合わせだけということで。あちらも人数を五人に絞ってくるそうですので、こちらも『新月の霧雨《ノワ・ルーナ・ローラーティオー》』様に我々を合わせた五人で護衛につけば、万一の際にも対処できるかと」

「「我ら、命に代えましても〈妖精女王《ティターニア》〉様をお守りする所存でございます！」」

部隊長と部下たちの言葉に、しばし考え込んだノワさんですが、

「いや、駄目だ。せめて〈妖精王《オベロン》〉様がお戻りになられるまで、この問題は棚上げしておくべきだ」

「〈妖精王《オベロン》〉様ですか……」

渋い顔で顔を見合わせる、部隊長とその部下たち。

ノワさんの切りつけるような問いかけに、焦った様子で首を横に振る部下たちだが、部隊長は幾分か不本意な口調で反論する。

「不満なのか？」

「〈妖精王《オベロン》〉様は信頼できるお方ですが、あくまでも賓客であり、あまり頼り切りになるのも、のちのち弊害が発生するのではないかと……。それとも、『新月の霧雨《ノワ・ルーナ・ローラーティオー》』様は、我らに信が置けないとお考えでございますか？」

そう真正面から問いかけられれば、「そんなつもりはない」と、心ならずも答えなければならないノワさんでした。

（……一度裏切った者は何度でも裏切る。『あのときとは違う』『あのときは仕方がなかった』と言っても、それはつまり時と状況に応じて、また裏切る可能性があるということではないか？）

妖精族《エルフ》や黒妖精族《ダークエルフ》は排他的で、その分、種族全体に対する帰属意識が高いのですが、女王親衛隊という立場からか、〈妖精女王《ティターニア》〉様という個人を尊重し、必要に応じては同部族殺しすら厭わない――人間から見ればわりと普通の価値観ですが――黒妖精族《ダークエルフ》としては特異な価値観を持つノワさんの胸の内が警鐘を鳴らします。

とはいえさすがにラクス様がいる前で、疑念を公然と口にするのは憚られたのでしょう、最終的に渋々同意して、会見場所へ護衛として同行を希望したとのことです。

ですが、いざ会見場所へ向かおうとしたところで、思いがけずに魔獣が集落の結界を破って侵入してきたということで、ノワさんは取り急ぎ現場の指揮を執るために、ラクス様の指示で同行を断念せざるを得なくなりました。

「あとから思えばおかしかったのだ。〈妖精女王《ティターニア》〉様と〈妖精王《オベロン》〉様が共同で張った結界を、たかだか装甲猪《アーマーボア》如きが越えてくるなど、内側から招き入れない限りあり得ない。おまけに装甲猪《アーマーボア》も、明らかに精神の精霊を弄《いじ》られていた」

冷静に考え直せば不審な点はいくつもあったのですが、ともかく数人がかりで装甲車さながらの装甲猪《アーマーボア》を倒し、あとの始末はほかの者たちに任せて、ノワさんが急ぎラクス様たちを追いかけようとした矢先――。

『えーんえーんっ、ラクス様が捕まったよー。ほかの奴ら全員で取り囲んで、捕まえて連れていっちゃったよー。えーん！』

〈風の妖精《シルフィード》〉のアミークスだけが泣きながら戻ってきて、ノワさんたちが事の次第を知ったときには、すでに『妖精の道』を通ってラクス様は連れ去られたあとでした。

一種の『転移門《テレポーター》』であるこの『妖精の道』ですが、森の中ならわりと任意に開けるという利点がある反面、星の位置や術者の技量に応じて出口が変わったり、下手をすると永遠に迷子になったりするので注意が必要です。

当然、同じ場所で『妖精の道』を開いても、術者や時刻が変わっていた場合、まったく同じ場所に出ることはなく、つまりこの時点で、即時の追跡は不可能になったということでした。

——と、以上は市場《バザール》の一角、シャトンの知人だという『シプリアノ商店のドロテオさん』に、普段は倉庫として使っているという天幕《テント》をお借りして、見るも無残に憔悴しているノワさんと、一緒にやってきたアシミに、事の次第をお聞きしました。

「取っ散らかっていて、申し訳ございません」

提供してくれたドロテオさんの言葉通り、足の踏み場もないほど商品が山積みされていますけれど、箱や籠に入れてきちんと分別してありましたので、ちょっとどかせばどうにか全員——私（+抱っこしている仔犬サイズのフィーア）、コッペリア、セラヴィ、プリュイ、カラバ卿、トト卿、アシミ、ノワさん、メレアグロス、テオドシアの計十名——が立って話すくらいのスペースは確保できました。

「——で、あっさり裏切られて〈妖精女王《ティターニア》〉が捕まったわけですか。間抜けですね～」

「さすがは世事に疎い〈妖精女王《ティターニア》〉だけのことはあるな。まさかジル並みに警戒心のない人間——というか、黒妖精族《ダークエルフ》だが——がいるとは思わなかった。三歳の子供でも、もうちょっと疑うぞ」

歯に衣着せぬコッペリアとセラヴィの物言いに、

「いや。普通は同族が裏切って〈妖精女王《ティターニア》〉様を売るなど、天地がひっくり返ってもあり得ない話だからな。若い『新月の霧雨《ノワ・ルーナ・ローラーティオー》』では、疑念は抱いてもそこまで穿った見方ができなかったのだろう」

見た目はノワさんに比べて幾分か年下に見えますが、実年齢では五十歳程度年上のプリュイが、ここぞとばかりお姉さんぶって——なにしろ北の妖精族《エルフ》の里『千年樹の枝《ミレニアム・ラームズ》』では、一番年下でいつまで経っても子供扱いされているらしいので——そうノワさんの擁護をするのでした。

ともかくも、アシミに聞いた話では、それはもう手が付けられないほど取り乱したノワさんは、裏切り者以外のほかの黒妖精族《ダークエルフ》も信用できないと思ったのか、反対する皆を押し切って、単独でラクス様の救助に向かおうと、隠れ里から【大樹界《インゲーンス・シルワ》】へと飛び出しかけたとか。そこで、折よくアシミと一緒に戻られたウラノス様に精霊魔術で昏倒させられ、事情を聞いたウラノス様の判断でしばし頭を冷やすようにと諭され、ノワさんはどうにか当初の錯乱状態からは脱却した……代わりに、悔恨と人間不信が絡み合って、ほぼ動作不能になっていたとのことです。

「ちなみに、ルーカスたちは一昨日に到着して、同じ説明を聞いたのち、一足先にスヴィーオル王らが籠もっている国境線の砦に向かった」

壁際（といっても幌布一枚ですが）に立って、ノワさんの話にたまに補足を入れる以外、我関せずを貫いていたアシミが、そう付け加えます。

帝国の公子相手に尊称も付けない態度は褒められたものではありませんが、妖精族《エルフ》であるアシミにすれば、帝国だろうと皇帝陛下の直孫だろうと関係ないというスタンスなのでしょう。

「迅速な行動ですわね。さすがはルークですわ」

「そうですか？　ルーカス公子は、クララ様と別行動を取ると決めたあとも未練たらたらで、周囲に説得されて、『俺、この任務が終わったら結婚するんだ』って感じで覚悟を決めて、どうにか納得した風だっただけに、てっきり〈妖精女王《ティターニア》〉の救助なんて口実で、クララ様との逢瀬を待ちくたびれているのかと思ったのですが……」

当てが外れたという口調で、コッペリアが首を捻ります。

「どこのフラグですか。縁起でもない」

「いやいや、物語ならそういう奴が悲劇的な最期を迎えるもんですけど、現実は誰彼構わず、なんのドラマもなく死ぬだけですよ。あと実際の話、男っていうのは単純な生き物ですからね。故郷に恋人とか許婚《いいなずけ》とか残してきた兵士のほうが、いざというとき『死んでたまるか』という根性で、生還する確率が高いといわれています。ま、さすがに実験するわけにもいかないので、経験則的な話ですが、きっとルーカス公子も同じですよ」

「……ああ、そういえば私って、ルークの婚約者でしたわね」

そう言われて思わずポンと手を叩き、いまさらながらそのことを思い出しました。

なにしろ私って、『リビティウム皇国のブタクサ姫』を筆頭に、『【闇の森】《テネブラエ・ネムス》の魔女の弟子』、『リビティウム皇立学園の生徒』、『聖女教団の巫女姫』などなど、肩書きがダース単位でぶら下がっているので、『ルークの婚約者』という、いまいち実感に乏しい——だって、ルークならもっと相応しい相手を選べるでしょう——肩書きは、あくまで方便として意識しないようにしているのですから。

「うわぁ、さすがにその扱いはルーカス公子に失礼ですよ、クララ様」

珍しく常識を説くコッペリアと、

「ルーカス公子というと、あの〈真龍〉《エンシェント・ドラゴン》様が認めた騎士か？　あれだけ堂々と口づけを交わしていたことであるし、恋人であるのは確実と思っていたが、将来の配偶者であるとなれば、テオドシアもなお一層の敬意を表すべきであろうな」

黙って話を聞いていたテオドシアまで、心なしか冷やかし混じりの私見を述べます。

「いやいや。恋人とか、そもそもあのキスは魔術儀式みたいなもので、あくまで作業の一環で、そこに恋愛感情とか……」

自分で否定していて、なんともテンションがダダ下がりに下がってしまいました。

あのあと、結局ルークとはギクシャクしたまま、ふたりきりで話す機会がなかったので、真意はわかりませんけれど、ただ単に勢いに任せた行為だったとか言われたらショックで死にそうですし、本気なら本気であんな不意打ちみたいな形ではなくて、できればちゃんとしたキスをしてほしい……って言ったら、ルークはきちんと応えてくれるかしら——？

「——って、うわぁ……この間から、なに考えているの、私……！」

思わず頭を抱えて、近くにあった箱にもたれかかる私。

「いや。いきなり百面相からセルフ賢者モードにならないでください、クララ様。見ていてちょっと怖いので」

「言っておくが、ルーカスは最初、この場でジルたちの到着を待つつもりでいたようだが、憔悴しているノワの様子を見て、一刻の猶予もならないと判断したらしい」

ルークがとるものもとりあえずこの市場《バザール》へ戻ってきた時点で、ラクス様を心配して五日ほど不眠不休であったノワさんでしたが、見知った味方であるルークの顔を見て緊張の糸が切れたのか、ゼクスから下りてきたルークのもとへ駆け寄っていって、その胸に顔を埋めて大泣きに泣き崩れたとか。

最初こそ戸惑った様子のルークでしたけれど、すぐにそんなノワさんの背中を優しく支えて、

「ずっと涙をこらえていたのですね。大丈夫、僕がついていています。泣きたいときには心の栓を抜い

て、好きなだけ涙を流したほうがいいです。そうでないと、心が壊れてしまいますから」

泣き止むまで、そう励ましていたそうです。

「――へえ……」

臨場感たっぷりに話すアシミの語りに、軽く相槌を打つ私。なぜか声が平坦になるのが自覚できました。同時に、この間プリュイが話していた「女が男の前で泣くのは、その相手を信頼しているからだ」という台詞が胸の中を去来しました。

さらにアシミの話は続き、事の顛末を聞いたルークは、当初予定していた私たちとの合流を先延ばしにする決断を、その場で下したとのこと。

「わかりました。では、少しでも貴女《ノワさん》の不安を和らげるために、僕はこれから【大樹界《インゲーンス・シルワ》】へ向かいましょう。――いえ、まずは様子見ですから、貴女は体を休めて、けして無理や無茶をしないでください。そして、責任を痛感しておられるようですが、終わったことを悔やんでも仕方がありません」

それでも納得できずに、自責の念に囚われているノワさんの肩に手をやって、

「そもそも、そのときに悩み、迷い、決断し、〈妖精女王《ティターニア》〉様がよしとしたその行為を、誰が責められますか。少なくとも僕は、同胞のために外敵に立ち向かうことを優先した貴女の決断を、尊いものと思いました。僕になにができるかはわかりませんが、少なくとも僕は貴女の味方です」

一片の嘘偽りもない口調とキラキラ輝く王子様オーラを全開にして、不安な瞳を揺らすノワさんに、ルークはそう言い聞かせたのでした。

(――落ちたな)

途端、顔を真っ赤にして視線を外したノワさんを横目で見ながら、アシミは心中で確信したそうですが、それはさておき……。

安心したのか、いままでの疲れが一気に出たのか、泣き疲れてそのまま寝入ってしまったノワさん。そんな彼女を優しく背負ったルークは、念のためケレイブ卿にゼクスと飛竜《ワイバーン》の傍で待機しているように命じると、隠れ里の入り口まで、アシミの案内でノワさんを送ることにしたそうです。

「戻ったら、その足で国境の砦に向かいますが、おそらくは近日中にジルたちも追い付いてくると思います。多分、一度市場《バザール》に顔を出すと思うので、可能であればそちらで待機してもらえませんか？」

「ふん、まあいい。俺もこの隠れ里では外様なので、暇を持てあましていたところだ。ジルが来たら詳しく説明してやろう。そう……詳しくな」

好意からか、単に暇だったのか、はたまたほかに理由があるのか、あっさりと了承するアシミ。

「助かります」

「ところでお前〝女《すけ》こまし〟という言葉は知っているか？　あるいは〝ジゴロ〟でも構わんが」

唐突なアシミの質問に、目を瞬かせ……首を横に振るルーク。

「いえ、浅学寡聞にして存じませんが」

「そうか。ま、気にするな。そのあたりを判断するのは、俺ではなくて婚約者《ジル》の役目だろうからな」

「はあ……？」

無自覚な顔でノワさんを背負ったまま首を傾げるルークを前に、アシミは軽く肩をすくめたそうです。

「ほほぅ……」

知らず私の口から、平坦な相槌の声が漏れていました。

「いや待て！　そこに他意はなかったのだ。つい感情が高ぶっただけで……！」

私が嫉妬しているとでも邪推したのか、語り部たるアシミ以外の皆さんは息を潜め、当のノワさんは顔を赤くして必死に否定しました。

いえいえ、気にしなくてもいいのですよ。ルークは誰にでも優しいですから、種族を超えた、ほのかな恋心……というのも、全然ありですわ。ええ、私はまったく気にしていません。ほほほほっ。

「あ。この超笑顔は、クララ様が本気で切れているときの特徴ですね」

コッペリアが控え目に呟いたと同時に、私に抱かれているフィーアが、なぜか全身を硬直させてブルブルと震え始めました。あらあら、オシッコかしら？

「ともあれ、ここでああだこうだと駄弁っていても仕方がありません。私たちも急いでルークたちのあとを追って、洞矮族《ドワーフ》の砦に向かいましょう。よろしいですね？」

笑顔を向けながらの私の提案に、即座に笑顔を浮かべた皆さんが一も二もなく同意してくれました。いいですわね、笑顔と笑顔の応酬。心通わせた仲間って感じですわ。

「ワタシ知ってます。着いたら、ルーカス公子が捩じ切られるんですね」

心なしか冷や汗を流しながら、コッペリアが意味不明なことを口に出しました。

「――ああ、そうだ。大事なことを忘れていた。前線の砦へ行くのなら、事前に伝言鳥《カエメ》で伝えておいたほうがいいぞ。なんでも洞矮族《ドワーフ》どもが造った、〝対竜用秘密兵器〟とやらを運び込んだらしいので、間違えて攻撃されたらことだからな」

早速現地へ向かおうとする私へ、アシミがぼやくように付け加えます。

「「「「「対竜用秘密兵器?!」」」」」

その言葉に思わず半信半疑の声が、私、コッペリア、セラヴィ、プリュイ、ノワさん、カラバ卿の口からこぼれました。

寡黙なトト卿は軽く瞬きをして、竜人族《ドラゴニュート》のふたりは真意が見えない表情ですけれど、完全に妄言と受け取っているような気配を醸していました。


さて、前回戦場になった洞矮族《ドワーフ》の国、インフラマラエ王国の首都・鉱山都市ミネラは、【大樹界《インゲーンス・シルワ》】から洞矮族《ドワーフ》の短い足でも、五日もあればたどり着ける位置にあります。

もともと反りの合わない妖精族《エルフ》と黒妖精族《ダークエルフ》が暮らす【大樹界《インゲーンス・シルワ》】の目と鼻の先に、なぜ首都を造ったのかといえば、特に深い意味はなく、ただそこに良質の鉱石を産出する山があったので、自然と洞矮族《ドワーフ》が集まって、なし崩し的にいつの間にか首都になったというのが実状だそうです。

無論、すぐ目と鼻の先に洞矮族《ドワーフ》の集落を造られ、朝から晩まで山を削られ、火をおこされ、鉄を精錬されることに、妖精族《エルフ》も黒妖精族《ダークエルフ》も猛反発したのですが、そう言われれば逆に当てつけで、より熱心に働くのが洞矮族《ドワーフ》という種族です（一日の大半を『働く』、『殴り合う』、『呑む』で済ませている彼らにとって、優雅に日がな一日、楽器を鳴らしたり思索に耽ったりする妖精族《エルフ》の類は〝軟弱な怠け者〟以外の何者でもありません）。

売られた喧嘩は買うとばかり、削った山を完璧な城塞と化し、国境線に鋼鉄製の壁を延々と築き、無言の圧力をかけて、【大樹界《インゲーンス・シルワ》】を実質的に支配する黒妖精族《ダークエルフ》に対抗する姿勢を見せていた洞矮族《ドワーフ》ですが、幸いにして黒妖精族《ダークエルフ》を統べる当代の〈妖精女王《ティターニア》〉『湖上の月光《ラクス・ルーメン・ルーナエ》』様は、非常に英邁かつ平和的な人物であり、

「黒妖精族《ダークエルフ》と洞矮族《ドワーフ》。森の妖精の末裔である我らと山の妖精の末裔である彼ら、種族が違えば価観も違って当然でしょう。ですが、森は土があってこそ生まれ、土は森の恵みがあってこそ豊かに育ちます。互いに認め合い、尊重することが必要でしょう」

そうした信念のもと、歴代の洞矮族《ドワーフ》王とも比較的良好な関係を築いていたのですが……。

鬱蒼とした森がどこまでも続く【大樹界《インゲーンス・シルワ》】。

対照的に、岩と瓦礫と灌木くらいしかないインフラマラエ王国領土。

まさにここからは別世界だとばかり、その境目に延々と続く、赤錆びた鋼鉄製の国境線の壁。

首都防衛を終えたあと、攻撃の反対は反撃だとばかりの勢いで、血気盛んな洞矮族《ドワーフ》のほぼ全軍を引き連れて、半月ほど前から睨み合いをしているというスヴィーオル王たち。

「まさか儂《わし》の代で【大樹界《インゲーンス・シルワ》】に攻め入ることになろうとはな」

急ごしらえの城塞にある展望台から、地平線の彼方まで続く緑の樹海を眺めながら、身長一・八メルトあまりと、成人男性の身長が平均一・五メルト前後である洞矮族《ドワーフ》としては類を見ない巨漢であるスヴィーオル王が、苦い口調で呟きました。

身長一・八メルトというのは、人間族《ヒューム》基準ではやや長身の部類ですが、なにしろ『樽に手足が生えた』ようだと形容される洞矮族《ドワーフ》ですから、縦が長くなるとそれに応じて横幅も厚みも増します。傍に寄ってみれば、もはや壁と形容しても差し支えないでしょう。そう思わせるだけの重厚で揺るぎない圧力が、全身から発散されています。

なにげない動作や言葉ひとつにも、圧《お》しかかってくるような重厚感があふれています。さすがは稀代の英雄王だけのことはありますわね。

年齢は多くの洞矮族《ドワーフ》の例に漏れず、むさ苦しい髭のせいで不詳ですが、頭髪に混じった白いモノやこれまで聞いた台詞の端々から想像するに、中年から初老に達したくらいと思われます。

「ここに来る間に簡単な情勢を聞きましたけれど、よくも悪くも膠着状態であるとか。それで、あの……可能であれば、森を焼き払うような事態には、ならないように願うばかりなのですが……」

私の控え目な希望に対して、スヴィーオル王も、

「うむ。戦後のこともあるゆえ、可能な限り遺恨を残さぬよう努力はしよう」

無分別な火攻めをすることは、可能な限り――あくまで『可能な限り』――抑えることを、明言してくださいました。

本来であれば、一方的に戦争を仕かけられて、なおかつ首都とモンラッシェ城を水攻めで水没さ

せられた洞矮族《ドワーフ》としては『目には目を』で、黒妖精族《ダークエルフ》に対して火攻めを行ったとしても、完全に黒妖精族《ダークエルフ》側の自業自得で、弁明のしようもないことなのですが、なおかつ理性をもって、将来をも見据えて行動できるところに、スヴィーオル王の器の広さが垣間見えます。

「とはいえ、今回の戦《いくさ》でいろいろと不都合もあり、そもそもミネラの鉱石も底が見えてきたからな。思い切って遷都をするのもよいかも知れんな」

この戦が終わったら、儂が退位して息子に玉座を譲るついでに遷都……という流れが妥当であるかな。と、冗談めかして嘯くスヴィーオル王。

「……それは、もしや王が退位なされることで、恩赦のような形をもって、黒妖精族《ダークエルフ》側の戦争責任を最小限になされるお心遣いですか？」

私の質問の態を取った確認に、ノワさんが突然頭を殴られたような顔で息を呑みました。

「ふふん。どうかな？　だが、ルーカス公子や巫女姫《ジル》殿のような有望な後進が、帝国や皇国におられるとわかったのだ。いつまでも年寄りがデカい顔をしていると煙たがられるからな。それに、儂もそろそろ孫を抱えて、気楽に鍛冶仕事をしてみたいところであるからな」

冗談とも本気ともつかぬスヴィーオル王の韜晦《とうかい》を前に、私が一礼するのと同時に、ノワさんが深々と頭を下げるのが横目に見えました。

「それはともかく、巫女姫《ジル》殿は毎回、儂の意表を突いてくるな。前回が〈妖精女王《ティターニア》〉殿で、今回は竜人族《ドラゴニュート》の客人が同伴か。前回の詫びと賠償のための使者――という面《つら》ではないな」

戦時中ゆえ無礼講で構わん、というお言葉に従って、私の後ろに無造作に立っている愉快な仲間たち――シレッと当然のような顔で馴染んでいるメレアグロスとテオドシアを一瞥して、スヴィーオル王が鼻を鳴らします。

槍玉に挙げられたふたりは、心底不思議そうな雰囲気で（あくまで印象です）顔を見合わせます。

もっとも、見合わせるといってもメレアグロスは身長が二メルトを超え、テオドシアは私よりも長身とはいえ、メレアグロスとは大人と子供ほども身長差があるので、見合わせるというよりも『見下ろす↕見上げる』の形ですけれど――。

「この洞矮族《ドワーフ》はなにを言っているのかわかるか、テオドシア？」

「不明。過日の小競り合いのことについて、示唆しているものと思われるが？」

「つまり、お前らのせいでウチの国に死傷者や損害が出た。その落とし前をどうつけるつもりだ、と俺は聞いているんだ」

ピンとこないふたりに向かって、スヴィーオル王がぶっちゃけました。

「それが？」

「戦いにおいて、死傷者や損害が出るのは当然のこと。そもそも単純な被害数なら、我々のほうが遥かに多い。それに対する補填はなされるのか？」

「ンなモンは、負けたほうが言うことじゃねえだろうが！」

スヴィーオル王の一喝を受けても、まったく理解できない風で再び顔を見合わせるふたり。

「そもそも負けてはいないが？」

「目的である《龍王の爪》は回収できた。問題はない」

ああ。竜人族《ドラゴニュート》にとって、モンラッシェ城を攻めたのは目的ではなく、あくまで《龍王の爪》を奪還するための陽動であり、単なる手段でしかなかったのですが、洞矮族《ドワーフ》側にとってみれば明確な侵略であり、敵対行為でしかあり得ません。そのあたりの意識の違いが、如実に出てしまった形ですね。

この場に集まっている洞矮族《ドワーフ》の武人たちの目にはあからさまな敵意が宿り、気が早い者はすでに武器を手ににじり寄っています。

「メレアグロスさん、テオドシアさん。このたびの竜人族《ドラゴニュート》の行為は、超帝国が定めた大陸憲章における、宣言なしの一方的な侵略に該当します。わかりやすい言い方をすれば、あなた方が〝他人の縄張りに勝手に入って荒らし回った〟のですから、洞矮族《ドワーフ》王が激怒しているわけです。モノで取り返しがつくものではありませんが、せめてそれに対する明確な謝意と、失われたものに対する代償を形として出せというのが、洞矮族《ドワーフ》側の主張です」

洞矮族《ドワーフ》の心情がわからないふたりに、私からも噛み砕いて説明をしました。

「なるほど」

「納得した。いかなる理由があろうと、他者の縄張りを荒らすことは厳に慎むべきことであったな。竜人族《ドラゴニュート》を代表して、龍の巫女《ドラゴン・メディウム》テオドシアと龍神官《ドラゴン・プリースト》メレアグロスが謝罪しよう」

意外なほどあっさりと腰を曲げる、テオドシアとメレアグロス。

「――む」

曲がったことは大嫌いですが、こう正面から筋を通されると、受け入れざるを得ないのが洞矮族《ドワーフ》という種族です。スヴィーオル王も一瞬押し黙ってから、威厳に満ちた声で、

「よかろう。謝罪を受け入れよう」

そう鷹揚に頷いて、ひとまず矛を収めました。

「さて。では賠償ということであるが、なにを希望するのか問いたい」

「ふぅむ、さすがにいまこの場で決めるというわけにはいかぬな。可能であれば巫女姫《ジル》殿の仲裁で、講和といきたいものだが？」

テオドシアに問いかけるような視線を向けられ、続いてスヴィーオル王に眼光鋭く射すくめられ、

「わかりました。それについてはルークたちとも相談して、詳細を煮詰めておきます」

渋々、了承するしかありませんでした。こういう場合に第三国と宗教関係者が仲裁に入るのは、わりとありがちな展開ですので、お願いされればお断りできないのがつらいところです。

そこで、私はルークの姿が見えないことを、口に出してスヴィーオル王に尋ねました。

「……ところで、そのルークの姿がないようですが？」

この砦に到着して早々、スヴィーオル王が至急会いたがっているということで、砦の上部に通された私たちですが、当然先に着いているはずのルークも同席しているかと思えば、あに図らんや、そこにいたのはスヴィーオル王と、その側近だけでした。

ちなみに中原の情勢も、この局地的な戦場と同じで、〝よくも悪くも膠着状態に陥っている〟のが現状だそうですが、多少なりとも息を吹き返した諸国が、協力して巻き返しを図っているそうですので、予断は許されませんが、それでも明るい展望は見られます、ここから先は私たちの手を離れたと見做して、各国の自助努力を期待いたしましょう。

「ルーカス公子と竜騎士殿は現在、【大樹界《インゲーンス・シルワ》】において避難者の保護を行っておる」

端的なスヴィーオル王の説明に、思わず首を傾げました。

「避難者と申しますと？」

「主に妖精族《エルフ》の手引きで逃げてきた、黒妖精族《ダークエルフ》の貧しい者たちだな」

「なっ――!?」

思わずという口調で声を発したノワさんに、周囲の視線が集まります。

「――し、失礼いたしました」

「構わん。先ほども言ったように、ここは最前線だ。いちいち礼儀を気にせずに、好きなように発言するがよい」

小さくなって謝辞するノワさんに、発言の続きを促すスヴィーオル王。

「は……で、では、失礼をして。我ら黒妖精族《ダークエルフ》には、基本的に貧富の差というものは存在しません。森の実りはすべての者に均一に分配されるものであり、そこに例外は――まあ、〈妖精女王《ティターニア》〉様は別ですが、それはあくまでラクス様を尊敬するがゆえの周囲の配慮であり、ご本人が要求されたことではございません」

ともあれ、知らない間に発生していた黒妖精族《ダークエルフ》の『貧民層』という寝耳に水の存在に、ノワさんはショックを受けた様子で呆然としています。目の焦点が合っていませんでした。

「それは、やはりトニトルスの仕業でしょうか？」

黒妖精族《ダークエルフ》が原始共産制から階層社会へ移行することになった――わりとどこの社会にでもある過

渡期ですが――畢竟《ひっきょう》どう考えても、『中原の覇王』を自称する『雷鳴の矢《トニトルス・サギッタ》』の方針でしょう。

「そのようだな。自分に忠誠を誓う者、利用価値が高い者を重用して、それ以外の、特に以前から目障りだと考えていた者たちを虐げるような改革を断行しているようだ」

まあ、いまのところ外部に洞矮族《ドワーフ》という共通の敵がいることで、そちらの問題はさほど顕著になっていないようだがな、と続けるスヴィーオル王。

「なるほど。国外に目を向けさせている間に、『戦いに勝つために必要であるから』という理由で、有耶無耶のうちに都合よく、既存の黒妖精族《ダークエルフ》の掟を変えているわけですわね」

ありがちな手といえばそれまでですが、黒妖精族《ダークエルフ》という種族そのものの根幹を揺るがす改革――いいえ、暴挙といえるでしょう。

『もはや彼らは黒妖精族《ダークエルフ》とは言えない存在になっています』

ふと、以前にラクス様が予言のように口にされた言葉が脳裏に甦りました。

仮にこの騒乱が収まったあと、黒妖精族《ダークエルフ》同士の間に生まれた亀裂は、果たして埋まるのでしょうか？　それとも、決定的な断絶へと進むのでしょうか？　いずれにせよ、平坦な道ではないでしょう。

「それで、逃げてきた黒妖精族《ダークエルフ》の連中はどこにいるんですか？」

セラヴィの、まあギリギリ敬意を伴った口調での質問にも、スヴィーオル王は気にした風もなく、気さくに答えます。

「国境線の傍にある森に、草木で作った避難所《シェルター》を設けて寝起きしておる。数は二百人弱といったところだが、日々数人から十数人の避難者が、国境付近で発見されている」

「（インフラマラエ王国の）国内で保護することは――」

「できない相談だな」

私の問いかけを一刀両断するスヴィーオル王の言葉に、居並ぶ洞矮族《ドワーフ》たちが一様に頷きました。

「なにしろ、恭順を誓った連中のなかに裏切り者がいて、こともあろうに〈妖精女王《ティターニア》〉殿を拐《かどわ》かしたのであろう？　精霊魔術に長じ、嘘偽りを看破するという黒妖精族《ダークエルフ》自身が騙されるほどだ。いずれが間者かわからん連中を迎え入れて、我が臣民を危険に晒すわけにはいかんよ」

当然といえば当然な、トロイの木馬を警戒するスヴィーオル王の言葉に、反論する声はどこからも上がりませんでした。

「わかりました。では、とりあえず私どもが個人的に面会をして、直接状況を聞いてみたいと思いますので、その許可を――」

話の途中で、ここよりもさらに上階にある物見櫓から、大きな銅鑼《どら》の音が鳴り響いてきました。

「【大樹界《インゲーンス・シルワ》】から、超大型魔獣《バカでかい》がこっちに向かって飛んでくるのが見える！　手前《てめー》ら、ビビるんじゃねえぞっ！」

同時に、割れ鐘のような斥候の声が響き渡ります。

「ふむ、おそらくはルーカス公子の帰還だろうが、万一ということもある。破塁砲《フォート・バスター》の準備を急がせろ！」

スヴィーオル王の命令に従って、伝令の洞矮族《ドワーフ》が砦の吹きさらしの窓から身を乗り出すようにして、下へ向かって叫びました。

「破塁砲《フォート・バスター》の出番だ！　準備しろっ‼」

その指示に従って、ガラガラと非常に重たいものを動かす轟音と振動が、ここまで響いてきます。

「あの、スヴィーオル王陛下。〝破塁砲《フォート・バスター》〟というのは……？」

途端に、オモチャを自慢する子供のような表情を浮かべるスヴィーオル王。

「その名の通り、我が国が秘密裏に製造した『城塞《じょうさい》（塁）を破壊する大砲』だ。こいつは凄いぜ。通常の砲身だと爆圧に耐え切れないから臼砲にせざるを得なかったが、砲身をほぼ金剛鉄《アダマンタイト》製にすることで、飛距離を一挙に十倍以上伸ばすことに成功した。おまけに牽引可能な車輪付き砲架による自由な運用。特製の各種砲弾っていうぶっ壊れた性能だ。お陰で、一門あたり魔導戦艦五隻分の予算が吹っ飛んだがな」

その言葉に興味を引かれて、スヴィーオル王に促されるまま、ほかの皆と一緒に窓際に並んで眼下を眺めてみれば、通常の大砲の十倍以上もある巨大砲を、これまた特大の装甲貨車に載せ、数十人の洞矮族《ドワーフ》と十匹近い平甲獣《ウィルダーシェル》とで懸命に牽引している様子を窺い知ることができました。

「って、一門だけではなく七門もあるのですか⁉」

いやに音と振動が大きいと思ったら、ご自慢の破塁砲《フォート・バスター》とやらは、見える範囲だけでも全部で七つもあります。ちょっとした小国なら丸ごと買えるくらいの金貨を、あの秘密兵器に使ったというわけですわね。

バカじゃないかしら？　という言葉を呑み込んだ私の隣で、スヴィーオル王が上機嫌で頷きながら説明を続けます。

「無論。一門だけでは意味がないからな。これらを釣瓶撃ちすれば、いかなる城塞だろうと、たとえドラゴンであろうと、半時も経たずにイチコロであろう。まあご覧の通り、重量に問題があるので運搬に多少の難はあるがな」

ちなみに前回の防衛戦で使用しなかったのは、兵器廠が水の底に沈んでしまって使用不能だったからだそうです。

なんというか、技術と破壊力は凄いのかも知れませんけれど、いかにも『ぼくのかんがえたさいきょうのへいき』という感がヒシヒシとします。

「ロマン砲（ぶっぱ得）みたいなもんでしょうね～」

私と同じような感想を抱いたらしいコッペリアが、小馬鹿にしたようにそう評価しました。

私も同感ですが、まあ、男の浪漫に口出しするのも憚られましたので（きっと造っている間は楽しかったんだろうなぁ……と、想像に難くないですし）、適当に「へー、凄いですねー」と生返事をしながら、ドラゴンに関する専門家のご意見を聞くことにしました。

「あれって、ドラゴンに対しては効果があると思いますか、テオドシアさん、メレアグロスさん？」

「亜竜《レッサー・ドラゴン》の類には一定の効果があるだろうと、テオドシアは答える」

「下級竜《レッサー・ドラゴン》の一部なら」

破塁砲《フォート・バスター》の威力について、淡々と忌憚のない評価をするふたり。

要するに、常時強力な防御の魔力波動《バイブレーション》を纏う〈真龍《エンシェント・ドラゴン》〉や、文字通り風のように空中を自在に飛翔する風竜などには効果がないだろうというのがふたりの見解であり、それはまったくもって私と同意見でした。

そう話している間にも、【大樹界《インゲーンス・シルワ》】の上空を通過してくる影が、私たちの目にも見えてきました。

遠くて確実とはいえませんが、私の目には白い翼を持った〈真龍《エンシェント・ドラゴン》〉ゼクスのように見えます。

「ゼクスだな。背中にはルーカスも……ついでに、なにか小さいのも乗っているな」

私以上に視力のいいアシミが、『鷹の目《ホークアイ》』のスキルを使って相手を確認して断定しました。

「相変わらず非常識な目をしているな、アシミ。だが、小さいの……とは？」

「人間族《ビーン》にはお馴染みだが、妖精族《われわれ》にとっては珍しいものだ」

謎かけのようなアシミの答えに、プリュイともども首を傾げたところで、ようやく全員の視界に白銀の体毛（地肌は鱗ですが）を煌めかせた〈真龍《エンシェント・ドラゴン》〉と、それに追随する緑がかった鱗の飛竜《ワイバーン》――ケレイブ卿の駆るガウロウの姿が見えてきました。

「ふむ、戻ったか。追撃もないようであるな。警戒ランクを落とせ！」

スヴィーオル王の命令を復唱する声が幾重にも木霊《こだま》して、意気揚々と上空へ砲の先端を向けていた破塁砲《フォート・バスター》の角度が戻されます。

砦の周りを軽く旋回すると、ほどなく仲間であるカラバ卿の愛竜アスピスとトト卿のウィグルが翼を休めている広場の隅を見つけて、ルークたちもその傍へ、ゆっくりと螺旋を描きながら降りてきました。

ちなみに、本来山岳地帯に生息している飛竜《ワイバーン》と違い、湖や沼地に生息している〈飛蟒蛇《ワイアーム》〉にとって、ここの環境はストレスになるので、少し離れた水場で待機しています。

ともかくも、久方ぶりに会うルークの無事を確認するために、私たちは簡単にスヴィーオル王へ挨拶をして、慌ただしく櫓の階段を地上へ向かって下りていきました。

なぜかスヴィーオル王もついてきていましたけれど……。


子供の可愛らしさというものは、種族の垣根を越えて本能に訴えかけてくるものです。犬でも猫でも豚鬼《オーク》でも、それは変わりません（まあ、なかには可愛くないのもいますが）。身も蓋もない言い方をすれば、子供は「可愛らしい」という外見を獲得することで、自立するまで同族の庇護を受けられやすく進化したわけです。

ただし、同時に子供、特に二歳くらいから五歳くらいの幼児は、ちょこまかと歩く（意外と動きが俊敏です）猛獣でもあります。一瞬でも目を離したが最後――。

「そこっ、着替えの途中だからちゃんと頭を洗って！　ああぁっ、駄目ーッ、飛竜《ワイバーン》の口の中に入っちゃ！　ガウロウ、絶対に口を閉じないで‼」

地面に腹ばいになって翼を休めていた飛竜《ワイバーン》が物珍しいのか、大きく開けたガウロウの口の中に恐れることなく入っていく、二歳ほどの黒妖精族《ダークエルフ》の幼児を慌てて引き摺り出します。

舌の上で転がっていた黒妖精族《ダークエルフ》の子供の味を、微妙な表情で確かめているようなガウロウ。

いまお湯で体を洗ったばかりだというのに、頭の先から唾液塗れになり、元の木阿弥になったこ

とに悄然とする私ですが、

「きれーきれーっ」

「あいたたたたっ、髪の毛を引っ張らないの！　痛い痛いっ！」

捕まえた子供は、次に私の髪の毛に興味を覚えたのか、遠慮会釈なく私の髪を掴んで引っ張り、食い付いて放そうとしません。

「クララ様、もう一匹を捕獲しました」

猫の仔でも扱うようなぞんざいな手つきで、裸で逃げ回っていたもうひとりの三歳くらいの幼児を、掴んで連れてくるコッペリア。

ちょっと乱雑な手つきで、ヒヤリ・ハット事例でも起こして怪我をさせないか心配ですけれど、掴まれているほうは新しい遊びかなにかと勘違いしているのか、「きゃはははは っ」と笑って上機嫌です。

「はいはい。風邪を引かないように、ちゃんと頭と体を拭いて、さっさと服を着る」

慣れた手つきで、準備してあったタオルと着替えを手にするコッペリア。百戦錬磨の肝っ玉母さんのように、動きに淀みがありません。

私はといえば、乳幼児の世話などしたことがないため――ラナは九歳くらいで引き取りましたし、慰問していた孤児院で相手をしていた子たちも、ある程度分別がある年齢でしたので――加減が掴めなくてアタフタしています。それに反して、コッペリアは雑に見えてしかし淡々と、ルーチンワークのように子供の対応をソツなく行っています。

「妙に慣れているわね、コッペリア」

「ええ。まあ、生まれたての実験動物とか魔物や合成獣《キメラ》の世話で、この手の生き物の扱いには慣れていますし、いまでもたまに暇潰しに、台所でホムンクルスの錬金術をしてますから……ま、たいていは得体の知れない肉の塊になるので、使用人の晩飯になりますが」

「台所で生物の錬成をして、生まれた肉塊をなに食わぬ顔で使用人に振る舞うんじゃありません！」

きつく注意しましたけれど、当人はあまり気にした風もなく（その手の倫理観がないのでしょうね）、

「あ、大丈夫ですよ。最近はクララ様の発想にヒントを得て、どこでも錬金術やホムンクルスが作れる『組み立て式携帯型錬金術工房《アトリエ》』を、ドサクサ紛れに洞矮族《ドワーフ》の職人に作らせましたから」

悪びれることなく悪事を暴露しつつ、小脇に抱えていた裸の子を無造作に抱え直して、タオルで頭から力任せにわしゃくしゃと拭きまくります。

「見てください、クララ様。乳幼児ってこう指に力を込めると、柔い頭蓋骨に指が陥没するんですよ。面白いんですよね～」

まだ安定していない乳幼児の頭蓋骨を、ボコボコ押したり戻したりしてみせるコッペリアのパフォーマンスに、思わず私が「きゃあああーっ！」と悲鳴を上げると、新しい遊びだと思った私の腕の中の子が、やっと私の髪から手を放して、「きーーーっ！」と超音波のような奇声を発しました。

「多少、手荒に扱ったところで大丈夫ですよ？　つーか、クララ様は綺麗で優しいので子供には無条件で好かれますけど、優しすぎて上手に叱れないのが難点ですね」

と、話している合間にも、サイレンのような黒妖精族《ダークエルフ》の子の奇声は続くのでした。

「――って、プリュイもノワさんも、黙って見物していないで手伝ってください！」

そんな私の悪戦苦闘ぶりを遠巻きに眺めていたふたりに助けを求めますが、ふたりとも明らかに及び腰で、一向に助け船を出そうとはしません。

見た目はともかく、この場にいる仲間の女性陣のなかでは最年長であろうプリュイと、同族である黒妖精族《ダークエルフ》のノワさんには助力を乞えるかと思ったのですが、

「い、いや。知っての通り、ウチの集落には私より年少の者はいないので、子供の相手とか当然したことがなく、なんというか……その、なんでそんなに転げ回って、動き回って体力が尽きないのだ？」

「そ、その。私も戦士として、ラクス様の護衛として、幼少のみぎりから訓練を受けてきただけの無骨者ゆえ、その……なんか乱暴に扱ったら壊れそうで怖いというか。それにジル……様に懐いているようですし」

というのがふたりの主張です。ついでに龍の巫女《ドラゴン・メディウム》テオドシアが戦力外なのは、いうまでもありません。

「同意。我ら竜人族《ドラゴニュート》の幼体は自力で大きくなる――まあ、さすがに一年ほどは母親が育てるが、以後は知らん。それで生きられないような子供は、淘汰されるべき存在である」

それを聞いて、卵を生んだあとは放置している爬虫類に近い考え方だなぁと、半分達観しながら感想を思い浮かべる私でした（卵生ではなく胎生で、母乳で育てるようですが）。

その間にも、着替えを終えた子供（三歳児、男の子）に適当な木の棒を渡して、チャンバラごっ

こをしてあげているコッペリア。

私も、もう一度この子（二歳児、女の子）をお湯で洗うために、抱え直して、お湯を張った桶のところへ連れていきます。それに合わせて、私の桜色がかった金髪と乳幼児の口元の間を繋ぐ、涎の橋が緩やかにカーブを描きました。

これは、私も頭を洗わないと駄目ね、と諦めると、なにが楽しいのか私の衣装のあちこちを引っ張って、

「あきゃらら、ぶにゃ、ぶしゃりゃらぽにゃ！」

念話でも翻訳不可能な奇声を発する黒妖精族《ダークエルフ》の子。

ちなみに、普通だったらいつも私の傍にいるフィーアは、最初に羽根をむしられるわ、尻尾を掴んで振り回されるわとさんざん玩具にされたので、懲りたのか先ほどから姿を見せていませんが、ほかの男性陣は微笑ましいものを見るような目で、私たちの奮戦ぶりを眺めています。

——いまどきの子育ては男女均等なんですわよっ。

と言いたいところですが、この前時代的な世界では明確に女性の仕事に区分けされています（それをいうなら、王侯貴族の令嬢が率先してやることでもないですが、同時に聖職者でもある〈巫女姫〉が孤児の世話をするのはセーフという、よくわからない認識があるようです）。

「……やっと眠った。子供って電池が切れる直前まで全力だから、バッテリーの残量がわかりづらくて、こっちが空回りして無駄に消耗するわね。はあ、こういうのはエレンが得意だったんだけど……」

遊び疲れてすやすやと眠っている子供たちの寝姿を確認しながら、北の開拓村で毎日のように子供たちの世話をしていたエレンを思い出して、凄いなぁ、私は一時間か二時間くらいでこれなのに……と、いまさらながらエレンに敬意を抱きつつ、呰の物置を急遽整頓して作った女性用客室のテーブルに突っ伏して限界を自覚する私の前に、素朴な陶器製のカップが置かれました。

鼻腔を刺激する香りは、焙煎された珈琲《コーヒー》です。

「どうぞ、クララ様。疲れが取れるように少し濃いめにブレンドをして、中硬水で淹れてみました」

「ありがとう、コッペリア。そういえば中原以南は珈琲の本場だったわね」

「そうっすね。年中酒かっ食らってる洞矮族《ドワーフ》ですが、一部の愛好家や女性の嗜好品として食堂に置いてあったので、食堂の髭の生えたオバはんに頼んで、ちょっと豆と器具を借りました」

コッペリアの細やかな気遣いに感謝をして、なにも入れないブラックの珈琲を口に運びます。

ちなみに洞矮族《ドワーフ》の女の子は、思春期頃まではちょっと小柄な人間族《ヒューム》の女の子と変わりませんが、それを過ぎると男性顔負けの髭が生えて、体型もふくよかになり、ちょっと目には男女の区別ができなくなります（同族同士なら一目瞭然らしいですが）。

そのあたりの特徴はほかの亜人も同様で、二次性徴や思春期までは人間族《ヒューム》とそう変わらないというのは結構多いらしく、いまこの部屋の二段ベッド（遊んでいる間に急遽作られたものですが、さすがは洞矮族《ドワーフ》の手遊《てすさ》び、ちょっとした町の家具屋で売っているものと比べても遜色がありません）でお昼寝をしているふたりの黒妖精族《ダークエルフ》の子にしても、いまのところは見た目通りの年齢ですが、だんだんと成長が緩やかになり、二次性徴を過ぎて体が完全に大人になると、見た目の年齢はほとんどストップするらしいです。

とはいえ、いまのところは人間の二歳児、三歳児と同じで、相手をすると引っついてきて、よじ登ってきて、翻り出し、ちょっと目を離すといなくなり、寝かしつけるにも一苦労。そうかと思えば、いきなりスイッチが切れたように眠りこけます。

ようやく訪れた静寂を壊さないように、『収納《クローズ》』してあるお砂糖やミルクを取り出すのも躊躇われ、そのまま珈琲を飲みましたけれど、確かにかなりのハードタイプに仕上がっていて、ぼんやりとしていた頭が幾分かしゃっきりしたような気がします。

「……親を殺された難民の子か」

それから改めて、ルークから聞いたこの子たちのバックボーンを、一言に集約して口に出しました。ありがちといえばありがちな話ですが、そんな一言で感想をまとめた自分が随分と薄情になったように思えて、つい先日セラヴィが話していた『心をすり減らして』という言葉が、改めて突き付けられた気がしました。

「ま、親のほうは残念でしたけど、ちっこいのが生きていただけ儲けものなんじゃないですか。まだしも、マイナスに対してプラス二が残っているのですから」

私の懊悩を知ってか知らずか、もの凄くシンプルに数字に置き換えるコッペリア。

私といえば、それほど単純化して考えられませんけれど、それでもコッペリアの言葉からの連想で、ザイン侯国で出会ったいまだ幼い侯女の最期の姿が胸に去来して、

「そう……ですわね。この子たちだけでも助かって、本当によかったですわ」

そう自分に言い聞かせるように繰り返しながら、苦い珈琲の入ったカップを、口を付けたまま自棄《やけ》になって傾けました。

「――とはいえ、黒妖精《ダークエルフ》族の難民を我が国内に入れるわけにはいかん。例外など、作った瞬間に法が有名無実化するからな。早急に、国境の壁の向こうにある難民キャンプへ届ける必要があるだろう」

小一時間後、砦の作戦会議室で子供たちの処遇について、感情を読ませない表情で言い切ったスヴィーオル王の言葉に、即座にあちこちから同意の声が上がります。

「……ですよねー……」

為政者としての当然の決断を前に、私が力なく同意した刹那――。

「ふざけんじゃないよっ‼」

扉を蹴破らんばかりの勢いで、黒妖精《ダークエルフ》族の子ふたり――ちなみにふたりは兄妹ではありませんが、同じ支族の近い親族で、名前は男の子が『夜露の芽《アラース・ノーフ・ゲムマ》』で、女の子が『大気の色《カエルム・コロル》』と、泥で汚れた服に縫い付けられてありました――を抱えた、厨房のオバ……お姐様方が、鼻息も荒く作戦会議室へ乗り込んできました。

声を聞けば女性とわかるのですが、立派なお髭と男女変わらぬ骨太の樽体型。あと、種族的な特徴で大胸筋が発達していることもあって、一見すると髭を生やした中年男性が女装しているようにしか見えません。

私たちがここへ招聘されている間、手の空いている子育て経験者にお願いして、様子を見てもらう約束になっていたのですが、なにか問題でも起きたのかと目を丸くする私には目もくれず――アラースもコロルも「かっいー」「ごわごわ～」と興味深げにお姐様方の髭を触っていますので、そのあたりの問題ではないでしょう。

「貴様ら。ここをどこだと――」

慌てて立ち塞がったヴィトゥル突撃団長を、

「邪魔だよ、ガイタン家のクソガキが。母親のビエンベニダが泣いてたよ。ほかの兄弟は記念日に、皆手作りの贈り物を持って集まるのに、一度も顔も出さないロクデナシに育ったってさ」

「十二歳のときまで寝小便を垂れてた小僧が、偉そうな顔をするんじゃないよ！」

「う――っ……いや、その……」

女の太腕で押しやり、スヴィーオル王に詰め寄ります。

「スヴィーオル、あたしゃあんたを見損なったよ！　こんな小さな子供をほっぽり出すような、血も涙もない人間だとは思わなかった。あたしゃ死んだあんたの妻のライムンダとは親友だったけど、ライムンダが聞いたら、あんた逆さ吊りどころじゃなかったよ！　一生、家に入れてもらえないくらい激怒したはずさぁね！」

「クストディアか……」

捲し立てる彼女を一瞥して、若干辟易した口調で嘆息するスヴィーオル王。

「き、貴様ら。たかだか女の分際で、王に対して不敬であろう！」

そんな王に代わって、彼女たちの背後から怒鳴りつけるヴィトゥル突撃団長。

「ああン？　餓鬼の頃はさんざん近所に迷惑をかけたガイタン家の馬鹿息子が、随分と偉そうじゃないかい⁉」

「だいたい、オンナの分際でとはなんだい！　その女の股座《またぐら》から生まれた分際で、威張り腐るんじゃないよ、寝小便小僧！」

「「「そうだ、そうだっ‼」」」

女性陣の剣幕に、さしもの怖いもの知らずのヴィトゥル突撃団長もたじたじです。

「――ふ～～む……」

そしてスヴィーオル王もその剣幕には形無しのようで（どちらかといえば亡くなった奥様へのトラウマ？）、カラバ卿のように髭に手をやって、慣れた仕草で撫でながら困惑しているようでした。

なお、カラバ卿当人は今日のところは髭を弄る代わりに、両手でウニャウニャと顔を洗っています。……明日は雨かも知れませんわね。

「しかしな。実際問題、王たる儂の一存で『紛争相手国の難民は国内に受け入れずに隔離する』という法を捻じ曲げるわけにはいかん。それでは周囲に示しがつかん」

「ふん。だったら、あたしの養子にすりゃ問題ないだろう。もう難民じゃないんだからね」

あっさりと解決策を口に出す、スヴィーオル王とも個人的な親交があるらしい、クストディアと呼ばれたリーダー格のお姐様。

「「「「「「おおおおーーーーっ‼」」」」」」

コロンブスの卵的その発想に、思わず外野と化して成り行きを見ていた私たち（私、ルーク、セラヴィ、コッペリア、プリュイ、アシミ、カラバ卿、ケレイブ卿、ノワさん）も、感嘆の声を発してしまいました。

ちなみに、口数の少ないトト卿とテオドシア、メレアグロスの三人は、無言で傍観しているだけです。

「いや、無茶を言うな。そもそも洞矮族《ドワーフ》が黒妖精族《ダークエルフ》を養子にするなど、前代未聞であろう」

「ふん、別に法で禁じられているわけじゃないだろう？」

法を盾にとっての逆襲に、スヴィーオル王は苦り切った表情で、助けを求める視線を私へ投げて寄越しました。

まあ、確かに倫理や常識以前に、食事、風俗、環境などなど、種族的にクリアする問題が多すぎて、洞矮族《ドワーフ》が黒妖精族《ダークエルフ》を育てるというのは、かなり難しいでしょう。まだしも、人間族《ヒューム》である私が育てたほうがいいくらいです。

そう思ったところで、ふと聖女スノウ様の手紙にあった『君が個人的に黒妖精族《ダークエルフ》を保護したりするのは構わない』という一文が頭をよぎりました。

最悪、それでも仕方がないかも知れないわね、と思いながら、私はスヴィーオル王へと助け船を出しました。

「失礼します。差し出がましい口を挟むことをお許しください」

途端、明らかに安堵の表情を浮かべる、スヴィーオル王を筆頭とした洞矮族《ドワーフ》の男性陣たち。

私は男性陣、女性陣の双方に配慮しながら、アラースとコロルの今後について提案しました。

「お互いの主張はよくわかりますが、まずはこの子たちの幸せを優先すべきかと思います。とりあえず、難民キャンプにこの子たちの親族がいないか、この子たちを引き取る意思と余裕があるかなど、私たちが直接行って確認して参りますので、引き取るウンヌンは、そのあとに考えるべきではないでしょうか？」

「うむ、そうだな。ついでに支援物資の提供をしたいので、それも運んでもらえれば助かるのだが。確かジル殿は、大量の物資を運搬できる魔術を心得ているのだったな？」

スヴィーオル王が即座に同意して、秘書官になにやら指示を出します。

「ええ、それくらいであればお安い御用です。――いかがでしょう？」

即答をしてから洞矮族《ドワーフ》のお姐様方に確認を取ると、

「……仕方がないね。家族が生きていれば、そっちに引き取られるほうが、ちびたちも幸せだろうからねえ。その代わり、誰かが名乗りを上げたとしても、相手が信用できるかどうか、間違いなくきちんと確認するんだよ」

「ええ、任せてください」

「……大丈夫かね。なんかいかにも世間知らずのお姫様そのもので、頼りなさそうだけど……まあいいか。ちびどもが懐いている相手だしね」

「じるぅ、じー」

「ねんね、ねぇー」

抱いているアラースとコロルが、私のことを呼びながら手を伸ばしている様子を目の前にして、

「しょうがないねぇ」と再度嘆息しながら、ふたりを放流するクストディアさん。

途端、放たれたミサイルのように、ふたりとも真っ直ぐ私に突進してきました。

今度は事前に身構える余裕があったので、魔術も併用して屈み込んで、ふたりをまとめて抱え上げます。

「ちょ、ちょっと、だから髪は食べないの！　ぺっ、しないと駄目よ、コロル。アラースも、太鼓じゃないんだから胸を叩かない――って、きゃあああああっ、引っ張り下ろしちゃダメーーッ‼」

再び髪とか衣装とかを齧られ、涎塗れになる私の悲惨な姿に、自然と室内に笑いの渦が湧き起こるのでした。


さて、黒妖精族《ダークエルフ》の難民キャンプは国境線の壁から歩いて一時間半ほどの――ノワさん曰く、黒妖精族《ダークエルフ》の感覚では、ほとんど森の外ともいえる――【大樹界《インゲーンス・シルワ》】の外縁部分にありました。

「ここだな」

「あぁ、そのようだな」

「意外と人数が多いな」

ノワさんが周囲を見回してそう呟き、アシミとプリュイもそれに同意しました。

「――ほかの森と変わらないように見えますけどねー」

　離すとマッハで森の中へ駆け込むであろうアラースの手を繋いだままのコッペリアが、ほかの一同を代表して素直な感想を口に出します。

『難民キャンプ』という言葉から連想される、足の踏み場もないほど立ち並んだ天幕《テント》とか、粗末なバラック小屋とかはどこにもなく、一見ただの緑豊かな森としか見えませんが、妖精族《エルフ》や黒妖精族《ダークエルフ》の目には、ほかとの違いが一目瞭然なのでしょう。

「まあ、基本的に妖精族《エルフ》も黒妖精族《ダークエルフ》も樹上生活が主ですからね。ここからは見えない樹冠のところとかに、寝起きをするスペースを確保しているのでしょうね。ほら、たとえばあの太い木とかが、避難民の集会場になっているのかも知れませんわね」

　コロルを抱き上げたまま、私が一際目立つ古木を指さした途端、

「いえ、あの木は子供たちを集めた学校《手習い》に使われています」

　頭上から大陸共通語の若い男性の声がしたので振り仰ぐと、粗末な若草色の短衣《チュニック》を着た、人間の年齢だと二十歳前後に見える線の細い黒妖精族《ダークエルフ》の青年が、近くの木から音もなく下りてきました。

　見たところ、ナイフひとつ持っていない丸腰です。

「『宵の星屑《ウェスペル・エンハンブレ》』……っ！　貴様っ、なぜここにいる⁉」

　その青年を目にした途端、気色ばむノワさん。

「お久しぶりでございます、『新月の霧雨《ノワ・ルーナ・ローラーティオー》』様。お会いしたのはほんの数回程度ですが、十三支族筆頭である尊きコンコルディア支族直系のお嬢様が、私のような取るに足らない者の顔を覚えておられたとは、慮外の光栄でございます」

対するウェスペルと呼ばれた青年は、自嘲とも自虐とも取れる弱々しい笑みを浮かべて、ノワさんに深々と頭を下げました。

「そんなことはどうでもいい。クレスクント支族の分家筋に当たるアウクシリア支族族長の次男で、トニトルスとも又従兄弟《またいとこ》に当たるお前が、なぜ難民としてここにいるのか、理由を言え！　理由いかんによっては、この場で切り捨てる」

激昂したまま細剣《レイピア》を引き抜くノワさんに向かって、ウェスペルは抵抗の意思がないとばかり腰を曲げたまま、

「ご不審、お怒りはごもっともでございます。しかしながら、理由につきましては長い話になります。まずは、あちらにある広場にお客様用の椅子がございますので、そちらで落ち着いて話をしたいと思いますが、いかがでしょうか？」

あくまで腰を低くしたまま、ノワさんのみならず、私たちにそう伺いを立てます。

「では、そちらでお伺いいたしましょう」

「なっ――ジル……様、こいつはトニトルスの身内ですよ。信用できません！」

判断がつきかねる様子のノワさんに代わって、私が代表してそう答えると、ノワさんは不信感丸出しでウェスペルを非難します。

「とはいえ、ここで押し問答をしていても始まらないですし、こうして私たちの前に姿を現したということは、貴方がこの難民キャンプの代表者――と考えて間違いないのですわよね？」

「はい、分不相応ながら……」

「それでは、やはりお話を聞いてみないと、なんのために来たのかわかりませんわ。どうしても同席するのが嫌だと言うのでしたら、ノワさんには無理強いはしませんけれど」

「……いえ、私も同席します。そうでなければ、この先には進めないでしょうから」

このウェスペルという青年が、どこまで事情を知っているのかはわかりませんが、とりあえずお互いに目くばせをして、ラクス様が拐かされ、その奪還のために動いていることは伏せたまま、交渉に臨むことにしました。

ノワさんも、ラクス様の救出の手がかりになるかと思い直してか、一度抜いた細剣《レイピア》を鞘に戻します。

こうして私たちは、ウェスペルと名乗った青年に改めて自己紹介をして――巫女姫、グラウィオール帝国の公子にして真龍騎士、三獣士、『千年樹の枝《ミレニアム・ラームズ》』からの使者、竜人族《ドラゴニュート》の龍神官《ドラゴン・プリースト》と龍の巫女《ドラゴン・メディウム》という多彩な顔触れに、目を白黒させていたようですが――少し歩いた先にあった、落雷かなにかでできたらしい、そこだけぽっかりと空洞のようになった森の中の広場に案内されました。

「なんでも、先の洞矮族《ドワーフ》の王国への侵攻の際に、『雷鳴の矢《トニトルス・サギッタ》』が示威行為で国境の壁を破った、その余波で燃え落ちたそうです」

ウェスペルの説明になるほどと頷いていると、どこからともなく黒妖精族《ダークエルフ》の女性が数人現れて、人数分の椅子を無言でそそくさと並べ終えると、そのまま再び森の中へと消えていきました。

「貴人に対して、このような粗末な歓迎しかできずに申し訳ございません。いま香茶《こうちゃ》と、この近辺で採れた果実を準備させていますので」

心底申し訳なさそうに頭を下げるウェスペルの、プライドの高い黒妖精族《ダークエルフ》とも思えない謙虚さというか低姿勢な態度に、アシミが不快そうに鼻を鳴らします。親戚筋である妖精族《エルフ》としては、我慢ならない卑屈さに見えるのでしょう。

「お構いなく。ああ、そういえばスヴィーオル王より、皆さんへ物資の贈り物がありました。この場で出してもよろしいでしょうか？」

「は？　出す？　ええと……構いませんが？」

ピンとこない様子のウェスペルの目の前で、私は『収納《クローズ》』しておいた野菜や果物、香辛料などの嗜好品、衣服や薬などが入ったバスケットを、広場の隅に次々と並べました。

山になったそれらの物資を前に、目を丸くするウェスペル。

しばし呆然としていましたが、我に返ると私に向かって深々と頭を下げました。

「助かります。洞矮族《ドワーフ》からの施しを嬉々として受け取る黒妖精族《ダークエルフ》の面汚し……そう面罵されるのは承知のうえで、ありがたく受け取らせていただきます」

真摯なその言葉に、おそらくは胸中でその通りのことを考えていたのであろうアシミが、苦虫を噛み潰したような顔で黙りこくりました。

「――だろうな。ざっと見た感じ、このあたりの採取ではとても全員分の食料は確保できないだろう。逃げてきた立場で、遠くまで出歩くわけにもいかないだろうし」

プリュイの同情を込めた言葉に、頷いたウェスペルは、線の細い顔に自嘲の笑みを浮かべました。

「恥ずかしながら、いまでは一角兎《ホーンラビット》を狩って、その肉を野草スープに入れてかさ増しをして、どうにかしのいでいる状況でして」

「「「うえ、肉ぅ……」」」

途端、プリュイ、アシミ、ノワさんが、「食料がないのでゴキブリを食べています」と聞いたような反応を示しました。

「それでは、先に物資を搬入したほうがよろしいですわね。その間に、お茶の準備はこちらでしておきますので。――コッペリア、お願いできますか？」

「はっ、準備は万全です。とはいえその間、アラースを放置するわけにはいきませんし、コロルもクララ様が抱きっ放しというのも問題ですね。縛るか、一服盛って眠らせますか？」

自分は椅子に座らずにアラースを座らせていたコッペリアが、エプロンの亜空間ポケットから磁器製のティーポットやティーカップを取り出しながら、そうファンキーな提案をすると、ウェスペルは興味深そうにふたりの子供を見比べて、当然の疑問を口に出します。

「失礼ながら、この子たちは？」

「難民の子供たちです。明け方、ここから北西に少し入ったところで、難民らしい十人ほどの黒妖精族《ダークエルフ》が、黒尽くめの襲撃者に襲われていて、僕たちが着いたときには、この子たちを残して……」

自責の念を堪えて、歯を食いしばってそう絞り出すルーク。

「もしかして、この難民キャンプにこの子たちの親族がいるのではないかと思って、連れてきたのですが……」

続く私の台詞に、ウェスペルが大きく頷きました。

「なるほど。それでは話し合いの間に、確認だけはさせておきましょう。――誰かいますか？」

その呼びかけに応えて、再び先ほどの女性たちが現れます。

「話は聞いていましたね？　この子たちをキャンプに連れていって、確認をお願いします。それと、手の空いている者に、そこにある物資を運ぶよう伝えてください」

「わかりました」

同情と親近感を滲ませて、アラースとコロルを預かる彼女。

ふたりとも私と離れるのを若干ぐずりましたけれど、なんとか言い含めて連れていってもらい、私たちは改めて、円陣を描くようにして、思い思いに広場の椅子に腰を下ろしました。

ちなみに私の両隣がルークとセラヴィで、ルークの隣にはちゃっかりとノワさんが座っています。

そして、私の対面にはウェスペルが座る形になっていました。

全員に、紅茶とジャムを塗ったスコーン、チョコレート、キュウリのサンドイッチなどを配り終えたコッペリア。

「お茶と、軽食はまだ残っていますか？」

「この百倍は余裕ですね」

お腹を空かせている難民の皆さんの前で飲み食いするのは憚られましたので、私はコッペリアに確認をして、残りのお茶とお茶菓子をすべて、難民の皆さんに提供するように指示をしました。

「お心遣い感謝いたします。特にチョコレートは子供たちが喜ぶでしょう」

「うむ。伏してクララ様のご慈悲に感謝するがいい」

運ばれた温かいお茶とすぐに食べられる軽食を前に、周囲の木立の間からワッと歓声が上がるのを聞きながら、恐縮した風情で改めて謝意を表すウェスペルに、コッペリアが偉そうな態度で恩を着せます。

こうして、多少なりとも和やかな雰囲気になったところで、紅茶で軽く喉を湿らせたウェスペルが、「さて」と、自ら口火を切りました。

「先ほど『新月の霧雨《ノワ・ルーナ・ローラーティオー》』様は、私を〝アウクシリア支族族長の次男〟と口に出されましたが、アウクシリア支族は、過日、突如襲撃してきた大豚鬼《ハイオーク》率いる豚鬼《オーク》の集団に蹂躙され、父も兄も討ち死にいたしました。そして、タイミングを見計らったかのように援軍として駆けつけた『雷鳴の《トニトルス・》矢《サギッタ》』によって、豚鬼《オーク》どもは撃退できましたが、一族の存続は困難と判断され、本家筋であるクレスクント支族に吸収されて消滅いたしましたので、その説明は正確ではございませんね」

立て板に水で喋るウェスペル。流暢すぎるのと、持って回った言い方が世慣れた商人を相手にしているようです。

「私は『雷鳴の矢《トニトルス・サギッタ》』に恭順するのは危険と判断しましたので、優先的に女子供を連れて、かねてから非常時に備えて整備しておいた間道を使って避難してきました」

と、乾ききった笑みを浮かべながら淡々と話すウェスペルですが、話の内容は凄惨そのものです。

「それはつまり、すべてはトニトルスの策謀……と、お考えになっていらっしゃるということでしょうか？」

持って回った言い方をせず直截に尋ねる私へ、ウェスペルは躊躇なく首を縦に振って同意を示しました。

「なにか証拠があるのか？」

セラヴィの問いかけに、ウェスペルは昏《くら》い笑いを浮かべて答えます。

「証拠というか、証人ならば。もともと我らアウクシリア支族は、他種族との橋渡しで、【大樹界《インゲーンス・シルワ》】では手に入らない物資の交換などをしていたのですが……」

なるほど、それでこんなに大陸共通語が堪能なわけですわね。おまけに、他種族との交渉にも慣れているということで、難民キャンプの代表者になったのでしょう。

なお、あとからノワさんにお伺いしたところ、積極的に外界と関わっていたアウクシリア支族は、そのことが原因で、主要十三支族を含むほかの支族から、随分と見下されていたようです。

実際のところ、ほとんどの支族は、外界の雑貨や嗜好品、薬、野菜などをアウクシリア支族経由で享受していたそうで、それでいながら感謝するどころか後ろ指をさすなど、ダブルスタンダードもいいところだと思うのですが……。

ともあれウェスペルの話は続きます。

「私は詳しくは携わっていなかったのですが、一昨年頃から父と兄が、クレスクント支族に呼び出される回数が多くなりました。初めは、族長を継いだばかりの『雷鳴の矢《トニトルス・サギッタ》』が、その地盤固めのために必要な物資でもあるのかと漠然と思っていたのですが、そのわりに特に注文はなく、代わりに父と兄が余人を交えずに外出する機会が増えました。私はふたりに信用されていなかったのか、尋ねても曖昧にぼかされていたのですが……」

そこまで話したところでウェスペルは、少し冷めたお茶を呷って続きを口にしました。

「おかしいと思ったのは、ふたりが出かけるときに、外界の商人とやり取りするための割符を、必ず持参していることに気付いたことです。それも真っ当な商人ではなく、いわゆる〝裏〟のある商人のものでした。私も何度か会ったことはありますが、金次第では非合法な商品でも軍用品でもあつらえる、後ろ暗い連中です」

ちなみにその商人というのは、大陸西部域のどこの勢力にも、商業ギルドにも属していない、いわゆる『裏ギルド』と呼ばれる、犯罪組織が主体となって運営される非合法団体だったようです。

「あと、連中とは別口ですが、黒髪でいつもニヤニヤ笑いを絶やさない年齢不詳な人間族《ヒューム》の男と、その代理だという白猫の獣人族《ソアン》の娘からなる阿漕な行商人も、ちょくちょく出入りをしていました」

そう付け加えて続けるウェスペル。

「いずれも神出鬼没でしたので、いまはどこにいるのかはわかりませんが、そのふたりも裏ギルドとは同じ穴の狢《むじな》のようでしたし、いずれかを押さえれば有力な証拠になることは確実です」

「あ～……うん、そーですね……あらら、困りましたわ……」

嘆息するウェスペルから思わず視線を逸らせて、思いっきり心当たりがある私は生返事をしつつ、もしかしてこうなる展開を予想して、シャトンは先に逃げたのかしら……というか、アウクシリア支族を襲撃した豚鬼《オーク》の群れってもしかして、と嫌な想像に密かに冷や汗を流すのでした。

「いや～。思いがけない人間関係の縮図ですね。誰が味方で誰が敵かわからない社会の縮図、混沌の煮込み鍋といったところでしょうか」

背後のコッペリアが訳知り顔で感想を口にしますけれど、その鍋って完全に闇鍋でしょうね、と私は確信しました。

「そのうち、回数が増えるごとに管理や警備も杜撰になってきましたので、運び込まれた密輸品を密かに確認する機会ができました。その中身は――」

「武器ってわけか」

以前シャトンが軽くほのめかせていたので私たちに驚きはありませんが、改めて口にした言葉に頷くウェスペルに対して、セラヴィがかねてからの疑問をぶつけました。

「密かにドンパチの用意をしていたのはわかった。だが疑問なのは、その代価をなんで払っていたかだ。普通の取り引きでは【大樹界《インゲーンス・シルワ》】産の果実や薬草、魔物の魔石で払っていたとは聞いているけど、それだけの大がかりな密輸で大量の物資を動かしたら、当然なにも知らない周りからも、不審に思われると思うんだが？」

刹那、目に見えて動揺するウェスペルですが、開き直りからか贖罪からか、一呼吸置いて、その答えを端的に口にしました。すなわち――。

「人間――黒妖精族《ダークエルフ》の女子供です」

思いがけない答えに、ノワさんが短く嗚咽にも似た呻き声を発しました。そこに含まれていたのは、怒りと当惑と悔恨でした。

同じく愕然としているのは、私とルーク、アシミ、プリュイくらいで、ほかの皆はある程度予想していたのか、興味がないのか、特に驚いた様子はありません。

「『雷鳴の矢《トニトルス・サギッタ》』子飼いの《払暁の刃《アルナ・ラーミナ》》と呼ばれる暗殺や謀略専門の部隊が、ほかの支族から商品価値の高い女子供を拐《さら》ってきて人間族《ヒューム》の商人に売り捌き、その代価として武器――我らが使える聖銀《ミスリル》製の武器は高額ですからね――を購入する。そうした流れができていたわけです」

「ま、待て。トニトルスは当初族長会議で、インフラマラエ王国経由でティフィオム商業圏へ流れる奴隷狩りの現状を槍玉に挙げて、断固たる処断をすべしという論調で周りを煽ったのだぞ。だが、それでは……」

そもそもの前提が間違っている出来レースなのか⁉　と言いたげなノワさんの懸念に対して、沈痛な面持ちで肯定するウェスペル。

「無論、そうした者たちも少数はいたでしょうが、そのほとんどはインフラマラエ王国内で保護され、戻されています。私の知る限り、行方不明になった女性や子供の九割五分は、同じ黒妖精族《ダークエルフ》に売られた者ばかりです」

その宣言に、ノワさんは呻くような慟哭を発して、次いで地面を力いっぱい叩きました。

皮が破れ血が滲んでも、何度も何度も拳を振り下ろすノワさん。

立ち上がったルークが、ままならぬ思いを自らにぶつけるしかないノワさんの手をやんわりと取って、自傷行為を鎮めました。

「浮気ですよ、浮気。クララ様の目の前で、いい度胸ですね」

私の耳元でコッペリアが呟きます。

「ルークは身分や種族に関係なく、誰にでも分け隔てなくて優しく誠実ですから……年頃の乙女であれば、心の琴線に触れるのも、まあ仕方がないですわ」

後半は小さく言い返しながら、私は軽く『治癒《ヒール》』をかけてノワさんの傷を癒します。

治癒《ヒール》に気付いたノワさんが私のほうを向いて一礼をしましたので、気にしないようにと、にっこりと笑顔で返礼したところ、

「!!!」

ノワさんはなぜか焦った顔になって、ワタワタと慌てて弾かれたようにルークから身を放し、「違います、違います」とでも言うように、盛んに手を振るのでした。

ルークのほうは、イマイチわかっていない顔で首を傾げています。この様子を見ただけでも、ルークに一切の打算や下心などないことが一目瞭然です。ですが、なぜかこう、イラッと――。

「――要するに八方美人が、無自覚に愛想を振り撒いているってわけだ」

反対側からセラヴィが、なんとなく私の胸のモヤモヤを代弁するかのように、皮肉を込めて揶揄します。

「……ルークはそんな不誠実な人間ではありませんわ」

「だが、下心なしの真心や誠心ある言葉は、種族を超えて心を射抜くものだ。なにげなく紡がれた言葉や行いが、ずっと心に刺さって忘れられないということもあるだろう？」

私の反論に対して、意外にも、こういったことには関心がないかと思われていた龍の巫女《ドラゴン・メディウム》のテオドシアが、不意に口を挟みました。

「それは……そうですわね」

「それゆえに、言《こと》の葉《は》は大事にしなければならない。知らずに相手との認識のズレにもなり得るし、そうした場合はたいていが悲劇へと連なる。かといって、常に寡黙であればいいというわけでもない。伝えたい思いがあれば、けして口惜しみするものではない」

なるほどと小さく頷いた私は、話の続きに戻りました。

「話を戻しますと、つまり、その事実を知られるとトニトルスの主張も立場も根底から覆される。そのために、証拠であるアウクシリア支族を粛清したというわけですわね」

「はい。私はそう解釈しております」

ですから、と言い置いて、ウェスペルは少しだけ沈黙を挟んでから続けます。

「私が難民キャンプにいること自体が問題なのですよ。そもそも、父や兄の行動に気付いていたのに、見て見ぬふりをした時点で同罪です。石もて追われて当然の罪人であるのに、いまだに命が惜しくてこの場にしがみついている臆病者。それが私という男です」

そう言って、どこまでも厭世的な笑みを浮かべるウェスペル。そこには、欺瞞の響きはないように感じられました。同時に、彼の常に卑屈とも取れる言動の理由がわかった気がしました。

「それでも、貴方はひとりでも多くの同胞を救うために、奔走していらっしゃる。その行為は、けして無駄ではないと私は思いますよ。誰が赦《ゆる》さないと言っても、私は貴方の行いを尊敬しますし、そうあろうとする限り赦します」

そう口に出してから、壊滅したザイン侯国（風の噂に隣国に併呑されたとか）の首都ボースの一件以来、同じことをずっとコッペリアやプリュイに言われていたのを、いまさらながら思い出しました。

ああ、そうか。そうですわね。起こった悲劇は取り返せない。けれど、過去の過ちを理由に現在と未来の行いを否定することなど、誰にも……それが自分自身であれ、できるわけがないのでしたわね。

「…………〈巫女姫〉様の真言《まこと》、痛み入ります」

深く深く叩頭するウェスペル。微かな嗚咽が漏れたような気がしました。

「いいえ、私こそ救われた気持ちです」

「？？？」

私の言葉に、怪訝な表情で顔を上げた彼に向かって、

「ともあれ、これまでの状況は理解したのだが、いま現在の黒妖精族《ダークエルフ》を取り巻く状況がどうなっているか、ご存じかな？」

カラバ卿が自慢の髭をしごきながら、重くなった空気を払拭するように疑問を口に出しました。

「――あ、はい。とはいえ我々も逃げ隠れしている立場ですので、あくまで断片的な情報ですが」

ウェスペルがそう前置きをして――責任逃れの弁明とかではなく、実際に不鮮明な状況なのでしょう――私たちが予想していた、現在の黒妖精族《ダークエルフ》の支族関係や軍事作戦の進捗状況、社会体制の変化などをすっ飛ばして、ひとつの事実を口にしました。

「――『雷鳴の矢《トニトルス・サギッタ》』が変調をきたしています」

「はあ……？」

疑問符を顔いっぱいに浮かべる私たちの態度に、さもありなんと頷きながらウェスペルが説明を

続けます。

なんでもトニトルスは現在、千年樹の玉座のある部屋に籠もって扉越しに指示を与えるだけで、これまでのように表舞台に出てくることはなく、その代わりのように若い娘を定期的に要求しているそうです。

当初は、英雄色を好むというしな……と思われたトニトルスの奇行ですが、扉の奥に消えた彼女たちが二度と戻ってくることはないまま、要求が三日にひとりから一日に三人になったところで、さすがに不審を覚える者も出てきて、その噂が広まったことから、若い娘や妻を持った身分の低い黒妖精族《ダークエルフ》たちは、三々五々に示し合わせて【大樹界《インゲーンス・シルワ》】から逃げ出したのが、今回の避難民増加の原因であるとのこと。

「奇妙奇天烈というか、まるっきり生贄《いけにえ》ですね。若いほど魔力《マナ》も生気《オド》も豊富ですし、なによりまだ子供を生んでいない乙女は、そのぶん、男の倍以上の生命力《エナジー》を内包していますから、ドラゴンや魔神に捧げる生贄としては定番中の定番っすね」

コッペリアが非常にシンプルな感想を口に出しました。

シンプルであるがゆえに非常に明朗で、空回りしていた歯車が噛み合うように、全員の困惑の根元にストンと収まった気がします。

「――まさか、それが例の《龍神の聖地》での異変へと直結しているのでは……？」

私の疑念に龍神官《ドラゴン・プリースト》メレアグロスが厳しい顔つきになり、沈黙を挟んで、

「留意すべきだろう」

その可能性があることを端的に認めました。

「――まさか、ラクス様も生贄のために⁉」

血相を変えて立ち上がるノワさん。生命力《エナジー》にあふれた女性の生贄という言葉から、その可能性に思い至ったのでしょう。未婚で子供を生んでいない女性、なおかつ当代の〈妖精女王《ティターニア》〉ともなれば、途轍もなく極上の生贄となるでしょう。

「まあ、仮に我らが竜《ドラゴン》の供物に選ぶなら、なるほど確かに〈妖精女王《ティターニア》〉は別格であろうが、ジル殿はさらにひとつ格が違うので、並んでいればジル殿のほうを選ぶであろうな」

テオドシアがわりと洒落にならないコメントを挟んで、メレアグロスも無言で頷きました。

「嬉しくないお墨付きですわね！」

「ってことは、〈妖精女王《ティターニア》〉を拐ったのは、やっぱりトニトルスの個人的な執着のほうが本命で、生贄の可能性は少ないってことか」

セラヴィの分析に、ノワさんが少しだけ落ち着きを取り戻します。

「それはそれで貞操の危――」

続けて余計な口を開きかけたコッペリアを、即座に立ち上がった私とルークとプリュイとで、寄ってたかって黙らせました。

「は？　〈妖精女王《ティターニア》〉様がどうかされましたか？　生贄とか不穏な会話が聞こえてきたような気がするのですが……」

そんな私たちのドタバタを聞き咎めてウェスペルは怪訝な表情をします。

「いえ、〈妖精女王《ティターニア》〉様はほとんどの黒妖精族《ダークエルフ》の族長に裏切られて、【大樹界《インゲーンス・シルワ》】から逃亡せざるを得なかった……と聞いているので、皆さんもやはり〈妖精女王《ティターニア》〉様に対して批判的なのかと思ったものですから……」

「とんでもありませんっ！」

滅相もないとばかりに、吼《ほ》えるように力説するウェスペル。

「『雷鳴の矢《トニトルス・サギッタ》』の口車に乗ったのは、もともと支族のなかでもはみ出し者、本来であれば族長になどなれない傍流の者たちばかりです！　私たちも含めて、大部分の黒妖精族《ダークエルフ》は、奴を王などと認めてはおりません。我らの女王様は〈妖精女王《ティターニア》〉様のみでございます！　いつか〈妖精女王《ティターニア》〉様がお戻りになる日を、私たちは一日千秋の思いでお待ちしております」

その真摯な想いに、ノワさんが感動した面持ちで、何度も頷いて同意するのでした。

「――どうやら、トニトルスは一般にバレないように、ラクス様を囲って、情報統制しているようですわね」

「――だな。反対派を勢いづかせないためか、単に大切な小鳥がまた逃げないように、厳重にしまい込んでいるだけかはわからないが、少なくとも公然と処刑するつもりがないのは確実だな」

私の推測にセラヴィが同意しました。

コソコソと身を寄せ合って、ウェスペルに聞こえないように小声で相談をする私たち。

「ならばこのチャンスに、急ぎ【大樹界《インゲーンス・シルワ》】にある黒妖精族《ダークエルフ》の本拠地へと向かって、ラクス様を救出しなければなりませんわね」

「そうですね。ですが、他種族の者が迂闊に足を踏み入れられる場所ではありませんし、ノワ・ルーナ嬢は確実に手配されているでしょう。また、意趣返しではないのですから、まさかゼクスや飛竜《ワイバーン》で直接乗り込むわけにもいきません」

即行で今後の方針を打ち出した私に話を合わせて、ルークも意見を口にします。

確かにそれをやっては、洞矮族《ドワーフ》の王城であるモンラッシェ城へ直接乗り込んできたトニトルスを非難できませんわね。そもそも私たちの目的は黒妖精族《ダークエルフ》の殲滅ではなくて、ラクス様の救助なのですから。

「し、しかし、そうなると厄介だぞ。妖精族《エルフ》である私とアシミなら多少の誤魔化しは効くが、ふたりだけで敵の本拠地に潜り込んで、〈妖精女王《ティターニア》〉様を捜して、脱出するなど」

「怖気づいたか、『雨の空《プリュイ・シエル》』。たかだか黒妖精族《ダークエルフ》の千や二千、なにするものぞ！」

プリュイの言葉に思わず気炎を揚げたアシミだが、ウェスペルがやや気まずそうに、それを訂正しました。

「あ、いえ。いま現在は洞矮族《ドワーフ》との全面戦争に備えて、【大樹界《インゲーンス・シルワ》】内の主立った支族を徴用して、総数五万は下らないはずですが……あの、皆さん。もしや森都《ロクス・ソルス》へ潜入するつもりでいるのですか？」

ひとつの集落でせいぜい百人規模。大陸全体でも一万人いるかどうかという妖精族《エルフ》の尺度で軽く考えていたらしいアシミが、拳を振り上げた姿勢で固まったのを横目に見ながら、プリュイが長々とため息をつき、ウェスペルに対して「場合によってはな」と、はぐらかすように答えるのでした。

「それは難しいのでは……？　連日、私たちのように逃げる者もいれば、洞矮族《ドワーフ》の斥候が多く入り込んでもいるので、いま【大樹界《インゲーンス・シルワ》】の中は厳戒態勢ですし」

ウェスペルが難しい顔で首を横に振ります。

「確かに難しいですわね。仮に包囲を抜けたとしても、黒妖精族《ダークエルフ》の都での潜入捜査となると、顔を隠して出歩くわけにもいかないでしょうし。幻影系の魔術で姿を誤魔化しても、精霊魔術で見破られる危険性が高いですからね」

なにしろ、初めてプリュイに会ったときなど、師匠《レジーナ》の認識阻害の魔術で素顔を隠蔽していた私の正体を、一目で見抜いたほどですからね。

「……せめて人間の町ならば、普通の町娘の格好をして、そ知らぬふりをしていれば、誰も私など気にも留めないのでしょうけれど」

嘆息しながら述懐した途端、なぜかその場にいたほとんど全員から、総ツッコミを入れられました。

「「「「「「「いやいやいや、目立つ。滅茶苦茶目立（つ）（ちます）！」」」」」」」

「そういうものでしょうか……？」

そう言われても、本当なのかお世辞なのか判断がつかないので、私は思わず曖昧に首を傾げます。

皆さんは、私を特別だとか女神の如き美しさとかいいますけれど、〈巫女姫〉というブランドを取ってしまえば、私など所詮は井の中の蛙《かわず》――世間知らずの田舎者で、なおかつ十一歳のときからしか確固たる記憶を持たず、付け焼刃の魔術や治癒術、精霊術、気功法、格闘術などが使える程度の小娘です。

確かに多少は目立つ存在なのかも知れませんが、それはあくまで狭いコミュニティー内での話であり、実際私にできるのですから、同じかそれ以上のことができる人間や、私程度の器量を遥かに上回る真実素晴らしい美女が、この広い世界にはゴロゴロいると考えるのが当然でしょう。

「なあ、人間の商人が来ないわけじゃないんだよな？　なら、利に敏い商人が物資を売りにきたって態で、入り込むことはできないのか？」

発せられたセラヴィの問いかけに、ウェスペルが曖昧に頷きます。

「ええ、それは……ですが、現在はアウクシリア支族に代わって、『雷鳴の矢《トニトルス・サギッタ》』の息のかかった者たちが差配を振るっている状況でして、例の裏ギルドの商人たちの出入りが横行するようになった代わりに、真っ当な商人が訪れても間者だと思われて、その場で追い払われるか、下手をすれば問答無用で射抜かれるのが関の山ですよ」

商人に化けて潜り込むという妙案も、あっさりと一蹴されてしまいました。

というか、見るからに貴人のルークと騎士然とした〈三獣士〉、前回のことで遺恨のある竜人族《ドラゴニュート》、気位の高い妖精族《エルフ》に、黒妖精族《ダークエルフ》のなかではかなり顔が知られているらしいノワさん、傲岸不遜を絵にかいたようなコッペリア。あら、そもそもこの面子のなかで、『商人』に化けても違和感がなさそうなのは、せいぜいセラヴィくらいなものじゃないかしら？

「こんなときこそ、シャトンがいてくれたら交渉が楽になったのですけれど……」

思わずそんな愚痴をこぼしたところ、

「呼びましたかにゃ？」

ヒョイと近くの大樹の陰から、当のシャトンが顔を覗かせたのでした。

「シャトン⁉」

「あああああっ、お前はっ！」

絶妙過ぎるタイミングでのシャトンの登場に、私が素っ頓狂な声を出すのと同時に、ウェスペルが親の敵でも見つけたような驚愕の声を張り上げます。

「お久しぶり……というほどでもないにゃ。あと、そっちは確かアウクシリア支族族長のところの二番目の息子か三番目でしたかにゃ？」

「次男だ！」

「おー、そうですかにゃ。族長と次期族長が『アレは生真面目で責任感が強く、肩肘張らずには生きていけない黒妖精族《ダークエルフ》ゆえ、そなたらのような真っ当とはいえない商人相手の丁々発止には向いていない。きちんと日の当たる場所で働くのが向いている』と言って、蚊帳の外に置いていたのは覚えているけど、息災そうでなによりにゃ」

「――父上と兄上が、そんなことを……」

父親と兄の遺言とも取れる思い出話を聞かされ、自分が信用されていなかったわけではないと知ったウェスペルが、微妙な……一瞬だけ泣き笑いのような表情を浮かべました。

「それで、よくこの場所がわかったわね。シャトン」

「商人ギルドへの伝言を聞いて、急いで舞い戻ってきたにゃ。あ、手紙はちゃんと責任を持って、全員に届けたので安心するにゃ。で、戻ってみたらもう全員が揃って洞矮族《ドワーフ》の砦に向かったっていうから、慌てて追いかけてきたらドンピシャのタイミングだったにゃ」

そう、自慢げに小鼻をひくつかせて胸に手を当てるシャトン。

そんな彼女をジト目で睨むコッペリアがいました。

「なーんか、ドンピシャ過ぎて怪しいですねー。ホントはもっと先に来ていて、自分を一番高く売り込めるタイミングを見計らっていたんじゃないですか、この腹黒猫は」

「勘繰り過ぎだにゃ。そんなわけないにゃ」

にゃはははははは、と屈託なく笑うシャトン。嘘か本当か微妙なところです。

「えーと、そうしますと、改めて依頼したいのですが、よろしいでしょうか？」

「うう〜〜む。普通ならせっかくの取り引き先をふいにするような商売はしないけど、上手くいけばほかの商人を蹴落として、〈妖精女王《ティターニア》〉様と懇意という立場で大儲けできるチャンスでもあるにゃ。このビッグウェーブに乗るべきかどうか……悩ましいところにゃ」

「……つまり、金と条件次第というわけか」

悩んでいるフリをしながら、チラチラと私たちのほうへ『察して！』攻勢をかけてくるシャトンを半眼で睨みながら、セラヴィが身も蓋もない口調で赤裸々にその意図を指摘します。

「条件といわれましても、私としては必要な代価や危険手当を上乗せした金貨……妥当なら白金貨でも虹貨でもお支払いしますが？」

ちなみに、ティフィオム商業圏は共通通貨として、グラウィオール帝国の帝国通貨を使用しています。このあたり、江戸時代までの日本が中国の銅貨を輸入して使用していたのと同じで、群小国の集まりであるティフィオム商業圏では、自国で通貨を鋳造するよりも、安価でなおかつ商取り引きが円滑に行われる帝国通貨のほうが便利だという、実利的な面が大きいようです。

ともかくも、帝国通貨である鉄貨、銅貨、半銀貨、銀貨、半金貨、金貨ともに普通に使えますので、私は懐から財布を取り出して言い値を支払おうとしたところ、

「いやいや、知り合いだからといって、商人を迂闊に信じちゃダメにゃ。金が絡むことはシビアに考えるにゃ！」

なぜか当のシャトンが怒った口調で、私の手を押さえます。

「ん～、でも、シャトンはお友達ですし。それに、お金で解決できないことをお願いしているのですから、私にはその代価がわかりませんので、シャトンが必要だと思った金額で問題ありませんけれど」

途端、なぜかガックリと肩を落とすシャトン。

「交渉し甲斐のない客にゃね……はぁ、わかったにゃ。あたしが責任を持って黒妖精族《ダークエルフ》の都まで連れていくにゃ。けど、介入できるのはそこまでにゃ。そのあとは知らぬ存ぜぬを通すので、万一のときには自力でなんとかするにゃよ？」

「ええ、それで十分ですわ。ありがとうございます、シャトン」

「ん。じゃあ、行きと帰りの運賃に危険手当と諸経費を混ぜて……」

すかさず、胸元から取り出した算盤を弾くシャトンの変わり身の早さに、セラヴィがやや呆れたようにぼやきます。

「なんだ。なんかいい話に収まったから『金はいらない』って話になるのかと思ったのに、やっぱり金は取るのか？」

「当然にゃ。それはそれ、これはこれにゃ！」

一貫したその守銭奴ぶりに感心しながら、私は改めてシャトンへ仕事を依頼して、その場で簡単に、今後の方針と作戦に参加する人員を取り決めました。

「なんでワタシが留守番なんですか⁉」

人数の振り分けの際にコッペリアが憤りましたが、なんとか宥めすかして納得させます。

「そもそもコッペリア《おまえ》は目立ち過ぎる。精霊との相性も最悪だし、お前がいると森の中で爆竹を鳴らして居場所を教えるのも同然だからな。連れていくなど論外だ」

歯に衣着せぬアシミの指摘に、プリュイもノワさんも、ついでにウェスペルまでも軽く顎を引いて同意しました。

「ぐぬぬぬぬ……‼」

そんなわけで大枠が決まったところで、私たちは難民キャンプをあとにして、その足で洞矮族《ドワーフ》の城塁へ戻り、スヴィーオル王へ今回の首尾と今後の方針を話し、とりあえず潜入している間の一両日中の攻撃は控えてもらうことで言質をいただき、ついでに駄目元でひとつのお願いをしたところ、

「面白い。そんなことができるのは巫女姫殿だけであろう」

周囲が「とんでもないっ！」と常識的に止めるなか、口にした私さえ呆気に取られるほど、あっさりと快諾されたのでした。

❀幕間　森都《ロクス・ソルス》の囚われ女王と飢える狂乱の吸血妖精《バーヴァン・シー》……

【大樹界《インゲーンス・シルワ》】の中心部。千年樹が幾重にも自生した巨大な樹上都市――外界の者からは『森都ロクス・ソルス』と呼ばれ（なお、『ロクス・ソルス』というのは、古代語で『人跡未踏の地』という意味であり、当然ながらこの地に住む者にとっては甚だしく見当外れで不本意な名称なため、自分たちでそう呼ぶことはない）、この地に住む者は『千年樹の果実《ミレニアム・ボームム》』と呼ぶ――その、高層ビルにも、もしくは巨大な鳥の巣にも似た都市の一角に、黒妖精族《ダークエルフ》には似つかわしくない石造りの小振りな塔があった。

【原罪の塔《オリギナーレ・トゥッリス》】と呼ばれるこの塔は、太古の昔、いまだ半精霊半妖精であった、初代黒妖精族《ダークエルフ》の起源ともいえる祖が掟を破り、受肉して物質界《アッシャー》に堕ちた、その罪によって投獄された塔である。

その始祖がどうなったのかは当の黒妖精族《ダークエルフ》の記録にも残されていないが、以来、この塔は高貴な身分の罪人を収監する施設として忌避され、同時に畏怖されていた。

ここ数百年ほどは、モニュメントのようにただ存在するだけの塔であったが、ほんの数日前から、ここに新たな罪人が監禁されることとなった。いうまでもなく、『雷鳴の矢《トニトルス・サギッタ》』によって囚われた、〈妖精女王《ティターニア》〉『湖上の月光《ラクス・ルーメン・ルーナエ》』その人である。

なお、〈妖精女王《ティターニア》〉の称号はその血統と黒妖精族《ダークエルフ》の総意、そしてカーディナルローゼ超帝国によって認められたものなので、たとえ実権なきいまとなっても、損なわれることはない。もっとも、彼女が名実ともに女王であった当時も、あくまで象徴として君臨しているだけで、独裁者のように強権を行使したことはないが……。

「ご主人様、お食事のご用意ができましたが、お召し上がりになれますか？」

窓際に座って硝子越しに外の風景を眺めていたラクスの背後へ、いつの間に現れたのか、白いドレスを着た少女が立って、そう声をかけた。

この塔に取り憑いた屋敷妖精のひとり、不愛想な世話役のシルキーの少女である。彼女にとっては、この塔に収監された囚人がすなわち『ご主人様』であり、久方ぶり（彼女曰く三百五十五年ぶり）に仕えるべき主を得て（『シルキー』は屋敷に住まう住人の身の回りの世話をすることに喜びを見出す妖精である）、心なしか水を得た魚のように、ラクスの傍をつかず離れず、生き生きと気配りをしているのであった。

「ええ、いただくわ。ありがとう」

振り返って嫋《たお》やかに微笑むラクス。

ラクスが椅子から立ち上がると、片付けるのは自分の仕事だとばかり、シルキーの少女が椅子を手にして片付け始めた。

それを横目に見ながら、ラクスが隣の部屋にある重厚なテーブルへ向かうと、同じ屋敷妖精で仕事の手伝いをしてくれる、ラクスの膝ほどしか背丈がないブラウニーたちが肩車をしたりして、手分けをしての流れ作業で、果実や蜂蜜、ミルク、木の実を挽いて作ったパンなどを並べているところだった。

「いつもありがとう。これはお礼です」

カップ一杯のミルクをにこやかに分けて与えると、ブラウニーたちは喜色満面で、喝采を放ちながら部屋から出ていった。

その朴訥で裏表のない妖精たちの態度に微笑みながら、いつの間にか戻ってきたシルキーに椅子を引いてもらって腰かけるラクス。

石造りの塔の最上階にある貴賓室。

緑が少なく、精霊魔術を阻害する壁で四方を囲まれているため、精霊の息吹を感じられないのが難点だが、貴人のためにあつらえられた部屋はいずれも広々としていて、家具調度品とも人の世界に持っていけば値段が付けられないほどの価値を持つ、現在では失われた技術や材料が惜しげもなく使われた、超の付く一流品揃いであった。

とはいえ、彼女が囚われの身であるのは変わらぬ事実であり、いかに贅を尽くした部屋にいようとも、心安らぐ友や仲間たち、気まぐれな精霊たちに満ちていた草原や森の中で過ごした、少し前までの日々のほうが、なんと心穏やかであったことか……。

「お口に合いませんか？」

忸怩たる内心が表情に出てしまったのだろうか、仏頂面のままそう尋ねてくるシルキーの少女。

素っ気ない言動や表情とは裏腹に、このシルキーが繊細で心配性な優しい心根の持ち主であることは、出会って半日ですぐにわかったことである。

（そう……どことなく『新月の霧雨《ノワ・ルーナ・ローラーティオー》』に似ていますからね）

誰よりも〈妖精女王《ティターニア》〉を尊重し、一片の粗もないように気を配る。そして、そんな気配りを見せないように配慮する奥床しさに、眼前のシルキーと、ここにはいない友人でもある親衛隊員を思い出して、ラクスはゆるゆると首を横に振った。

「いいえ、どれも美味しいです。懐かしい味ですわ」

とはいえ、〈巫女姫《ジル》〉特製のケーキを食べたあとでは、どうにも素朴というか味気なく感じてしまうのは、さすがに舌が贅沢に慣れ過ぎたがゆえの我儘というものだろう。

「あのパウンドケーキが特別だっただけのこと……かなうならば、もう一度口にしたかったけれど」

知らず、絶品であったルタンドゥテのパウンドケーキの味を思い出して、そう独り言ちるラクス。

そんな彼女を、シルキーが無言でずっと眺めていた。

「ご馳走様。十分に満足いたしました」

パンではなく、主に果実を口にして食事を終えたラクスが木製の食器を置くと同時に、片付けを始めたシルキーだが、珍しいことにその途中で手を休めて、半分独り言のように呟いた。

「……噂では今日、外部から行商人が来るそうです。なにか必要なものはございますか、ご主人様？」

思いがけない問いかけに軽く瞬きを繰り返したラクスであったが、すぐにそれがパンを残したことに対する埋め合わせだと気付いて、自分の配慮のない言動に深い罪悪感を覚えるのだった。

「いえ、大丈夫です。それに、いまの私《わたくし》はいつでも解脱できるように、精進潔斎を心がける身ですから……」

本来なら水だけで過ごしたいところであるが、いちいち料理を準備してくれるシルキーやブラウニーの好意を無にするわけにもいかず、必要最低限の食物を口にしているラクスであった。

それというのも、トニトルスに拉致された現在、畢竟《ひっきょう》、明日にはどうなるかわからぬ身であり、無体な要求や、この身を穢され、意に添わぬ目的に利用されるのであれば、いまあるこの肉体を捨てて、精霊界《イェツラー》において精霊として――あるいは、彼女ほどの霊格であれば、より高次の天霊界《アツィルト》において〈天使《アイオーン》〉か〈星霊《ダイモーン》〉へと――転生する覚悟を半ば決めていた。そのための精進潔斎である。

だが、幸いというべきか、不可解と眉をしかめるべきか、最初に彼女の身柄を確保したことを確認して以来、トニトルスがラクスのもとへ訪れることはなかった。

なにを考えているのか？　〈真龍《エンシェント・ドラゴン》〉という切り札を失って、これからどうするつもりなのか？　まだ、中原の征服などという野心を捨てていないのか、その疑念を確認するため、それと、できうることなら、誠心誠意の真心をもってトニトルスの翻意を促したい。ラクスは、その思いで現世に留まっているようなものである。

無言で一礼をして食器を片付けにいったシルキー。厨房へ下がった彼女が、珍しくなかなか戻ってこないのをラクスが不審に思ったタイミングで、戻ってきたシルキーが一言、

「ご主人様、『雷鳴の矢《トニトルス・サギッタ》』が面談を希望しております。とりあえず隣の談話室へ……勝手に上がり込んでおりますが」

無表情ななかにも不快な感情を垣間見せながら、そう嫌そうに伺いを立てた。

「……所詮は籠の鳥。断れる立場ではないでしょう。わかりました、すぐに参ります」

来たか、と、覚悟を決めて立ち上がったラクス。

いまさら取り繕う必要もない。それに身嗜みを整えるのも、死に装束のようで縁起でもないですしね……と、顔には出さないが、自らのエプロンの端を握ってヤキモキしているシルキーの健気な

姿を目の当たりにして、あくまで自然体で赴こうと瞬時に判断をしたラクスの肩から、スッと力が抜けた。

（ふふふ、心配性な妹を持った気分ですわね）

まあ、実際の年齢はシルキーのほうが上の可能性が高いが、人慣れしていない彼女の言動と見かけから年下にしか見えないので、ラクスは親しみを込めてそう思うのだった。

逆に遥かに年下であるはずの〈巫女姫〉ジルなどは、ラクスにとって初めて得た気兼ねのいらない同性の友人――『新月の霧雨《ノワ・ルーナ・ローラーティオー》』も友人ではあるが、やはりわきまえるべき一線というものが存在していた――という認識であり、その奔放な言動と合わせて、一緒にいると、これまでにない新鮮で華やいだ気持ちになれたものである。

（ジル様、再会の約束、果たせないかも知れませんね……）

気の置けない友人と他愛のない雑談をする。いまとなっては泡沫《うたかた》の夢のような時間を思い出して、握り締めた掌から砂のようにサラサラと、希望がいましもこぼれていくことを残念に思いながら、ラクスは談話室へと足を向ける。

シルキーに扉を開けてもらって入った談話室の中では、横柄な態度で足を組み、椅子に腰をかけて待っていたトニトルスが、やってきたラクスを前に、獲物を目にした猛禽のような笑みを浮かべた。

だが――。

「……やつれましたね、『雷鳴の矢《トニトルス・サギッタ》』」

以前と変わりない面立ちに見えるが、全身に澱のように張り付いた倦怠感と、根本的な生気《オド》や魔力《マナ》、生命力《エナジー》の消耗を感じて、ラクスは眉をしかめた。

「ほう、さすがは偉大なる女王陛下。ほかの者はまったく気付かないか、逆に、目に見える力が増したことに恐れ慄《おのの》いているというのに、私の状態を一目で看破されるとは……ご慧眼恐れ入ります」

口調こそ慇懃ながら、椅子に座ったまま傲然と嘯くトニトルス。

「確かに。いまの貴方からは、私や〈妖精王《オベロン》〉様をも超える、ほとばしるような魔力波動《バイブレーション》、そして荒れ狂う精霊力を感じますが、それは逆にコントロールしきれていないという証です。『雷鳴の矢《トニトルス・サギッタ》』、巷間伝え聞く話では、貴方は幾人もの乙女を次々と要求しているとか。なにをしているのですか？」

「ほほう。このような場所にいて、よく外の話をご存じでいらっしゃる」

壁際に控えるシルキーや、カーテンの隙間から覗き見ているブラウニー、レプラコーンなどの家付き妖精たちを、トニトルスはじろりと一瞥する。

「ならば、聡明にして麗しき女王陛下には、すでに見当がついていらっしゃるのではございませんかな？」

「――ッッッ!!?」

勿体ぶった言い回しで暗にほのめかした内容を、即座に理解したラクスが顔色を変えるのを眺めながら、トニトルスの脳裏にあの日――〈真龍《エンシェント・ドラゴン》〉を取り返され、尻尾を巻いて無様に【大樹界《インゲーンス・シルワ》】に戻ってきたその日――に、ジンと名乗る半黒妖精族《ハーフダークエルフ》の青年の口車に乗って、《屍骸龍《ゾンビ・ドラゴン》》を使役し得るという宝珠《オーブ》を渡された場面が甦った。

失われた〈真龍《エンシェント・ドラゴン》〉の代わりに、それを遥かに凌ぐ五大龍王のひとつ《水鎗龍王《すいそうりゅうおう》》の遺骸を使った《屍骸龍《ゾンビ・ドラゴン》》を使役しろという、目の前に佇む中性的な半黒妖精族《ハーフダークエルフ》の青年《ジン》の言葉。

胡散臭いどころか、悪辣な罠の気配が濃厚であるが、さりとていまのままでは、ジリ貧になるのは目に見えている。

戦場へ投入した黒妖精族《ダークエルフ》は、ほぼ捨て駒（しかも全滅したらしい）であったことと、主力はトニトルスの単独行動であったお陰で、いまのところ、洞矮族《ドワーフ》の城を破壊し、首都を機能不全に陥らせた成果を前面に押し立てて、実質的な負け戦であったことは伏せられているものの（投入した部隊が全滅したことを非難した族長は物理的に排除した）、早晩、洞矮族《ドワーフ》どもの反攻作戦が始まるだろう。

その前に、〈真龍《エンシェント・ドラゴン》〉に代わる圧倒的な力は、是が非でも欲しいところである。まさに渡りに船であるが、反面、目の前の男にいいようにお膳立てされているような気もする。

とはいえ、それならそれでわかりやすい。トニトルスにとっては、情などという不確定な要素の絡まない、お互いに利用し合うというシンプルな利害関係のほうが、よほど信用に値するといえた。

（要は、俺がコイツの思惑の上をいけばいいだけのことだ）

自分に対する絶対の自負と矜持から、トニトルスは一瞬の躊躇いもなく宝珠《オーブ》に魔力を流した。

要領は以前の〈真龍《エンシェント・ドラゴン》〉で掴めている。このまま魔力を流してドラゴンの意思を屈服させればいいはず……。刹那、トニトルスの意思を無視して、宝珠《オーブ》が逆に、トニトルスの魔力《マナ》はもとより生気《オド》や生命力《エナジー》、果ては精霊力などの力の根源を、無理やり引き摺り出す。

「――ぐああああああああああああああああああっ⁉」

最初に加えた魔力が呼び水になったのか、経路《パス》が繋がった――と思った瞬間、死した《水鎗龍《すいそうりゅう》王《おう》》の残留思念……死を前にした狂気と妄執と憎悪、怨怒。そうした感情が、長い年月によってみにくく歪められて生まれた恐るべき悪意の塊が、投げ込まれた餌に群がるように、トニトルスの精神へと喰らいついてきた。

そのまま生気《オド》の一滴まで搾り取ろうと、トニトルスの精神を支配し、屈服させ、呑み込もうとする。

いわば精神体への凌辱にも匹敵する、どす黒い悪意によって、たちまち精神を染められ、生命力《エナジー》を搾り尽くされ、身も世もない絶叫を張り上げるトニトルス。

ほんの数秒にも満たない瞬間に起きたその光景を、無言で眺めていた半黒妖精族《ハーフダークエルフ》の青年ジンは、

「黒妖精族《ダークエルフ》である貴方ならあるいは……と思っていましたが、やはり貴方でも駄目でしたか」

なんの動揺も驚きもなく、淡々とそう呟いた。

消え去ろうとしていたトニトルスの意識が、その一言によって、僅かばかりの理性を取り戻し、同時に憤怒に燃え広がった。

つまり、これまでも何人もの相手に、同様の手練手管《てれんてくだ》でこの宝珠《オーブ》を渡し、「あなたこそ選ばれた存在だ」と吹き込んで、自滅していく姿を何度も目の当たりにしてきたということだろう。

今回の件で《屍骸龍《ゾンビ・ドラゴン》》を使役できる準備が整った、というのもおそらくは方便にしか過ぎず、さんざん持ち上げておきながらトニトルスが失敗することも予想の範囲内で、万が一にも成功したら

御の字程度に思っていたということだ。

（おのれえええええええっ、この俺を、覇王となるべく生まれた俺を舐めるなよ、下郎が‼）

怒りの炎が僅かに《水鎗龍王》《すいそうりゅうおう》――いや、《屍骸龍》《ゾンビ・ドラゴン》の妄執を押し返した。だが、続く活力が圧倒的に足りない。一瞬でほぼ空っぽになった生気《オド》や生命力《エナジー》が回復しないことには、こんな一時的な炎などすぐに消え去るだろう。

どうすれば――。

「覇王陛下、いまの声はなにごとでございますか？」

と、隣室で控えていた、胸元も露な衣装を纏った、まだ年若い黒妖精族《ダークエルフ》の愛人兼侍女である娘が異変を感じて、玉座のある謁見室へと伺いを立てながら入ってきた。

即座に姿を消すジン。

「――陛下っ！　どうかなさいましたか⁉」

玉座にもたれかかるようにして、ガックリと疲弊しているトニトルスに気付いた彼女が、血相を変えて駆け寄る。

娘の手が自らの二の腕にかかった瞬間、体温とともにあふれんばかりの生命力《エナジー》を感じ取って、昆虫や野獣が本能のままに獲物に襲いかかるように、トニトルスは反射的にその手を取るや、

「貴様の命、俺のためにもらうぞ！」

「え――⁈⁈」

呆然とする娘の心臓の上に直接掌を当て、一気にその生気《オド》、生命力《エナジー》、魔力《マナ》、精霊力もろもろを搾

り取るのだった。

わけもわからず、白蝋のようになって即死する黒妖精族《ダークエルフ》の娘。

「――ほう」

本心から驚いた表情を浮かべて、ジンが再び音もなく姿を現した。

その態度に多少なりとも溜飲を下げつつ、いま手に入れたばかりの生命力《エナジー》を衰弱した全身に回して補充するトニトルスであったが、そうしている間にも経路《パス》を通じて、壊れた堤防の水のように生命力《エナジー》が奪われていく。

なんとか経路《パス》を切断しようとするが、まるで飢え狂った獰猛な肉食獣の顎《あぎと》のように、一度喰い付いた《屍骸龍《ゾンビ・ドラゴン》》の妄執は離れようとしない。破れた堤防に土嚢を積み上げるように、やむなく体内に魔術的な障壁を張り巡らせて、生命力《エナジー》の流出を最小限に抑えた。

「素晴らしい、素晴らしいっ。まさかこのような方法で《屍骸龍《ゾンビ・ドラゴン》》を曲がりなりにも制するとは、心より感服いたしました、覇王陛下」

トニトルスは満面の笑みで拍手をするジンを射殺さんばかりの眼差しで睨みつけ、改めて玉座に座り直す。

「……土壇場で予想を覆されたな、貴様」

「ええ、嬉しい誤算でございます。まさか即興であのような術を編み出されるとは……」

「――ふん。似たような術を〈巫女姫〉とかいう小娘が使っていたのを見たからな。人間族《ビーン》如きにできることが、この俺にできぬはずがないだろう。もっとも、あの小娘は自分の生命力《エナジー》を帝国の孺《じゅ》子《し》に注いでいたが……」

愚かな自己満足にしか過ぎん、と断じるトニトルス。

「なるほど、なるほど。しかし、その程度の生命力《エナジー》では、《屍骸龍《ゾンビ・ドラゴン》》を満足させるにはまったく足りませんな。そうなると、今後の方針はふたつにひとつ。同族を贄にして《屍骸龍《ゾンビ・ドラゴン》》が満足するまで生命力《エナジー》を与え続けるか、この場で宝珠《オーブ》を割って魔術契約を破棄するか……いかがなされるおつもりですかな？」

「決まっている。俺は王だ。覇王であるぞ。ならばこの国の民の命も、草一本に至るまで俺のものだ。俺がどう使おうと誰に憚ることがあろうか。いや、むしろ光栄に思うがいい」

その宣言と同時に召喚された〈白炎鳥《ホワイト・フェニックス》〉が、トニトルスの目前に転がっていた娘の死体を、跡形もなく燃やし尽くした。

「おお、そのお言葉をお待ちしておりました。まことに祝着至極に存じます」

恭しく慇懃に腰を折った半黒妖精族《ハーフダークエルフ》の青年。

それを蔑視の眼差しで見下ろしながら、トニトルスは玉座に座ったまま、軽く肘掛けを叩いた。

「それに、この玉座にはどうも公開されていない、もうひとつの機能があるようでな、俺もつい最近気が付いたのだが、まことにもって俺の目的にはおあつらえ向きなのだ」

「ほう？　お聞きしても？」

どうやら、この食えない青年にとっても予想外の話だったらしい。取り繕った穏やかな口元には微笑が浮かび、声も愛想がいいが、目の奥に油断のならない光が宿っている。

張り付いた笑顔の裏に潜んでいる、なにやら怪しげな違和感の正体が、僅かに表面に浮上してきたことに、トニトルスは密かに溜飲を下げた。

「公開されていないというよりも、その発想がなかったために、試す者がいなかったというのが正解だろうな。『湖上の月光《ラクス・ルーメン・ルーナエ》』も気付いていなかったはずだ。もともとこの玉座は、【大樹界《インゲーンス・シルワ》】に配置された千年樹たちの祝福《ギフト》を受けて、いながらにして管理することができるものだが――」

得々と説明しながら、ジンの興味と警戒の秤が僅かに興味の側へ傾いた、その一瞬の隙を突いて、トニトルスが指輪の精霊石に封じ込めていたサンダーバードを召喚して、身構える暇も与えずジンの背中へ向けて放った。

「なにを――が……っ!!?」

電撃に撃たれて、その場へ棒のように倒れるジン。

全身の神経が麻痺して、得意の隠形もできないでいる彼のもとへ、立ち上がって悠然と歩みを進めたトニトルスは、憎しみと侮蔑を込めた瞳でジンを見下ろした。

「なぁに、貴様も先ほど同意したであろう。『この国の民の命も、草一本に至るまで俺のものだ。俺がどう使おうと誰に憚ることがあろうか。いや、むしろ光栄に思うがいい』と。ならば貴様にも、俺の糧になる栄誉を与えよう。たかだか半端者の分際で、俺の役に立つのだ、喜んで死ね」

「な……待――」

命乞いも暇乞いも許さずに、愛用の剣で青年の着ている襯衣《シャツ》の前を切り裂き、直接心臓の上に手を当てて、先ほどと同じようにすべての生命力《エナジー》を奪い取った。

愕然とした表情で絶命した青年の死体を見下ろし、ニギニギと右手を何度も握り締《し》め、伝わった感覚に「ふん」と鼻を鳴らす。

「こんなものか……所詮は半端者。比べものにならん。たかが知れた生命力《エナジー》だな。やはり、贄は黒妖精族《ダークエルフ》か妖精族《エルフ》の若い娘に限るということか。贅沢なことだ」

呟いて、再度召喚した〈白炎鳥《ホワイト・フェニックス》〉で死体を消し去る。綺麗さっぱり憂いがなくなったのに満足しながら、私物化した奥の間へと向かうトニトルス。すでに頭の中では次なる算段と、《屍骸龍《ゾンビ・ドラゴン》》用の贄を確保するための準備に関する考えでいっぱいであった。

束の間、生者が誰もいなくなったはずの玉座の間に、クスクスと艶やかななかに毒を内包した女の含み笑いが木霊して、幻のように消えた。そしてこの一部始終を、屋敷妖精のひとりで噂好きの〈告げ口妖精《ウィリー・ウィンキー》〉が目にし耳にして、血相を変えて逃げ出した。

そののち、彼が目にした事実を妖精仲間の誰に話しても、ほとんどがいつもの法螺話として、一笑に付したのだった。馬鹿にせず、妖精たちの話に熱心に耳を傾ける〈妖精女王《ティターニア》〉を別にして。


久しぶりに目の当たりにしたトニトルスの変質ぶりを、一目で看破したラクスは、〈告げ口妖精《ウィリー・ウィンキー》〉が話したことを聞いてはいたものの、まさかという思いが強かっただけに、その悍《おぞ》ましさに数歩後退をして、それでも気丈に踏みとどまり、悲哀とも憐憫ともいえない眼差しを向けて、相対するのだった。

「なんというオーラと死霊を纏っているのですか……。いまの貴方はまるで吸血妖精《バーヴァン・シー》のように、浅ましい有様に成り果てましたね。もはや貴方は黒妖精族《ダークエルフ》ではありません。悍ましき魔物です」

「ククククク、魔物でも吸血妖精《バーヴァン・シー》でも結構。代償もなしに、貴女と中原の覇を手に入れることなどできないと心得ていますよ」

真っ向からの非難に対して悪びれることなく、ほの昏《ぐら》い笑みで応じるトニトルス。

「なにが貴方をそこまで追い詰めたのですか？　その行いを正してくれれば、私がこの身を差し出しますと誓約すれば、貴方の暴走は収まるのですか⁈」

「クハハハハハ、わかっていない。まったくもってわかっていない！　清廉にして無垢なる女王陛下。私が欲しいのはお情けでもオコボレでもない、貴女様のひたむきな想い。それをこの手で掴む……掴んでこその野望だというのにっ！」

「貴方こそ、なぜわからないのですか⁉　その野望によって苦しむ人たちを前にして、座視するしかない私が、哀しまない、苦しまないわけがないということが！　どうしてそれで、私が貴方に想いを寄せることになるのですか⁈」

「ふふふ。ですが、いまの貴女は常に私を憂い、憎んでいる。いままでの、その他大勢の黒妖精族《ダークエルフ》に向けるものと同じ視線ではない。私はそれがたまらずに心地いい」

「――っ⁉　それは誤解、いえ、貴方の思い違いです。私は黒妖精族《ダークエルフ》の民を、いずれも我が子のように分け隔てなく愛しています。そこに優劣はありませんし、まして『その他大勢』などと、無関心に見たことは一度もありません。ひとりひとりが大切な――」

「それが同じだということですよ！　貴女様は昔から俺にも優しかった。生きるに値しない、血統に胡坐をかいて分家を見下していた無能な……俺の親父や異母兄たちと、それに迎合するクソのような実の母。クソ溜めのような【大樹界《インゲーンス・シルワ》】にいて、俺にとって救いと呼べるのは、稀にしか会えなかった貴女の、なにげない言葉や気遣いであったというのに――!!　だのに俺も連中も貴女にとってはともに同じというなら、それは俺という男の価値を否定しているのだとなぜわからない!!?」

トニトルスの血を吐くような慟哭を前にして、ラクスの胸中にやるせない思いが沸き立つ。だが、やはりそれは、どこまでいっても、幼子の我儘に手を焼く母や姉の困惑であった。

「くくくく、憎しみの裏返しは愛だという。ならば、貴女が私を〝特別〟だと思えば思うほど、その心に占める私の領域は広がる。いつか必ずその心を独占してみせましょう」

と、言い放ったトニトルスの右手が、まるで獲物に飛びかかる蛇のように、ラクスの胸目がけて放たれ――寸前で当人の左腕によって防がれた。

「ぐっ……う……鎮まれ、貴様……」

ブルブルとトニトルスの意思を無視して震える右手を押さえて、トニトルスはその場で踵を返してラクスに背を向ける。

「……今日のところは失礼する。やらねばならんことが多いのでな」

肩越しにそう言い捨てて、その場をあとにするトニトルス。

その背中を寂しげな瞳でラクスが見送るのだった。

【第三章】森都《ロクス・ソルス》への潜入と〈妖精女王《ティターニア》〉との再会

いまにも降り出しそうな曇り空の下、ガラガラと車輪の音を軋ませ、虫除けの香を焚きながら、緑あふれる森の中を一台の獣車が進んでいました。

幌付きの荷台を引くのは、堂々たる体躯の火蜥蜴《サラマンダー》です。

単体でC級にランクされる火蜥蜴《サラマンダー》にあえて挑むような無謀な魔物もおらず――A級B級がゴロゴロ闊歩する【闇の森《テネブラエ・ネムス》】が異常なのであって、普通の森ではC級の魔物といえば、森の主《ヌシ》クラスの扱いになります――順調に行程を消化する獣車の御者台で手綱を握っているのは、普段の法衣《ローブ》を脱いで、ありふれた襯衣《シャツ》と長ズボンに着替えたセラヴィでした。

腰に短剣を佩いただけで、一見するとちょっと目つきの悪い用心棒兼御者といった趣のセラヴィ。

「このペースだと、だいたいあと四時間くらいで黒妖精族《ダークエルフ》のテリトリーに入るにゃ」

その隣に座ってナビをしているのは、いつものポンチョコートにガウチョパンツ姿のシャトンです。

「ふぅん……。どうでもいいけど、意外とちゃんとした道があるんだな。てっきり外部に通じる道なんてないと思っていたが」

舗装こそされていないものの、きちんと木が間引かれ、下草もまばらな一本道を進みながら、セラヴィがそう感想を口にすると、シャトンは腰のポーチに入れていた割符を取り出して得意げに見せました。

「この黒妖精族《ダークエルフ》特製の割符がないと、そもそも森へ入ることも、迷いなくこの道を進むこともできない仕かけですにゃ」

「精霊魔術の結界か。その効果はお前の影移動には影響しないのか？」

「そっちは大丈夫ですにゃ。影の中まで干渉できるような結界でないのは、確認済みですにゃ」

そう言いながら、シャトンはちらりと木漏れ日の下、南国の太陽のもとで、地面に黒々と落ちた荷台の影を見下ろす。

「便利……というか、厄介な術だな。影があるところと影が繋がっているところなら、どこへでも出入り自由って、盗みや暗殺、諜報が自由自在ってことじゃないか。おまけにあのジルでさえ、一見して『再現は不可能』って匙を投げるほどの特殊さときた」

セラヴィのもっともといえる感想に、シャトンが「にゃははははは」と気軽な口調で笑いつつ、

「そこまで便利な術じゃないにゃ。影の中にいるときには外の音が聞こえないから、聞き耳を立てる際には必然、一時的に外に出ないといけないし、そもそも影がない場所には近付けないし、あと【闇の森《テネブラエ・ネムス》】あたりに行くと影の中に入ってくる魔物とかもいますにゃ。ついでにいうと、バレたら明かりひとつで袋の鼠にゃ。だから『光』系統の魔術師――巫女姫サマとかは鬼門にゃ」

不可思議かつ便利な術にも相応の落とし穴があるようで、あっさりと手の内をばらしました。

「ふぅん……まあ、話半分に聞いておく。それと、俺たちは問題ないけど、あ、あっちはこのまま四時間も歩かせっぱなしにはできないだろう。適時休憩したほうがいいだろうな」

「そうですにゃ。一度止めてもらえますかにゃ。皆さんの状況を確認してきますにゃ」

その言葉に、セラヴィが火蜥蜴《サラマンダー》の手綱を引いて獣車を止めるのと同時に、軽く御者台の上から地面に下りたシャトンが屈み込んで荷台の陰に顔を入れ、そのまま泥に沈むようにズブズブと荷台の影へ顔を埋めました。

さて、シャトンの特技である『影移動』の魔術は、いまでは遺失魔術とでもいうべきもので、特殊な糸を使った操糸術と並んで、シャトンの師匠である例の行商人さんによる秘伝……というか、どちらも特殊な触媒や材料を使わないと真似ができない技術です。

一種の亜空間だと思いますが、この中では光と影が逆転した感じとなり、四方を壁で囲まれたプールか水槽から水面を見るように、真上に当たる影の部分が透過してて見える代わりに、光あふれる部分は真っ黒な影に塗り潰されて、触っても壁があるような感じで先に進めません。

時折、枝道のようにほかの影と繋がることもできますが、「この世界で迷子になったら探しようがないにゃ」と、事前に釘を刺されていたこともあり、極力近付かないようにして、私たち——私（と仔犬サイズのフィーア）とルーク、カラバ卿、ノワさん、プリュイ、アシミ、メレアグロス、テオドシアの八名と一匹——は、獣車の移動に合わせて、この狭い空間（縦横は荷車の長さと幅に準じ、高さは曖昧模糊としていますが、長身のメレアグロスが屈まないで済むのですから、多分二メルトを超えるはずです）を歩く形での同伴となっています。

ちなみに、メレアグロスとテオドシアは、邪魔になりそうな翼を現在しまっています。角や尻尾、鱗もそうらしいですが、もともと生来の竜人族《ドラゴニュート》はほとんど人間族《ヒューム》と変わらず（竜眼と牙は生まれつきだそうですが）、修行を経ることでだんだんと竜に近付くとかで、後天的な変貌なので、ある程度任意で出し入れできるとのことです。

あと、シャトンは「影の中にいると外部の音が聞こえない」と言っていましたが、実のところ私に限っては〈闇の精霊《シェイド》〉に仲介を頼む形で、だいたいの会話を聞くことができちゃったりしています。

と、不意に獣車が停まって、上からシャトンが顔を覗かせました。

「いったん休憩にゃ。あと四時間くらいかかるので、もう一回くらい休憩をしたら森都《ロクス・ソルス》に到着だにゃ。いまのうちに休んでおくにゃ」

獣車が急に停まったことで、不測の事態でも起きたのかと神経を尖らせた私以外の面々は、その言葉にほっとしてその場に座り込みます。

座るといってても椅子もなにもないので、おかしな手応えのする床や壁に体重を預ける形になりますが、得体の知れない閉鎖空間に長々と押し込められている気疲れが溜まっていたのか、座ると同時に腰が抜けたように、全身に疲れがどっと圧しかかってきました。

「ふう……。ともあれ、休めるときに休んでおいたほうがいいでしょうね。皆さん、お茶と軽食はいかがですか？」

一息ついた私は、その場に『収納《クローズ》』しておいた香茶（気分が落ち着くハーブティーになります）と、野菜と果物から作ったパウンドケーキとカヌレ、バターケーキを取り出しました。

いずれも淹れ立て、作り立てを『収納《クローズ》』しておいたものですので、いまだ出来立ての熱々です。

あと、バターケーキはカロリーとの戦いになるので普段は控えているのですが、今回は狭い場所

で気を張り詰めての持久戦になりそうなので、特別にリミッターを解除しました。

「ああ、いただこうか」

「あ、じゃあ、僕も」

プリュイとルークが手を上げたのを皮切りに、全員（いつの間にか、ちゃっかりシャトンも交じっています）へカップとスイーツを渡し、おかしなところでのお茶会となりました。

「セラヴィの分は別に取り分けておきますので、あとから渡してくださいね」

「了解にゃ、美味《うま》美味《うま》♪」

適当に聞き流しているいる風にしか見えないシャトンに再度念を押して、フィーアにお菓子を食べさせながら、香茶のカップを傾ける私。

ヤンチャ盛りのアラースとコロルがこの場にいないせいか、心なしかフィーアも満ち足りた表情でパウンドケーキを頬張っています。

ちなみにそのアラースとコロルは、現在、コッペリア、ケレイブ卿、トト卿とともに、洞矮族《ドワーフ》の砦に戻って待機しているはずです。

難民キャンプでは、アラースの親族だとおっしゃる方が見つかったのですが、現在の生活事情では年端も行かない子供を引き取ることは困難であり（かといって、その人だけを特別扱いするわけにもいかず）、無理をして引き取ってもアラースだけが限界というわけで、コロルと離れ離れにさせるのも心情的に不憫でできなかったため、引き続き私たちが預かることにしたのでした。

そんなわけで、コッペリアには私たちを待つ間、ふたりの子守をしていてもらうことにして、ケレイブ卿とトト卿はいざというときのための後詰めとして、いつでも駆けつけられるように、飛竜《ワイバーン》とともに砦で待機することにしました。

ともかくも、休憩とお茶のお陰でしょうか、慣れない環境にどことなくストレスを抱えていた一同も、少しだけホッとして精彩を取り戻したように感じられます。

ただひとりノワさんだけは、パウンドケーキを一口食べたところで、それ以上食欲が続かないようです。

「お口に合いませんでしたか？」

「いいえ、そんなことはありません。ただ、その……この菓子は以前に食べたそれとはちょっと違いますね？」

「ええ、以前にお出ししたのは豆乳から作ったものですが、今回は野菜を生地にしてドライフルーツを練り込んだものです。ほかにも、別な種類のものもたくさんありますわよ」

「そうなのですか。本当に美味しいです……が、これからのことを考えると、満腹になるわけにもいかないので、これで十分です」

生真面目なノワさんの言葉に、私も真剣に同意しました。

「そうですわね。『その一口が肥満《デブ》の始まり』とも言いますからね」

「いいえ、そういうことではなくて……というか、ジル様。大変思いが強い言葉でしたけれど、肥満《デブ》になにか思い入れでも？」

不思議そうな顔をするノワさんに対して、私は笑って誤魔化します。

「そ、そんなことないですわ。ほほほほほっ！」

「――はあ、そうですか。ただ、ラクス様がこの場にいらっしゃれば、また喜んでお召し上がりになられただろうと、ふと、そう思ったもので……」

その言葉に、「美味しい、美味しい」と言って、豆乳のパウンドケーキをひとりでほとんど一ポンドぺろりと平らげた、ラクス様の笑顔が思い出されました。

「そうですわね。これが終われば森都《ロクス・ソルス》でのルタンドゥテの支店……はさすがに無理でしょうから、商品の販売が可能になるように、お手配を願わないといけませんからね」

「だったらぜひとも、我が『よろず商会』にお任せにゃ！　神造兵器から憧れの相手のパンツまで、どんなものでもどこにでもお届けする『よろず商会』、『よろず商会』をよろしくにゃ！」

私の気休めともいえる提案に、即座にシャトンが尻馬に乗って、商売の名乗りを上げました。商機を逃がさない、商売人の鑑ですわね。

「フフッ、そうだな。そのときにはぜひお願いしよう」

ノワさんもそれで多少は気持ちを持ち直せたのか、残りのパウンドケーキを摘まんで香茶を一気に飲み干しました。

「ところで、いまさらですが、このまま正面から行って追い返されることはないのですか？　以前は大丈夫だったといっても、いまは交渉役も代わっているので、シャトンのことを知らない人もいるかと思うのですが」

「にゃはは、心配無用にゃ。ちゃんと『裏ギルド』幹部からの紹介状もあるし、黒妖精族《ダークエルフ》内部の協力者……というか、依頼主からの依頼書もあるにゃ」

「へえ、さすがですわね。『裏ギルド』幹部とか、どこからそんな伝手《つて》をたどったのですか?」

「にゃははは、それは蛇の道はへビーというやつにゃ（つーか、うちの親方が裏ギルドや犯罪ギルドの元締めなんだから、お茶の子さいさいにゃ）」

さすがに、裏の事情については言葉を濁すシャトンに対して、それ以上部外者が言及するわけにもいかずに、私は皆さんが使い終わった食器などを受け取って、しまい込みました。

「……しかし、いまの黒妖精族《ダークエルフ》支族内部に、トニトルスの不利益になることに協力してくれるような気骨のある者がいるとは、少々意外だな」

ノワさんが感心と疑念が混じった口調で呟いて、頤《おとがい》に拳を当てて該当する相手の心当たりを思い浮かべているようでしたが、思い付く前にあっさりと、シャトンが依頼主の正体を口に出しました。

「そのトニトルスの正妻の『春の歌い手《ウェール・カントル》』ですにゃ」

「「「はぁ⁉　それって、一番信用できない相手じゃないの⁈」」」

私とプリュイとノワさんの感想が一致しました。

すると、シャトンはとろんと眠そうな目の前に人さし指を一本立てて、ちっちっちっちっ、と舌打ちしながら、指を左右に振ります。

「三人とも女子のくせに、女の怖さを知らないにゃ。特に一夫多妻の貴族や王族の奥方同士、大店《おおだな》の妾同士の鞘当て、鍔迫り合い、子供同士の跡目争いのドロドロは、言語に絶するものにゃ。実際、あのグラウィオール帝国でも、いまの皇帝の実兄で当時皇太子だったオスカル王子が早世したのは、その叔父に当たるアルマンド侯爵を帝位に就けようとした母親の陰謀で、ついでにそのアルマンド侯爵は、オスカル王子の葬儀に向かう途中で崖崩れに巻き込まれて死んだ……けど、真相は息子を殺された皇后様（現皇太后様）の報復だったと言われているにゃ」

嫉妬がもろにぶつかり合う、女同士の暗闘の怖さを語るシャトン。帝国恐いですわ、と思いながら身内を例に引き出されたルークの表情を窺ってみれば、苦笑しつつ、

「そういう風聞があるとは聞いていますが、正直なところ身内でも、嘘か真実か不明と答えるしかないですね。ただ、オスカル大伯父上はもともと蒲柳《ほりゅう》の質だったと伺っております」

真偽不明ながら、ブタクサ姫の噂話と同じで、実態を無視した憶測に過ぎませんよ、との見解を付け加えました。ブタクサ姫を引き合いに出すその口調が、なんとなく私に対して試すような含みがあるように感じられるのは、果たして私の勘繰り過ぎでしょうか？

「まあ、王子様《ルーカス公子》の立場ならそう言わざるを得ないとはわかるにゃ。なら、ウチの親方が直接目にした案件を例に挙げると、数年前、どこぞの王族だか大貴族だかの奥方から、側室のまだ成人してない娘を、事故に見せかけて始末しろというものがあったと聞いているにゃ。なんでも、その娘の母親を正妻が相当嫉んでいて、ついでに娘も蛇蝎《だかつ》のように嫌っての犯行だったそうですけどにゃ」

「そんな、ひどい……！」

そんな年端も行かない子供の命を、ただの嫉妬と当てつけで弑するなど言語道断です。私は瞑目して、名も知らぬ気の毒なその少女に、心からの哀悼の意を捧げました。

……直後に、隔靴掻痒《かっかそうよう》というか、答えは間違っていないのに解答欄を間違えているような、全体

を通して重大な見落としというか、違和感がある気がしましたけれど、考えても思い付きませんでした。なんなのでしょう？

「まあそんなわけで、王侯貴族の婚姻っていうのは、当人以前に周りの連中の思惑がもろにぶつかる伏魔殿なので、気を付けたほうがいいという話にゃ。そんでもって、今回の『春の歌い手《ウェール・カントル》』の協力にしてみても、要はこのまま〈妖精女王《ティターニア》〉様がトニトルスに娶られることになると、必然的に正妻の座が奪われて立場がないにゃ。だから〈妖精女王《ティターニア》〉様は邪魔だけど、さすがに誅殺するのは憚られる……というわけで、密かに協力するってことになったのにゃ」

「はー……、王侯貴族との結婚って大変なのですわね。お伽噺なら『お姫様は王子様と結婚して幸せになりました』で締めくくりますけど、現実にはそこからさらに女の戦いがあるわけですから」

「いや、お伽噺のお姫様と王子様そのものズバリの巫女姫サマに、そういう夢のない愚痴をこぼされると、あたしも女の子として、なんとなくやるせないにゃ〜」

私が思わず嘆息すると、自分から話を振ったくせに、シャトンが不満を口にします。

「まあ他国の後宮や、我が国でも複数の妻を持った王侯貴族などにおいては、そういった奥方同士の確執があるのは確かですが、ルーカス公子のお父上であるエイルマー様や現皇帝陛下は、奥方はおひとりだけで、公務と家庭とはきちんと分けて考えていらっしゃるので、その薫陶を受けたルーカス公子も――」

「当然、愛する人はひとりだけです！」

「……だそうですので、ジル殿も大丈夫でしょう」

カラバ卿が擁護をするのに合わせて、ルークが断固とした口調で宣言しました。

ノワさんを横目でちらりと見ると、僅かに顔を曇らせて消沈し、小さく嘆息する様子が窺えました。ハートブレイク。これは確実に、かなわぬ初恋に傷付いた乙女ですわね。

「……あの、ルーク。ルークにほかに好きな方——たとえばノワさんとか——がいらっしゃるようでしたら、別に遠慮や無理をすることはないのですけれど？」

嫉妬と愛憎のめくるめく三角関係の幕開けとか、「またほかの女と……ッ」とかのノリは私には無理なので、あらかじめルークにそっと耳打ちをしておきます。

「なんでそうなるんですか⁉」

あれ？　愕然とした顔で問い返されてしまいました。

「え？　いえ、なんだか聞いた話では、随分とノワさんと親しくなられたそうですし、ノワさんは明らかにルークに好意を持っていますから。私に遠慮とか責任とかを感じていらっしゃるのであれば、早めに懸念を払拭しておこうかと……」

「はぁ⁉　いや、誰からなにを聞いたのかは知りませんけれど、僕が彼女に抱いているのは同情と友誼であり、異性に対するそれとは明らかに違います。というか、責任ってなんですか⁈」

ほかに聞こえないように、小声でやり取りをする私とルーク。

「それは、その、この間ゼクスを取り返すときに、儀式というか緊急事態の突発行為として、口づけをした件ですわ」

「なっ……‼　そんな風に思っていたんですか⁈」

「…………違うのですか……？」

そのあと話題にも出さないし、いまもこうして平気な顔で話をしているので――私なんて、意識し過ぎて「あああ、なんてはしたないことを。公衆の面前で……あうあう」と、しばらくは夜になると思い出して、火が出るような顔を抱えてベッドの上でゴロゴロ転がり、たまに寝台から落ちて、コッペリアに「まるで脱皮寸前の蛇ですね」と呆れられたものですが――ルークには大した意味がないのかと思って、密かに安堵と落胆を覚えていたところだったのですが……。

「本気でなければキスをしたりはしません！」

バッサリと言い切られ、思わず頭が真っ白になったところで――。

「しかし、あの『春の歌い手《ウェール・カントル》』がこのような思い切った手に出るとは、正直意外というか……にわかには信じられない。なにかの罠か陰謀なのではないだろうか？　いや、そうに違いない！」

気持ちを切り替えたノワさんが、軽く首を横に振りながら、率直な感想を唸るように口に出しました。あと、ノワさんが黒妖精族《同族》を信じる心を失っています。

「どのような人物なのだ、その『春の歌い手《ウェール・カントル》』とやらは？」

黒妖精族《ダークエルフ》のように、明確に『夫婦』という概念や制度というものがない――気が向いた相手と一時の恋愛をするだけ――妖精族《エルフ》であるアシミの問いかけに、

「黒妖精族《ダークエルフ》には珍しい、綺麗な着物……特に、レース編みとか宝石細工とかが好きなお得意様にゃ」

「もともとはクレスクント支族の本家筋のお嬢様だったのですが、傍流に過ぎなかったトニトルスが族長になるにあたって、政略結婚のような――いえ、そのものですね。それによってトニトルス

は本家との繋がりと大義名分を得て、ウェールは実利と立場を得たという関係です」

シャトンとノワさんが口々に、トニトルスの妻であるウェールという女性の印象を語りました。

「なるほど。つまり『春の歌い手《ウェール・カントル》』としては、『雷鳴の矢《トニトルス・サギッタ》』に対する情はなく、その野心に利用価値を見出しているだけであり、将来的には生まれた子供にお膳立てされた族長の座を継がせて、自らはその母親として盤石たる地位と権威を得るつもりでいた――よく聞く話ですな。ところが、トニトルスにとってもクレスクント支族の族長などという地位は一時の腰かけであり、本来の目的である〈妖精女王《ティターニア》〉様と婚儀を結べば、『春の歌い手《ウェール・カントル》』などもはや不要……ということに気付いたと」

カラバ卿の冷静な分析のお陰で、混乱していた私の頭も本来の調子を取り戻しました。

いけない、いけない。ここへはラクス様をお助けするためにきているのですから、浮ついた気持ちでいては、足元を掬われますわ。

「なるほど。信用はできない相手ですけれど、利害関係は一致しているというわけですわね」

「そういうことですにゃ」

十分に留意すべきですが、ともかくもトニトルスに非常に近しい相手の協力を得られたことは、好材料と判断をしてもいいでしょう。

「だが、罠の可能性も留意すべきだ」

お茶と軽食をともに「結構だ」と断って、壁際に立っていたメレアグロスが、ポツリと釘を刺す形で一言意見しました。

「それは、当然の懸念ですわね。万一の場合は実力で突破……となるでしょうね」

「確かに、この顔ぶれなら問題はないだろう。なんなら我々とジルの三人だけでも、森都《ロクス・ソルス》とやらを落とすことは可能であろう。テオドシアは正直侮っていた。人間族《ヒューム》にこれほどの術者がいるとは。下手をすれば〈神人〉……とはいかないまでも、土着神や〈天使《アイオーン》〉並みの魔力であるぞ」

こちらは香茶も軽食も遠慮なく摘まんでいたテオドシアが、なんの衒《てら》いもなくそんなことを言って、なにやら恐ろしい提案を示唆します。

「いいえ、あの、さすがに三人では無理ではないでしょうか？」

相手は人間よりも遥かに魔力の強い黒妖精族《ダークエルフ》で、しかもここは、相手のホームグラウンドである森の中です。竜人族《ドラゴニュート》が文字通り一騎当千なのは理解していますが、さすがにアウェーでは厳しいでしょうし、私まで人外扱いでカウントされるのは、過大評価だと思うのですが……。

「いいえ。実際のところジル様の魔力量、詠唱速度、魔術構成の緻密さは、黒妖精族《ダークエルフ》の基準から見ても常軌を逸している……非常識といってもいいほど完成されているのですが、その年齢でそれほどの境地に達するなど、どんな修行をなされたのですか？」

ノワさんが、実に興味深そうに身を乗り出しました。

彼女なりに『強くなりたい』『負けたくない』という思いに苛まれているのでしょう。

とはいえ、私もまだまだ未熟者ですから、人に教えられるような秘訣とかは、別にないのですけれどね。

「あえていうなら、恵まれた師のもとで基本を中心にして、漫然と修行をせずに常に実戦のなかで練り上げ、自分に合った形で昇華させるってところでしょうか。ああ、とりあえず、何度か単独で下級竜《レッサー・ドラゴン》などのAランクの魔物を相手にして死線を越えれば、自然と強くなれますわよ？」

　まあ、いまから思えば、私の師匠《レジーナ》は人間的にはいろいろと問題でしたけれど、有能だったのは確かですし、弟子が壊れない絶妙の匙加減で、徹底的にしごいて本人の能力を格段に引き上げる手際は、見事としか言いようがありませんでした。

「「「「いやいやいやいや、ハードモード過ぎ（ます）（る）！」」」」

　やる前から腰が引けているノワさんと、それに迎合するルーク、カラバ卿、プリュイ、アシミの五人。軟弱ですわね。

「でも、冒険者でも地下迷宮《ダンジョン》の低い層で、安全に、その日食べられればいいくらいの採取やFランクの魔物を相手にしている人たちより（セラヴィ曰く『犬の残飯漁り《ドギー・バッグ》』と呼ばれているそうですが）、率先して難易度の高い層を目指している人たちのほうが、押し並《な》べてレベルが高いでしょう？　簡単にこなせる弱い相手とばかり戦っていては、いつまで経ってもそこからは伸びませんから。高い目標を持っていまある能力を高め、自分のキャパを広げる努力が必要なのだと思いますけれど」

「「「「う〜〜む、理屈はわかる。わかるのですが、極端すぎ（ませんか）（ないか）？」」」」

　納得したような、しないような五人を前にして、私は再度小首を傾げました。

「そうですか？　私にできるのですから、誰でもできると思いますけれど？」

「「「「「その考え方と物差しは、根本的に間違って（います）（いる）っ‼」」」」」

　なぜか今度はシャトンも含めて、顰蹙《ひんしゅく》を買ってしまいました。

　う〜〜ん、お互いの常識の摺り合わせって難しいですわね、と私は改めて、人間関係の難しさに思いを馳せるのでした。

そのあと、口々に私の持つ基準の破天荒さを論《あげつら》う面々と話し込みながら、私たちはもう一度休憩を挟んで、【大樹界《インゲーンス・シルワ》】の中心部に聳え立つ巨大な樹上都市、森都ロクス・ソルスこと『千年樹の果実《ミレニアム・ポームム》』へと到着したのでした。

ノワさんにとっては久しぶりの帰郷となりますが、敵地と化した故郷を前に、巨大な千年樹を見上げるその心中は、とても複雑なようです。


千年樹が見える場所まで来たところで、威嚇のための矢が獣車の目前の地面に放たれ、咄嗟にセラヴィが手綱を引いて火蜥蜴《サラマンダー》が攻撃態勢になったのを抑えると、火蜥蜴《サラマンダー》の口元から不満げに火の粉が飛びました。

「停まれ！　ここから先は聖域である。薄汚い人間族《ビーン》や獣人族《ゾアン》、まして忌むべき炎の魔獣たる火蜥蜴《サラマンダー》が足を踏み入れるなど、言語道断である！」

大陸共通語での警告とともに、近くの樹上に弓を構えた黒妖精族《ダークエルフ》が十人ほど姿を現しました。もとより森と一体化していたのを、こちらにわからせるためにあえて姿を見せたのでしょう。それと同時に、ほかにも伏兵がいるかも知れないという警戒心を呼び起こす目的もあるのでしょう。

「おやおや～、なにかいきなり喧嘩腰ですにゃ。つい半年前に来たときには、この割符を見せたら黙って通してくれたというのに～」

いかにも困惑したという顔で、板に紐を通しただけの割符をこれ見よがしに掲げるシャトン。ですが、警告をした黒妖精族《ダークエルフ》は動じた風もなく、

「それは、アウクシリア支族が発行したものだろう。いまでは無効……どころか裏切り者の証明だ」

冷徹に次の矢を番《つが》えて、シャトンを狙い澄まします。合わせて同様に弓を構え、明確な敵意を向けてくる、ほかの黒妖精族《ダークエルフ》たち。

「あ～～、噂には聞いていましたけど、そういうことになってましたにゃ。なら『春の歌い手《ウェール・カントル》』様に確認してほしいにゃ。『よろず商会』のシャトンが、ご依頼の品を持ってきました――と。ほら、こっちに品物を卸している裏ギルドの紹介状もありますにゃ」

すかさず裏ギルドの紹介状を差し出して、怪しい者ではない（真っ当な社会では、怪し過ぎる手合いの証明ですが）ことを、シャトンがアピールします。

ですが、相手は一顧だにせず、

「貴様ら如き薄汚い商人風情のために、『春の歌い手《ウェール・カントル》』様のお手を煩わせる必要などない。どうしてもというなら、その商品をここに置いて、とっとと去るがいい。『春の歌い手《ウェール・カントル》』様のお手隙の際にお尋ねして、まことであればお届けしよう」

「いやいや、それ強盗の手口ですにゃ！　真っ当な行商に来ているんですから、取り引きにはちゃんと代価をいただかないと、大損ですにゃよ‼」

「貴様の事情など知ったことではない」

そんな、取り付く島もない黒妖精族《ダークエルフ》の態度を見て、セラヴィがうんざりした表情でシャトンに小声で話しかけます。

「――おい、話が違うんじゃないのか。全然妥協しないぞ」

「下っ端では話にならないにゃ。もうちょっと上の連中がいれば話も通じるんですが、コイツら本当に商人相手の素人ですにゃ」

「なにをコソコソ話しているのか⁉　どうにも怪しい。さては貴様ら洞矮族《ドワーフ》どもの間諜だな！」

ある意味、正鵠を射た黒妖精族《ダークエルフ》の難癖に、この場の緊張感が一気に高まりました。

「……ま、考えてみれば、これが普通の対応だな。国境線に敵軍が陣取っている状況で、見知らぬ行商人などは疑ってかかるのが当然だ。知り合いの仲介があったとはいえ、平気で王の前に敵である黒妖精族《ダークエルフ》や竜人族《ドラゴニュート》を連れていく、洞矮族《ドワーフ》兵の大雑把さと能天気さが例外であって」

そう言って、俺もいつの間にか周囲に毒されて、危機感を薄れさせていたらしい。と、嘆息するセラヴィ。

一方、さてどうしたものかと、出番待ちをしている荷台の下の影へシャトンが視線を投げると、そのシャトンの背に向かって、涼やかな声が話しかけてきました。

「あの、行商人ですか？」

見れば、ギスギスしたこの場には相応しくない、動くたびにサラサラと衣擦れの音がする絹の白いドレスに白の婦人用ボンネットを被り、腕に蔦で編んだバスケットを提げた、金髪の人形のように整った顔貌の少女が、いつの間にか獣車の御者席に、セラヴィを挟んで座っていました。

ぎょっとするセラヴィとシャトンには構わず、どこかアンニィな表情でふたりの様子を窺う彼女。美しい少女ですが、存在感が妙に希薄に感じられます。それもそのはず――。

「むっ、シルキーか？　珍しいな。このような場所まで出歩くとは……」

僅かに殺気を解いて、怪訝な表情を浮かべる黒妖精族《ダークエルフ》の男。

「シルキー？　ボガードやブラウニーと同じ屋敷妖精のアレか。そういや、見た目のわりに意外と活動的で身が軽く、人が乗っている馬の後ろに、いつの間にか飛び乗るとも聞くな」

『シルキー』という言葉で、即座にその特性を思い出して、いまの状況を納得するセラヴィでした。

「行商人ではないのですか？」

そんな周りの反応に頓着せず、いまいち本意が見えない淡々とした態度と口調とで、シャトンへ確認をするシルキー。

唖然としていたのも一瞬、すぐに我に返ったシャトンが、揉み手をして商売人モードへと変わりました。

「勿論、行商人ですにゃ！　我が『よろず商会』は、上は超帝国産の神造兵器――神器や〈神帝《ドミュナス》〉様の下着から、下は隣のおっさんの不倫の証拠まで、ご要望があればなんでも取り揃えてご覧にいれますにゃ」

（対象のチョイスがおかしい……）

敵対していた黒妖精族《ダークエルフ》の警備隊を含めて、この場にいた全員がツッコミを入れる、心の声が聞こえた気がしました。

「ならば『ぱうんどけーき』というものはありますか？」

周囲の空気を読まずに会話を続けるシルキー。その意外なリクエストに、シャトンは左右で色違いの目を軽く見開いて、続いてなにかを察した表情で抜け目のない笑みを浮かべます。

「それはもしかして、黒妖精族《ダークエルフ》でも食べられる、絶品のルタンドゥテのパウンドケーキのことではないですかにゃ？」

「…………。……それです」

シルキーはしばし考え込んで、心なしかほっと安堵した表情で、微かに口元に笑みを浮かべます。

「いや〜〜〜っ、お客さんは運がいいですにゃ！　大陸広しといえども、ルタンドゥテのパウンドケーキ（というか作れる当人ごと）を商っているのは、あたしくらいですにゃ。逆にいえば、この機会を逃すと、絶対に手に入らないですにゃ」

商売人の常套句である「ここにしかない」「この機会を逃すとあとがない」を連呼するシャトンですが、今回ばかりは嘘偽りのない事実ですので、誰憚ることなく堂々と言い放ちます。

「ならば、これで買えるだけください」

シルキーがバスケットから取り出した革袋を、セラヴィが受け取って中身を確認しました。

「……金貨か。黒妖精族《ダークエルフ》の里で手に入るとは思わなかったな」

そのうちの一枚を取り出して、シャトンに渡します。

「妖精の金貨ですにゃ。月の光を集めて作られたもので、混ぜもののない純金にゃから、普通の金貨よりも価値があるうえに、魔術的触媒にもなるので、好事家や魔術師には高く売れるにゃ」

「これで買えますか？」

「お支払いは十分ですが、生憎とあたしらはここで商売をしてはいけないと、追い返されているところですにゃ」

そう口にして、武器を構えている樹上の黒妖精族《ダークエルフ》たちを見回すシャトン。

「…………」

それにつられるようにして、無言のまま彼らに向かって非難するような、冷たい視線を向けるシルキー。

「――う……」

その視線にたじろいだ様子を見せる、何人かの黒妖精族《ダークエルフ》たち。

精霊や妖精の友である黒妖精族《ダークエルフ》にとって、シルキーから抗議の眼差しを向けられるのは、なによりも後ろめたいのでしょう。

「動揺するな！　たかが家妖精の一匹ごとき――」

そんな彼らを叱責する、最初に矢を射かけた黒妖精族《ダークエルフ》の男。

と、そんな彼の迂闊な発言を聞いて――。

「……一匹だってさ」

「シルキーちゃんを一匹扱いするなんて信じられねーわ」

「たかがとか言ったぞい」

「最近居心地悪いし、威張りん坊が増えたから、ほかの場所に行ったほうがいいんじゃないかい？」

「そーだね、そうしよっかー」

風の囁きに乗って、木の葉やキノコの傘が作る天蓋の下にいつの間にかウジャウジャと集まっていた、群れを成す妖精たち――別名『妖精の丘の住人《シーリー・コート》』とも呼ばれる、妖精族《エルフ》や黒妖精族《ダークエルフ》の取り巻きで、主に祝宴や狩猟を手伝い、歌やダンスを披露する奉仕妖精たちが、不穏な会話を繰り広げるざわめきが聞こえてきました。

彼らは、妖精族《エルフ》や黒妖精族《ダークエルフ》（ときには気に入った人間も）のもとで集団になって暮らし、さまざまな形で協力してくれる奉仕妖精たちですが、同時に気まぐれで気高く、廉潔に暮らすのを身上としていますから、気に入らない相手のもとからさっさと離れるのに躊躇はありません。

逆にいえば、彼らに愛想を尽かされるということは、妖精を大切に扱わない、敬意を捧げるに値しないと見做されたということで、それは黒妖精族《ダークエルフ》にとって、このうえない恥辱……いえ、存在意義の否定にすら連なる不祥事です。

「ま、待て。すぐに確認させる！　だから貴様ら――商人、戻らずにそこで待っていろ！」

さすがにこれほどの大事になっては放置できないと気付いたのでしょう（遅きに失した感もありますが）、黒妖精族《ダークエルフ》の男が構えていた弓を下ろして、居丈高にシャトンに命じます。

「あー、こんな道の真ん中で待てというのですかにゃ？　せめて馬車を停められるところまで行かせてほしいにゃ」

「ちょ、調子に乗るな！　そもそも忌まわしい火蜥蜴《サラマンダー》を千年樹のお膝元へ連れていくなど……」

なおも渋る相手に対して、とろんと眠そうな眼差しを向けて、これ見よがしに首を傾げてみせるシャトン。

「おや？　おやおやおや〜？　あたしが聞いた話では、いまの黒妖精族《ダークエルフ》のトップは改革派で、確か『新しい黒妖精族《ノヴァ・ダークエルフ》』とかいって、従来の黒妖精族《ダークエルフ》の常識を覆すように勧めているんではなかったですかにゃ〜？　それが、保守派バリバリの古臭い価値観にこだわるというのは、トップに対する裏切りではないですかにゃ。本当に部下ですかにゃ？」

見た目には飄々としていますが、なにげに鬱憤が溜まっていたのか、シャトンが思いっきり意趣返しで煽りまくりました。

「貴様、どこでその情報を……?!」

愕然とするのは最初に誰何《すいか》してきた黒妖精族《ダークエルフ》ですが、シャトンの台詞の尻馬に乗った黒妖精族《ダークエルフ》の納得と侮蔑の視線を受けて、色を失くして狼狽します。どうやら同じ部隊を組んでいる仲間同士でも、足の引っ張り合いはあるようですわね。

言葉を失くした男の代わりに、ポニーテールをした活動的な黒妖精族《ダークエルフ》の女性が、

「では、ゆっくりとこのまま進め。五百メルトほど先に広場があるので、そこで待機してもらおう。――場所はわかるか？」

「わかりますにゃ。ほかの商人も、馬車とかを置いておく場所ですにゃ」

「その通りだ。先に伝令を飛ばして、お前の名前を『春の歌い手《ウェール・カントル》』様と、念のためにいま出入りしている商人にも確認させる。『ヨロズ商会のシャトン』だったな？」

「そうですにゃ。こっちは御者兼用心棒ですにゃ」

「ふん、ひ弱そうな子供だな。実際のところは火蜥蜴《サラマンダー》頼りといったところか……。火蜥蜴《サラマンダー》におかしな動きをさせるなよ。少しでもおかしいと思えば、『春の歌い手《ウェール・カントル》』様出入りの商人といえど、遠慮なく矢ぶすまが飛ぶと思え」

そう脅しをかけて軽く手を振ると、それに合わせて周囲に姿を見せていた黒妖精族《ダークエルフ》たちが一斉に——最初に声をかけてきた男性だけは、ややもたつきながら——森の中へと消えていきました。

「ふぅ……とりあえず、なんとかなったにゃ」

「ああ、これも〈妖精女王《ティターニア》〉様のお導きってところか」

セラヴィが発した〈妖精女王《ティターニア》〉様という単語に、僅かに身動《みじろ》ぎするシルキー。

（（アタリ））

さり気なくセラヴィとシャトンが目配せし合いました。

『パウンドケーキ』という、黒妖精族《ダークエルフ》の食文化に存在しない単語が出てきたことから、もしかしてと思っていましたが、やはり所望しているのはラクス様で間違いないでしょう。

ここからさらに突っ込んだ話をして、ラクス様が囚われている場所を聞き出したいところですが、あからさまに〈妖精女王《ティターニア》〉様に関する話をするというのも、不自然で警戒されるかも知れませんし、なによりも周囲で見張っている黒妖精族《ダークエルフ》たちの耳目を引くわけには参りません。

微妙な気まずさとじれったさを抱えながら、獣車はノロノロと森都《ロクス・ソルス》の中心を目指して進むのでした。

どうやら伝令がシャトンの身分と要件の確認を終えたのでしょう。獣車は途中で止められることなく、数台の馬車や獣車が留まっている広場へ到着しました。

慣れた様子でセラヴィに指示して、シャトンはその一角に獣車を停めさせます。

と、先に来ていた、商人の用心棒らしい冒険者か盗賊崩れの破落戸《ゴロツキ》としか思えない、ガラの悪そうな男たちが胡散臭そうな目でこちらの獣車を注目するなか、シャトンは気にした素振りもなく先に御者台から下りて、セラヴィから投げ渡された火蜥蜴《サラマンダー》の手綱を、近くの木に結わい付けました。

そこへ、素肌の上にいかにもな革製のベスト、片目にアイパッチを着けた人相の悪い男が、ニタニタと気持ちの悪い笑みを浮かべながら近付いてきました。

「よう、お姉ちゃんたち。こんな場所に体でも売りにきたのか？　なんだったら、俺がふたりまとめて買ってやってもいいぜ」

黙々と商売の準備をしているシャトンと、我関せずと超然としているシルキーに交互に視線を這わせながら、なおも聞くに堪えない卑猥な言葉を浴びせるアイパッチの男。それに合わせて、周囲の男たちも嗤いながら、下品なヤジを飛ばしてきます。

馬耳東風で相手にせず、荷台から売り物と荷物をまとめてズタ袋に入れて地面に下ろし、セラヴィと手分けをして、せっせと仕分けをするシャトンの態度に業を煮やしたのか、

「おい、すかしてんじゃねえよ、このアマ！」

アイパッチの男がシャトンの胸倉を掴もうとした――刹那、右腕の手首から先が「ピーン」とピアノの弦を鳴らしたような音とともに、なにかに引っ張られるようにして、明後日《あさって》の方向にいた禿頭の男へ殴りかかりました。

「あ……?」

一瞬のことで、理解と痛みが追い付かなかったアイパッチの男ですが、

「なにしやがる、手前《てめー》っ!!!」

殴られた禿頭の男の怒りが瞬間的に沸点に達し、

「ち、違う。いまなにかに引っ張られ――」

弁明する間もなく殴り返され、それを契機にふたつの用心棒グループが殴り合いの喧嘩を始め、仲裁《止め》しようとしたもうひとつのグループもいつの間にやら交えての、乱闘になっていたのでした。

「まったく、うるさい連中ですにゃ」

そう面倒臭げに言いながら、素早く超極細の糸を手の中に回収するシャトン。

いうまでもなく、最初の契機になった一発は、シャトンの目に見えない極細の糸によってもたらされたものです。あの技を目にするのは久しぶりですが、こうした遮蔽物の多い場所で、なおかつ曇りの日は、反射で糸を視認することもできないので、厄介このうえないですわね。

周囲が騒然とするなか、馬車の中からいかにも抜け目のなさそうな商人たち――商人という言葉で連想される、恰幅のいい柔和な顔立ちとは対極的な、いかにも荒事に慣れた〝親分〟という感じの中年から初老の男たち――が現れて、「なんの騒ぎだ?」「ここでは騒ぎを起こすなと言っておい

ただろう、ボケが！」「どこの馬鹿だ⁉」と、ドスの利いた声で恫喝しました。

ぴたりと動きを止めた用心棒たちの視線が、無言のまま、シャトンとボコボコにされたアイパッチの男へと集中します。

人相が変わるほど殴られた男の凄惨な姿にも特に動じることなく、眉ひとつ動かさなかった親分たちですが、「――どっこいしょ」と、なにごともなかったかのようにリュックサックを背負ったシャトンを目にした途端、一斉に顔色を変えて、その場に直立不動になりました。

「「「よ、よろず商会の……‼⁉」」」

「やー、久しぶりですにゃー。皆、元気に商売に励んでいるようで、なによりですにゃ」

朗らかに笑うシャトンを前に、ダラダラと脂汗を垂れ流す悪徳商人三人組。

「――あの、旦那。このメス餓鬼を知ってるんですが？」

恐る恐る声をかけた用心棒のひとりを、瞬時に殴り飛ばす中年のゴツイ商人。

「失礼な口を叩くな、三下風情がっ！　いいか、ここにおられるシャトンさんは、六年前の『ヨーク ス事変の奇跡』――隣国のママリア公国の息のかかった裏組織が、先代の元締めを暗殺して、我がファン・レイン王国の裏ギルドを乗っ取ろうとした際に、黒髪の旦那と一緒に手を貸してくれた大恩人だぞ！」

中年男の言葉に、壮年で頬に傷のある細面の商人が感慨深げに頷きました。

「すでに仲間の大部分が裏切って、味方といえば、ここにいる三人といまの元締めである当時の若頭の四人だけという状況で、黒髪の旦那とまだ十歳ほどだったシャトンさんが、助っ人を買って出てくれたのだ。それも、一宿一飯の恩義を返すという理由だけでな。そして、お二方が血路を開いてくれたお陰で、奇跡的に逆襲が成功した。ゆえに『ヨークス事変の奇跡』といわれている」

「いうなれば、現在ファン・レイン王国の裏ギルドが存続できているのも、お二方の活躍あってのお陰ってこった。要するに、土台貴様らのようなチンピラ風情が粋がったところで、どうにかなる相手ではねえってことよ」

最後に『絶対に（直接、間接を問わず）人を殺しまくってますわよね？』という剣呑な目つきをした初老の男性が、委縮している用心棒たちを見据え、凄みのある声でそう締めくくると、ついでにボコられたアイパッチの男を一瞥して地面に唾を吐きました。

「……お前、十歳の頃からそんな修羅場をくぐり抜けていたのか？」

御者台から下りてきたセラヴィの呻くような問いかけに、「若気の至りですにゃ。にゃはははは」と、華麗に笑って誤魔化すシャトン。シルキーのほうもお付き合いでか、体重がないかのように軽々と地面に舞い降りました。

一方、声もない用心棒たちを尻目に、親しげにシャトンに話しかけてくる、地元の裏ギルドの幹部たち。

「いや、それにしても懐かしいですな。いまでも思い出しますよ。敵のアジトの傍にあった暗がりに隠れて、出入りする下っ端たちをこう糸でグルグルにして、次から次へと素早くナイフで――」

「ま、ま、まあまあ、あたしの話はどうでもいいですにゃ！　それよりもちょっと聞きたいんですが、黒妖精族《ダークエルフ》の新しいトップの意向についてですがにゃ」

かなり気になるシャトンの武勇伝を当人が遮って、商売に関する話にシフトさせました。

「なんだ、面白そうな話なのに、つまらんなあ……」

セラヴィがまさに私の思っていたツッコミを入れましたけれど、「つまんない話ですにゃ」と、曖昧に言葉を濁すシャトンに代わり、中年の商人が破顔一笑――。

「おう、さすがはシャトンさんの舎弟だけのことはある。気に入った。奢ってやるから、今度一杯やろうぜ。シャトンさんの話を肴に語り明かしてやるぜ」

セラヴィの肩を親しげに、平手で景気よく何度も叩くのでした。

「まあ、俺もやぶかさではないが（裏社会に顔を売っておけば、いざというときに役に立ちそうだし、シャトンの裏の顔や弱みを握れるかも知れないからな）」

「がははははははっ、そう来なくっちゃな！（よろず商会に恩義を売っておけば、今後も裏社会で一目置かれるからな。十分利用しなきゃ、嘘ってもんだ）」

なにやら意気投合して握手をする、セラヴィと中年裏ギルド幹部。男同士の友情が成立した瞬間ですわね。


さて、影亜空間の外の映像は下から見上げる形で見られますが、私以外は音が聞こえないため、〈闇の精霊《シェイド》〉が伝えてきたリアルタイムの情報を、シャトンに人相の悪いアイパッチの男が突っかかってきたあたりから、随時、要約して仲間たちに伝えていました。

「大丈夫ですわ。きちんと話し合って理解を得られたようです。やはり愛ですわ、愛。この世界を満たし、動かしているのは愛ですわね」

私がそう締めくくると、ルークはいたく感動した風情で頷いていましたが、

「そうか？　私にはなにやらお互いの薄汚い利害が、奇跡的に一致しただけのように見えたが……」

プリュイが不信感丸出しの目で、セラヴィと裏ギルド幹部たちを見上げています。

心なしかほかの皆も（ルーク以外は）プリュイの意見に同意のようで、周りとの温度差がちょっぴり物悲しい昨今でした。


「……つまり、予定していた黒妖精族《ダークエルフ》の奴隷がここのところひとりも寄越されず。それどころか逆に、種族を問わないので若い女の奴隷が欲しいと要求され、どうなっているのか確認してもナシのつぶて。このままでは今後の商売にも差し障りがあるので、裏ギルドの幹部直々に交渉にきたということですにゃ？」

「ええ、そういうことです。いつ洞矮族《ドワーフ》が逆襲に出るか予断を許さないこの情勢下ですから、武器や補給物資はいくらあっても足りないはずなのですが、一月ほど前からピタリと奴隷が納品されなくなり、代わりに千年樹の実や葉っぱで払うと言ってきやしたが、あっしらもほかの顧客の手前、

黒妖精族《ダークエルフ》の奴隷は必要不可欠。それを一方的に反故にされては、信義に反する……ってわけで、最後通牒を突き付けにきたってわけです」

中年幹部の言葉に頷きながら、ちらりと荷台の下の影亜空間にいる私に目配せをするシャトン。あら。もしかして、私が聞き耳を立てていることを看破したのかしら？　まあ、もともとシャトンの術ですので、あり得ることです。

私も単に、内側から外の音が聞こえないので、向こうも聞こえないのだろうと漠然と思っていただけですけれど、実際のところは術者にはこっちの内情が筒抜けというのは、十分考えられることで、逆にそうでないと安全対策の観点からも問題ありですからね。

「なるほど、なるほど。一月前というと、トニトルスが洞矮族《ドワーフ》の国から泣いて逃げた直後ですにゃ。なんか関係あるかも知れないと思うにゃ」

「そうですな。その頃から連中のボス――そのトニトルスとかいう若造――が、交換の場に出てこなくなったと聞いています。それでもこれまでの良好な関係がありましたので、ある程度なあなあでやってきたのですが、『代金は洞矮族《ドワーフ》を攻め滅ぼしたあと、連中の金銀で倍にして払うので、逆に奴隷を寄越せ』などとふざけたことを言ってきたので、埒が明かないと判断しまして、我々が足を運んだわけです」

壮年幹部の憤りを漲らせた説明に、シャトンも鹿爪らしい顔で同意します。

「にゃるほど、にゃるほど。こちらもわざわざ幹部が三人も揃ってやってきたのにゃから、相手も雲隠れせずにボスであるトニトルスが出てきて当然、そうでなければ本気度が疑われるし、舐めているということで、状況によっては手を引かざるを得ない……ということを見極めるべく、三人でこれだけ用心棒を連れてきたということですにゃ」

「ええ。ところで、シャトン殿。なぜさっきから、説明口調で繰り返されているのですかな……？」

「大事なことなので二回言っているだけにゃ」

怪訝そうな初老幹部の疑問に、シャトンが取って付けた理由を口に出したところで、先ほどの女性黒妖精族《ダークエルフ》が数人の仲間を連れて、広場から千年樹の中央へと抜ける道へ歩いてきました。

「確認が取れた。先に来た商人たちは、畏れ多くも覇王陛下から謁見の許可が出た。護衛ともどもついてくるがいい。あとから来た獣人族《ソアン》の商人。お前は獣車を置いて『春の歌い手《ウェール・カントル》』様のところへひとりで行け。私が案内をする。――ああ、御者は引き続きここで待機だ」

こちらは半ば押しかけた立場であるので、黒妖精族《ダークエルフ》たちが警戒するのも当然でしょう。ちらりとセラヴィと目配せをして、軽く頷いたのを確認したシャトンは、

「……う～～ん」

女性戦士の言葉に曖昧に頷いてから、獣車の傍に手持ち無沙汰に立っているシルキーに視線を向けて、困ったように首を捻るのでした。

「それはいいですけど、行く前にこっちのシルキーに、人間族《ヒューム》のお菓子を売ってもいいかにゃ？」

「む……まあ、やむを得んだろう。だが、中身は先に確認させてもらうぞ」

「わかったにゃ、じゃあ準備し直すから待つにゃ。セラヴィはあたしのリュック以外の商品を、もとに戻すにゃ」

いつもの眠たそうな目付きでそうセラヴィに言って、億劫そうに荷台へと戻るシャトン。

「仕方がないな」

セラヴィも面倒臭そうにズタ袋を抱え上げて、反対側から荷台へと荷物を適当に戻し始めました。

ふたり並んで、荷物を整理しながら囁き合います。

「……どうする？」

「ここからは別行動ですにゃ。あたしがこの場を離れると、自然にジルちんたちも影から出てくるので、あとは自力でなんとかしてもらうしかないにゃ～」

「さっきの商人たちと協力しなくていいのか？」

先に準備を終えて、黒妖精族《ダークエルフ》たちの案内で森都《ロクス・ソルス》の中心へと向かう、裏ギルドの幹部連中が乗った馬車と護衛たちを見送るだけのシャトン。特に挨拶もないあっさりしたものでした。

「手数は多いほうがいいですけど、こんな土壇場の付け焼刃で協力できるほど、信用も実力もないですにゃ。それなら連中《トニトルス》のボスの気を引いていてもらうか、交渉が揉めて騒ぎを起こしてもらったほうが、よっぽど有益ですにゃ」

「囮に使うつもりか。やっぱ、ゲスいな」

「失礼にゃ。アイツらと鉢合わせしたのは偶然にゃし、その結果どうなろうと自分たちが下した判断ですにゃ。まあ、たまたま居合わせたのは重畳だとは思ってますがにゃ」

割り切った関係と切って捨てるシャトンの言い分に、聞いている私はちょっと情が薄いのではないかしら……と思いましたけれど、セラヴィは同意見のようで軽く頷いて、それ以上の議論は打ち切りました。

それから荷物を壁になるように配置し直して、荷車の中央を空けたかと思うと、その床を軽く引っ張りました。すると、観音開きの小さな出窓のようなものが開きます。隠し扉があったようで、そこから体を半分落とすような形で乗り出して、さらに影亜空間へと顔を沈ませるシャトン。

「そーいうわけで、ここからは別行動にゃ。あとは自力でなんとかするにゃ」

こちら側から見れば、水面からシャトンが顔を覗かせたように見えます。

「ええ、わかりました。幸いもうすぐ雨も降りそうなので、雨に紛れて少人数で行動すれば、感覚の鋭敏な黒妖精族《ダークエルフ》にもそうそう見破られない自信はありますので、大丈夫ですわ」

基本的に〈水〉〈火〉〈光〉〈空〉の四属性魔術を使える私ですが、得意な順番からいえば〈火〉→〈水〉→〈光〉→〈空〉といったところなので、それなりの自負はあります。

「そういうことなら『雨の空《プリュイ・シエル》』の名は伊達ではないことを、そして本家本元の精霊魔術の冴えを黒妖精族《ダークエルフ》に見せてやらねばな」

私の台詞を聞いてプリュイも俄然やる気を見せ啖呵を切ります。

「それは、我が一族に対する挑戦だと受け取れますね。『新月の霧雨《ノワ・ルーナ・ローラーティオー》』の名において、その挑戦を受けましょう」

静かに、なおかつ断固たる意志でそうプリュイに言い放つノワさん。まあ、どちらにしてもラクス様の救助が目的であり、なおかつ土地勘のあるノワさんは必須でしたので、最初から同行してもらうつもりでしたから、話が早くて助かります。

「水霊操りが必要か。ならば、テオドシアも協力することにやぶかさではない」

すると私たちに触発されたのか、龍の巫女《ドラゴン・メディウム》のテオドシアが同時に壁際から身を離しました。

「――テオドシア」

咎めるような口調で呼びかけたメレアグロスを、テオドシアは逆に見詰め返して反論します。

「メレアグロス。我らは壁の花になるためにこの地へ赴いたのではないぞ。神託の意味をわきまえろ」

「…………」

黙りこくったメレアグロス。沈黙は肯定ということなのでしょう。

そのようなわけで、人数的にこれ以上多くなると目立つので、潜入組は自然とこの四人に決まりました。

「では、ほかの皆さんは、もしも騒ぎになった際に、退路を確保するバックアップをお願いいたします」

「わかりました。ジル、くれぐれも――」

気を付けてくださいね、と続くかと思われたルークの私を心配する台詞の後半は、いささか予想に反していて、

「くれぐれもいきなり騒ぎを起こしたり、四人で黒妖精族《ダークエルフ》たちを蹴散らしたりしないでくださいね。騒ぎになったら異変は確実に国境線にも伝わって、スヴィーオル王陛下率いる洞矮族《ドワーフ》軍も越境してくるはずですので、『どうせ騒ぎになるなら、この機会にトニトルスもドサクサ紛れに斃しちゃい

ましょう』とか、間違ってもその場のノリで独断専行しないでくださいっ」

私を心配するというよりも、私が起こす騒ぎのほうを心配しているようでした。

「……えーと、私が関わるからといって、別にいちいち騒ぎを起こしたり、修羅場を作るつもりはないのですけれど？」

なぜか毎回、不可抗力で大騒ぎになるだけで、いわば前世における『あなたとわたしは前世の相性が悪かったのかも知れません』という、インドの予言者『アガスティアの葉』のような因果関係なわけです。

「だが、そもそもジル嬢が潜入して、目立たないように行動するとかは、無理なように思えるのですが」

「いうまでもなく無理だな。火薬庫に火のついた花火を投げ込むようなものだ」

「すべては運命《さだめ》」

自慢の髭をしごきながら、至極当然という口調でカラバ卿が懸念を口にして、アシミが断言をし、メレアグロスが錆びた声で重々しく話を締めくくりました。

「むぅ〜〜〜っ」

なんでしょう。私に対する男性陣のこの信頼度の薄さは。

コッペリアではないのですから、毎度、騒ぎを起こす起爆剤になる私ではありません。こうなれば、なにごともなく迅速に行動をして、男性陣にあっと言わせてみせます。

そう決心したところで、シャトンがちょっと焦った調子で、

「いつまでも荷台から下りないと不審に思われるので、申し訳ないですけど、シルキーに渡すパウンドケーキを分けてほしいにゃ」

そう催促されて、私は『収納《クローズ》』してあったパウンドケーキを何種類か取り出しました。

「これがラクス様のお好きな豆乳を使ったパウンドケーキで、こっちがさっき食べた野菜の生地にドライフルーツを練り込んだものと、同じく豆乳と米粉を使ったバナナパウンドケーキをつけておきますわね」

三種類のパウンドケーキを用意して、ちょっと考えてからもう一個ずつを別個に合計三種類二セットの六個を袋に詰めてラッピングしました。

「なんでふたつ……ああ、なるほどにゃ！　巫女姫サンも商売のイロハがわかっているにゃ。あと念のために確認するけど、ケーキに手紙とか仕込まなくても大丈夫かにゃ？」

「ええ、ラクス様の舌が確かなら、口にしただけで、すぐに誰が作ったのかわかると思いますから」

即座に私の思惑を読んだシャトンに、そう答えて全部のケーキを渡しました。

受け取ったシャトンはセラヴィと場所を交換する形で荷台の外に出て、代わりにセラヴィは御者台へ戻ります。

「お待たせしたにゃ。これが注文のパウンドケーキ三種セットですにゃ」

そう言って、先に中身を確認するといった女性黒妖精族《ダークエルフ》の前に袋を置きました。

「随分とあるな」

「中身を確認するのに、ナイフでケーキをばらすつもりにゃろ？　そうなったら、渡せる商品ではなくなるにゃ。だから、どちらか好きなほうを切ってもらって、問題なければもう片方を商品として渡したいにゃよ。あと、確認を終えたケーキはいらないので、そのまま渡すにゃ」

「ほう。商人にしては殊勝なことだが、外界の野蛮な菓子など黒妖精族《われら》の口に合うわけがないぞ」

軽く鼻を鳴らしながら、適当に選んだパウンドケーキ三種類をその場で無造作に開けた黒妖精族《ダークエルフ》の彼女ですが、解き放たれた焼き立ての香ばしいケーキの匂いを前にして、無意識に唾を飲み込みます。

「こ、これは……」

軽く瞠目しながら象牙を削ったようなナイフで、そそくさとパウンドケーキを切り分け、中身におかしなものはないか、袋に仕かけでもあるのではないかと、ためつすがめつ確認したのち、意を決してパウンドケーキの一切れを口に運んで、舌の上で転がすのでした。

「ん！　んっ！　んんんっ‼」

途端、鹿爪らしい表情だった頬が、見た目相応の女子のものへと蕩けました。

一口食べたらたまらない、とばかりあっという間に食べ終え、次の種類、また次の種類のケーキと食べ終え、残りのケーキにも手を伸ばそうとしたところで、シャトンの視線に気付いてその手を引っ込めて取り繕います。

「う、うむ、怪しいものではないようだ。販売を認めよう。あと、検査したこれは、私のほうで処分しておく」

いそいそと袋に詰め直す彼女を尻目に、シャトンは早速シルキーにケーキを渡しました。

「では、代金は妖精の金貨一枚でいいにゃ」

再び差し出された金貨入りの袋から一枚だけ抜き出すシャトン。残りはシルキーに返して、合わせてパウンドケーキの袋を渡します。

無感動に受け取ったシルキーですが、最後にシャトンに感謝を込めてか、一礼をして立ち去っていきました。

その後ろ姿を見送りながら、軽く指先を弾いたのち、シャトンはなにごともなかったかのように改めて荷物を背負って、案内役の女性黒妖精族《ダークエルフ》に向き直ります。

「それじゃあ行こうにゃ。『春の歌い手《ウェール・カントル》』様のところまで案内してほしいにゃ」

「うむ、わかった。ほどなく雨も降りそうだし、急いでいくぞ」

しっかりとパウンドケーキの袋を抱え込んで、足早に歩き出す女性黒妖精族《ダークエルフ》のあとに続き、尻尾を振りながらついていくシャトン。

その姿が梢の間に消えてしばらく経ったところで、不意に影亜空間が下から盛り上がるように上昇し、瞬く間に私たちは荷車の下に投げ出されていました。

それとときを同じくして空から雨粒が降り出し、ほどなくして雨脚が強まり出して、本降りの雨があたり一面を水の紗幕で覆い尽くすのでした。

シャトンが開けっ放しにしておいた荷車の下の隠し扉から、雨除けの防水幌で覆われている車内へと、とりあえず順次移動する私たち。

セラヴィも御者台から移動してきましたので、ただでさえ荷物で狭い荷車の中は、人いきれで息苦しいほどです。

「どうにも、雨と千年樹の波動で惑乱されて、魔力波動《バイブレーション》が掴みづらいんだが。お前のほうで、周囲に黒妖精族《ダークエルフ》が潜んで警戒している気配を感じるか、ジル？」

セラヴィの問いかけに、私は〈水〉を媒体にした《呪力圏《スペル・バウンド》》を広げて確認してみました。

昔は微調整が上手くいかずに膨大な情報量に混乱したものですけれど、慣れたいまはかなり明確に、〈水〉属性を含む対象の位置や種類を把握することが可能となっています。

「少々お待ちください。……ああ、やはり密かに見張っているようですわね。とりあえず、半径一キルメルト圏内の対象を可視化して表示しますわね」

軽く瞑想をして、体内のスイッチを切り替える感覚で、〈水〉属性の探知のほかに、情報の分析と〈光〉属性の『虚像《イリュージョン》』を並行して、皆さんの目の前に立体映像のように浮き上がらせます。

この手の術は〈闇〉属性使いだったイライザさんが得意で、本物と見紛うばかりの精度の『幻影《ミラージュ》』魔術を使っていたのですけれど（あの方は基本的に、魔術戦でも虚を散りばめたフェイントを多用し、なるべく自分の手の内を見せないようにして相手の手の内を暴き、弱い部分を見極めカウンターで攻撃するのが得意でした）、私の場合は属性の違いで、一見して映像とわかるものしか作れません。

とはいえ、状況説明にはこれで十分でしょう。

目の前に浮き上がった、この獣車を中心にした、半透明の大まかな周囲の映像のそこかしこに赤い点を表示させ、

「これがいま確認できている、周囲にいる黒妖精族《ダークエルフ》の位置です。ご覧の通り、獣車を取り囲んでいるのは十名で、この草むらにふたり。後方の樹上に三人。右左にふたりずつ。前方にひとりですわね」

そう言いながら、光点をひとつひとつ指さしました。

「妖術《ソーサリー》とは恐ろしく便利なものだな。黒妖精族《ダークエルフ》の隠形が、まるで意味がないではないか……」

感心と戦慄が相半ばする口調で、嘆息しながら『虚像《イリュージョン》』の画像を眺めて呟くプリュイ。同じく精霊魔術に長けた妖精族《エルフ》としては、あっさり術を無効化されたことに思うところがあるようですが、それはちょっと早計というものです。

「いえ。この術にも弱点があって、水のないところや実体のない存在、武器などの把握はできませんので、いまのように雨が降っているなどの好条件が重ならないと、ここまで詳細な情報は得られませんわ。実際、先ほどのシルキーの居場所は掴めませんでしたし……」

「……なるほど」

少しだけほっと安堵したようなプリュイと、同時に息を吐いたアシミとノワさんを横目に見ながら、セラヴィがどこか投げやりな態度と口調で付け加えます。

「そもそもこんな凄まじい情報量を鼻歌交じりに処理して、ついでに並の魔術師なら魔法陣と魔術媒体を十全に準備し、精密な星辰の位置を把握しながら、場合によっては十人がかりで協力して慎

重に行うような超高度な魔術を、なんの準備もなしに同時並行でふたつも三つも施術できるヤツなんて、まずいないから安心しろ」

「ほう。まるで、壮麗にして神聖なる怪物――人の身に姿をやつした龍《ドラゴン》のようだな」

メレアグロスが興味深そうに、彼にしては珍しい長広舌を振るいました。

「ジルを怪物と同類扱いするのはやめてください」

ルークが釈然としない口調で私の擁護をしてくれましたが、メレアグロスの鉄面皮には毛ほどの感情も動きません。

「真龍騎士よ、その認識は誤りだ」

「？」

端的なメレアグロスの反論に、どこがどう誤っているのかわからずに首を傾げるルーク。代わってテオドシアが説明を引き継ぎました。

「お前たち人間族《ヒューム》は、ヒトに災厄をもたらす怪物を魔物と呼び、ヒトに力を貸す存在を神と呼んで、畏怖や信仰の対象としている」

この場合の『神』というのは、天上界におわします〈神帝《ドミユナス》〉陛下を筆頭とした〈神人《ゴッデス》〉というよりも、山神や土地神など、人々の信仰で『神』に成り上がった魔獣や妖精など――主に土着の神を指していると思われます。

「だが、当の怪物たちにしてみれば、どちらも大差がない問題である。彼らは、自らがそうしたいと思った行動をしているに過ぎない。それに対して、人が己の利害に即し、勝手に神だ魔物だと区分しているだけである。敬意をもって相手に対するか敵対するかは、人の勝手な思い込みに過ぎない。当の本人にしてみれば、傍迷惑な話であろう」

「まあ、私は私ですからねえ」

わかる話ですわ。

ルークを筆頭に、ほかの皆もなるほどという顔でテオドシアの話を聞いていましたが、特にセラヴィが虚を突かれたような、なにか感じるものがあった表情で、なにやら真剣に考え込み始めました。

「ともあれ、この位置取りを参考に、監視の目を掻いくぐるルートを先に設定しておいたほうがいいと思いますが？」

「そうですね。ただ、相手も精霊魔術で周囲を監視していると思いますが……」

ルークの意見に、私が相槌を打ちながらも懸念を口にすると、アシミが傲然と背を反らせ、こともなげに答えます。

「ふん。先ほどから風の精霊《シルフ》が、いまは水の精霊《ウォータス》がこの獣車を執拗に窺っていたが、すべて俺が抑えてある。黒妖精族《ダークエルフ》の未熟な技など、なにほどのことはない」

まあ実際のところは、この地における風の中位精霊である〈風の妖精《シルフィード》〉アミークスの口利きがあって、風の精霊《シルフ》は私たちのことを黒妖精族《ダークエルフ》に密告しないでくれているので、実質的な労力としては、水の精霊《ウォータス》を抑えるだけという、本来の半分で済んでいるのですけれど、ここは殿方のプライドを尊重して、茶々を入れないようにいたしましょう。

「この雨の中だからな。監視をしている黒妖精族《ダークエルフ》たちも、基本的に目視より精霊頼りになっているだろう。水の精霊《ウォータス》を抑えるのは私とジルとノワの三人がかりならたやすいこと。目視についても、ジルのこの虚像を作る魔術で、ある程度は誤魔化せるだろう」

「まあ、ある程度迷彩を施して、雨に擬態した『虚像《イリュージョン》』を纏うくらいならわけはないですけれど、勘のいい方や目のいい方には見破られる恐れがなきにしもあらずですわね。せめてもっと土砂降りになってくれれば、誤魔化しようもあるのですが……」

「雨を土砂降りにすればいいのか？　ならば、テオドシアとメレアグロスとでなんとかなるな」

テオドシアがメレアグロスに視線を送ると、メレアグロスは無言で頷きました。

「竜魔術ですか？」

興味深そうなルークの問いかけに頷くテオドシア。

「それって、魔力波動《バイブレーション》で周囲に警戒されませんか？」

私がそう重ねて尋ねると、テオドシアは頭上を見上げ、荷車の天井越しに、さらに遠くを見詰めるような眼差しで語ります。

「心配はいらない。もともとこの世界を循環している〝龍気〟に、瞑想して意識を投影するだけであるからな。そもそも人間族《ヒューム》が名付けた〝竜魔術〟という表現は正確さに欠ける。我々は魔術を使っているわけではない。大いなる〝龍気〟に身を委ねることで、龍のお力をお借りしているだけだ」

「はあ……」

「ふぅん……」

いまひとつピンとこない概念に、魔術の使い手である私とセラヴィはお互いに顔を見合わせて、首を捻りました。

「……わかるか？」

「……ドラゴンの集合的無意識に干渉する、ということかなと……？」

大雑把な解釈ですが、そういえば以前、トニトルスとの戦いの最中に割って入られたときも、事前に魔力波動《バイブレーション》を感じなかったのを思い出しました。

「ふ〜ん。まるで一部の夢想家が唱える、魔力《マナ》に意思が存在するとかいう妄言みたいな話だな。とはいえ、実際に発動している以上、ある程度の関連性もあるんだろう。いずれにしても、竜の因子を持つ竜人族《ドラゴニュート》だけに可能な術で、人間や黒妖精族《ダークエルフ》には感知できない領域の話だな、そりゃぁ」

「そうですわね」

セラヴィの慨嘆に同意する私。ともかくも、身を隠してこの場を離れられる算段はつきました。

「問題は、どこにラクス様が囚われているかですね。それがわからないまま、闇雲にうろつくわけにはいきませんから」

焦りを滲ませるノワさんの呟きに対して、私は事前にシャトンから受け取っていた手がかりをもとに、『虚像《イリュージョン》』の縮尺立体図をさらに凝縮して周囲五キルメルトまで広げてみせます。

「先ほどのシルキーですが、この獣車がある位置から、北西に向かっていった先の、この千年樹の昇降機《ゴンドラ》に乗ったところまでは、足取りが掴めています。この先に、貴人などを収監しておける施設などはございませんか？」

そう尋ねながら私はふと、ミニチュアサイズへと縮小したこの森都《ロクス・ソルス》を構成する千年樹が、円と六芒星を組み合わせた、ベーシックな魔法陣を描くように配置されているのに気付きました。

　おそらく、最初に千年樹の苗木なり種なりを植えた際に、結界を構成しやすいようにこの形にしたのでしょうけれど、基本なだけにほかにも応用が利きそうですわね――って、あら？　気のせいか地脈《レン・ライン》に作為的な流れがあるような……と、微かに引っかかるものを感じたところで、ノワさんが私の問いかけに対して、驚愕の声を発しました。

「なっ……！　どうやって本来が幽体であるシルキーの位置を⁉　ついいましがた『先ほどのシルキーの居場所は掴めません』とおっしゃったばかりですのに⁉」

　愕然としているのはノワさんだけで、ほかの皆さんは『コイツ《ジル》だったらなにがあってもおかしくない』という顔で平然としているのは、信頼の証と受け取ってもいいものでしょうか？

　ともあれ私は余計な雑念《ノイズ》を振り払って、手に握っていた蜘蛛の糸ほどの極細の鋼糸を、掌を開いてノワさんに見せました。

「これは……恐ろしく細くて強靭な糸ですね」

　指先で軽く触ったノワさんが感心します。

「シャトンの操糸術に使われる糸ですわ。先ほどシャトンがシルキーへパウンドケーキを渡した際、リボンのところに一本だけ縛り付けておいたのを回収したものですが、微弱な魔力を通して追跡してみたのです」

　糸の長さの問題でここまでしか追尾できませんでしたけれど、さすがはシャトン。抜かりがありませんわね。

そして、土地勘のあるノワさんには、これだけの手がかりがあれば十分だったようです。

「この方向で、この昇降機《ゴンドラ》を使ったということは……まず間違いなく、行き先は【原罪の塔《オリギナーレ・トゥッリス》】！

トニトルスめ、ラクス様を罪人扱いするとは……っ‼」

即座に目星をつけて、悔しげに指の爪を噛みました。

「では、目標の場所も決まったようですので、そろそろ行動を開始するといたしましょう」

私が全員にそう声をかけると、自然と音頭を取った形になり、各自が思い思いに気炎を吐いたり、気合を入れたり、雨乞いの儀式の準備を始めたりと、それぞれの役割につくのでした。


「【原罪の塔《オリギナーレ・トゥッリス》】というのは、もともと超古代遺産のひとつで、原理は不明ながら、この塔の中に入ると、あらゆる魔力、精霊力、理力といった超常的能力が、著しく制限されるとのことです」

私は入ったことがないので伝聞ですが、と付け加えるノワさん。

長命の黒妖精族《ダークエルフ》がいう超古代っていつ頃のことなのかしらと頭の隅で思いながら、私はその話を聞いてひとつ思い当たる節があったため、軽く手を打ちました。

「ああ、レジーナに聞いたことがあります。かつてのグラウィオール帝国の旧帝都にも、同じような効果を持った【罪人の塔《ベッカートル・トゥッリス》】というのがあったそうで、内部から自力で脱出するのは、たとえ〈神帝《ドミュナス》〉陛下でも至難の業だとか……」

滝のように降りしきる雨の中、目眩ましと精霊魔術を併用して、まんまと監視の目を掻いくぐり、獣車から抜け出した私たち女性陣――私（＋抱いているフィーア）、プリュイ、ノワさん、テオドシア――は、目当ての千年樹を目指して、囁き合いながら小走りに駆け抜けます。

豪雨の中ですが、私が球形に張っている魔力障壁によって、全員濡れることなく一丸となって行動できています。

まあ、そうしないと魔力障壁の上に重ねがけしている『虚像《イリュージョン》』からはみ出てしまうので一固まりになっていて当然なのですが、全員が意外なほど健脚揃いでしたので、あっという間に目的の千年樹へと到着することができました。

そうして見上げれば、天を支える柱のような千年樹の梢があり、その遥か上空には、それだけでひとつの山のような枝葉が頭上を覆い隠し、この大量の雨さえもほぼ遮って悠然と存在しています。

「以前に北の森で見た『千年樹の枝《ミレニアム・ラームズ》』の千年樹とは、微妙に違いますわね」

やや小振りで、高さよりも横に広がっているように感じられました。

「ここの千年樹は世界樹《ユグドラシル》より株分けされた第四世代か第五世代だからな。気候の影響で比較的成長も早いし数も多いが、第三世代である我が『千年樹の枝《ミレニアム・ラームズ》』の千年樹とは生きてきた年月が違うので、いろいろと差異があるのだろう」

私の呟きにプリュイが若干優越感を滲ませて、双方の違いについて説明してくれました。

「まあ、その分、すでに老木と化していてほとんど実がならない『千年樹の枝《ミレニアム・ラームズ》』と違って、我が『千年樹の果実《ミレニアム・ポームム》』はその名の通り、毎年取りきれないほど果実が生りますが」

静かに対抗意識を燃やすノワさん。

「ふっ。お前も古代妖精族《ハイエルフ》の『甘き果実に耽溺するなかれ。大切なのは種子《たね》を守ることではなく、古き殻を破り新しき大地へ芽吹くことである』という格言を聞いたことがあるだろう。大切なのは、過保護に種を守る殻でも果実でもないということだ」

年長者の余裕で背伸びをしたがる姉が、物わかりの悪い妹に言い聞かせるように、プリュイがそう嘯くと、明らかにマウントを取られた女の顔でノワさんが反駁しようとしましたので、慌てて私が合いの手を入れて、その場の空気を和ませました。

「なるほど、示唆に富んだ含蓄のある言葉ですわ。また、トニトルスを筆頭とした、いまの腐った黒妖精族《ダークエルフ》の在り方にも当て嵌まる暗喩とも取れますわね」

「なるほど。甘い果実ばかりに耽溺して、結局はすべてを腐らせてしまったというわけか」

テオドシアが、気のせいか微かに口元を綻ばせて、そう私の感想に補足を加えましたけれど、これってもしかして、プリュイとノワさんの間に立った私をフォローしてくれたのでしょうか？

どうにも真意が読めないので判然とはしないのですが、

「まあそういうことだな」

「恥ずかしながら反論の余地もないですね」

ともかくも、ふたりとも納得して和解されたようなので、私はホッと胸を撫で下ろしました。

「それでノワさん。問題の【原罪の塔《オリギナーレ・トゥッリス》】ですが、位置的にはここから数えて七本上にある枝の左側、根本付近で間違いないのですか？」

いうまでもなく、妖精族《エルフ》同様に樹上都市を主としている黒妖精族《ダークエルフ》ですので、その生活圏もこの巨大樹の上に存在します。

樹に上る手段は、幹に沿って作られた吊り橋、段差、蔓縄、僅かな手がかり足がかりなどを利用して、延々とフィールドアスレチックとクライミングで登るベーシックな半日コースと、上に続く昇降機《ゴンドラ》――ロープに吊り下げられた籠に乗って、係員にロープを回して送ってもらうやり方の、二種類があるようです。

先ほどのシルキーは昇降機《ゴンドラ》を使ったようですが、不法侵入者である私たちが使えるわけもなく、かといって時間をかけて上るのは論外でしたので、多少の危険を覚悟して、私とプリュイとノワさんは〈天狼《シリウス》〉状態のフィーアの背に乗って、テオドシアは自前の翼を広げて、ショートカットすることにしました。

無論、馬鹿正直に堂々と飛んでいくわけにもいかないので、ノワさんが知っている、ちょっと不便で遠いため、あまり人通りがない脇道を通って【原罪の塔《オリギナーレ・トゥッリス》】へと向かいます。

幸いにして、途中で誰に見咎められることもなく――もともと【原罪の塔《オリギナーレ・トゥッリス》】があるため、この千年樹自体が忌避されているので定住している支族もおらず、また最近の黒妖精族《ダークエルフ》は、自分の足を使わずに昇降機《ゴンドラ》に頼りきりになっているとのことで、主要街道であればともかく、こんな脇道を通るような奇特な人間はいないとのこと――案外あっさりと目的の場所へたどり着くことができました。

「それでも歩哨の何人かは警戒すべきであろうに。ましてや、戦時中だというのに弛んでいるな」

サクサクと予定通り進んだことが逆に不満な様子で、ノワさんが唸るように吐き捨てます。

たとえ自分を捨てた国であろうとも、帰りを待ってくれる家族がいなくなっても、どれだけ変わっても故郷は故郷というわけでしょう。

周囲を警戒しながら、小走りに走るフィーアの背に乗って三十分ほどで、私たちは目当ての【原罪の塔】《オリギナーレ・トゥッリス》へと到着しました。無論、テオドシアも遅れずに随伴しています。

聳え立つ——木の上にあってその表現はおかしいようですが、なにしろちょっとしたお城が建つほどの枝の太さですので——【原罪の塔】《オリギナーレ・トゥッリス》は、監獄という先入観とは違って、瀟洒な白亜の塔でした。

窓がないため、何階建て……と数えることはできませんが、ザッと見たところ五階建てくらいの高さでしょうか。鶴が翼を広げて首を伸ばしたような、下に行くほど裾が広がるような造りになっていて、一階部分はかなりの広さがあるようですが、それに反して目につくところといえば、人ひとり出入りするのがやっとの正面玄関だけです。

その正面玄関の様子を物陰——くびれた枝の壁のようになった陰——に隠れて窺う私たち。

すでにフィーアはいつもの仔犬サイズになり、抱かれた私の胸の上に乗ってクッキーを食べ、テオドシアも翼をしまったコンパクト仕様で、身を低くしています。

「ここにも門番や衛兵はいないのか。いくらなんでも不用心過ぎる。あからさまな罠ではないのか？」

当然のプリュイの疑問に、私も念のため『光翼の神杖』《アリ・ディ・ルーチェ》を取り出し、本腰を入れて周囲の魔力波動《バイブレーション》を精査しました。

「……う〜〜ん、こうして確認してみた限り、周囲に黒妖精族《ダークエルフ》の伏兵はいないようですわね」

ちなみに【原罪の塔《オリギナーレ・トゥッリス》】の内部は不明です。確かにほぼ魔力が遮断されていて、壁の向こう側をもの凄く曇った曇り硝子越しに眺めているようで、よほど活発に魔力を活性化しない限り、生き物の気配すら感じられません。

「下手をすれば、内部で手薬煉《てぐすね》引いて待ち構えられている可能性もあるということですか……」

そう懸念を口に出すノワさんですが、プリュイとテオドシアは案外あっさりしたもので、

「ならば好都合だろう。あちらも精霊魔術が抑制されているのだ。狭い場所で純粋な剣と剣との勝負となれば、この面子ならどうにかなるだろう」

「同意する。テオドシアは、素の腕力でも人間族《ヒューム》の男程度は苦もなく捻れる。ジルも相当の心得があるゆえ、この四人で突入しても問題はない」

自信満々のプリュイとテオドシアに押し切られる形で、ノワさんも「確かに。やるか！」と、その気になって腰の細剣《レイピア》に手をかけました。

なんでウチの女子って武闘派というか、自分の手で死地を切り開く、気概にあふれた前向きな方々ばかりなのでしょう。

思わず感心してしまいました。

「……皆さん雄々しいですわね」

「「「それ、褒め言葉じゃない！」」」

そう三人が口を揃えて反論した瞬間、不意に【原罪の塔《オリギナーレ・トゥッリス》】の正面玄関が開いて、先ほどのシルキーが姿を現しました。

彼女が外に出てくると、それに合わせて扉がひとりでに閉まりました。魔術的なものや精霊の気配も感じませんので、なんらかの機構が働いているのか、と思ったところで思い出しました。以前レジーナに聞いた話では、旧帝都にあった【罪人の塔《ベッカートル・トゥッリス》】は、ちょっとやそっと――完全破壊でもしない限り――壊れたくらいでは、時間の経過で自己修復したそうですので、そのあたりの機能とも関連しているのかも知れません。

警戒する私たちの隠れている方向を、迷いなく一直線に向いて、

「先ほどの袋におかしなものが付いていると思いましたが、やはり目印だったようですね」

シャトンの糸を看破していたことをあっさりと独白しながら、淡々とした視線をこちらに向けたまま、身動ぎひとつしないシルキー。

と――。

「凄く凄～く、もの凄く綺麗なお姫様……透き通った金髪のお姫様と、前に〈妖精女王《ティターニア》〉様の傍にいるのを見たことがある娘。あと、見たことのない妖精族《エルフ》に竜人族《ドラゴニュート》の女の子だよ～」

幼い声を張り上げながら、私たちの隠れている枝の瘤の下から、掌ほどの大きさの〈告げ口妖精《ウィリー・ウィンキー》〉が現れて、シルキーへ告げ口をしながら脱兎のように駆けていきました。

「――なるほど。お待ちしておりました。そちらにいらっしゃる方がジル様ですね」

〈告げ口妖精《ウィリー・ウィンキー》〉の言葉に合点がいった口調で独り言ちたシルキーは、隠れている私たち（私？）へ恭しく一礼しました。

思わず顔を見合わせる私たち。

その、迷いも焦りもない丁寧な所作は、事前に私が来ることを告げられていた使用人のそれです。

そして、彼女にそれを伝えた人物となると、ひとりしかいないでしょう。

「どうやら無事に伝言《バウンドケーキ》はラクス様へ届けられたようですわね」

「ラクス様は、ここにいらっしゃるのですね！」

私が胸を撫で下ろすのと同時に、激情に駆られたノワさんが、ビックリ箱みたいに全力で飛び出しかけたのを、私とテオドシアとで慌てて取り押さえました。

当然、その拍子に姿が露になる私とノワさんとテオドシア。プリュイもいまさら隠れているのは無駄と観念して、目のあたりに手を当てて、「はあぁぁぁぁ～」と嘆息しながら立ち上がります。

そんな私たちの収拾がつかない無様な有様にも動揺することなく、姿勢正しく佇んでいたシルキーと視線が合いました。

「え、えーと、門前でお騒がせして申し訳ございません。私は、ラクス様の友人でジルと申します。こちらはラクス様の親衛隊員で友人でもある『新月の霧雨《ノワ・ルーナ・ローラーティオー》』と、北の妖精族《エルフ》である『雨の空《プリュイ・シエル》』と海の雫《ロスマリー》湖の龍の巫女《ドラゴン・メディウム》であるテオドシアさんです」

相手の意図や立場はわかりませんが、その落ち着きぶりや佇まいから、礼を欠いていい相手ではないと咄嗟に判断した私は、ともかくも簡単に自己紹介をしました。なお、私の肩書きはいろいろとあって一言では説明しきれませんし、名前もあとから追加されたものが多くて冗長ですので、割愛して『ラクス様の友人』という簡潔な一言に収めることにしました。

とはいえ、さすがに警戒心もなく距離を詰めるほど能天気にはなれませんので、失礼ながらその場からは動かずに、距離を置いての問答となりましたが……。

「これはご丁寧に、恐れ入ります。この塔の管理とご主人様の身の回りの世話を仰せつかったシルキーのセリアと申します。ようこそおいでくださいました」

意外なほど好意的な――抑揚のない口調と淡々とした態度のため、一見してそうとはわかりづらいのですが、礼節を失わない範囲での柔らかなイントネーションが、言葉の端々に感じられます――態度で接するシルキー《セリア》に、再度顔を見合わせる私たち。

といっても、困惑しているのは私とプリュイとノワさんで、テオドシアはセリアにも負けず劣らず感情の見えない鉄面皮で、平然としています。このふたり、同じく物静かで感情を表に出しませんが、纏う雰囲気は若干違っていて、テオドシアには泰然自若という言葉が似合いますが、セリアの場合は静謐というか、和光同塵《わこうどうじん》という感じですわね。

「本来ならばこのような場所で、使用人風情と立ち話など失礼とは存じますが、さりとて牢獄である建物の中へお入りくださいとも申し上げられませんので、平にご容赦願います」

折り目正しく頭を下げるセリア。

言葉を飾らずに、あっさりと背後の建物を『牢獄』と言ってのけられ、私たちの間になんともいいがたい沈黙が舞い落ちました。

「テオドシアは疑念を抱く。牢獄というわりに貴女は自由に出入りできているようだが、塔の管理ということは、獄卒としての役割も担っているという理解でいいのか？」

テオドシアの冷静な指摘に、セリアは首を横に振ります。

「いえ。私の立場は、あくまで塔の清掃や内部に囚われているご主人様の身の回りのお世話をすることであり、誓約《ギアス》によりそれ以上の権限は与えられておりません。必要であれば、ご主人様のための買い出しや、こうしてお客様のお迎えもできますが、塔内部に囚われている人物に対して、能動的に行動を起こすことを許されておりません。自由に出入りできるのは〝トネリコの鍵《メリアー・クラーウィス》〟を持っている人物――いまは銀髪の目の鋭い男が持っていますが――でなければ不可能です」

「つまり、貴女は塔の中にいる相手を悪意から傷付けることも、善意から逃がすこともできないということですわね？」

「左様でございます」

私の問いかけに、抑揚のない声で淡々と答えるセリア。

「いつからそんな役目を？」

「さあ？　少なくとも、この地に黒妖精族《ダークエルフ》が住み着くよりも前なのは確かですが」

その気負いのない言葉に、声にならない呻き声を上げる私たち。

長命な黒妖精族《ダークエルフ》の祖先が住み着くよりもさらに前となると、もはや気の遠くなるほどの永劫の時を生きているということで、いかに妖精とはいえ、永劫に同じ場所に縛り付けられた誓約《ギアス》など、もはや呪術《カース》も同然ではないですか⁉

いいえ、感情が擦り切れて当然ですわ。

凪のように平坦な彼女の態度の背景を知って、私はやるせない気持ちで、平然としているセリアを見詰めるしかありませんでした。

可能であれば解呪《リムーブ》してあげたいところですが、霊視したところさすがは神代の呪術《カース》だけあって、途轍もなく巧妙でしかも彼女の存在核にまで及んでおり、ほぼ解呪《リムーブ》は不可能な状態になっています。

「とりあえずの状況は理解しました。つまり部外者は出入りができないので、ラクス様の伝言なりを持って、貴女――セリアさんが出てきたということでよろしいのでしょうか？」

私の確認に、僅かに逡巡するような間を置いてから、セリアが真正面から私の顔を見詰めたまま、能面のような顔で淡々と言葉を紡ぎます。

「そのようなものですね。ご主人様からの伝言で『私は大丈夫ですので、それよりも雷鳴の矢《トニトルス・サギッタ》の暴走を止めてください。彼は黒妖精族《ダークエルフ》全体を人身御供にしても、中原を支配するつもりでいます』とのことです」

それを聞いて、私たちの間に緊張が走ります。

トニトルスがなんらかの邪法に手を染めて、そのために黒妖精族《ダークエルフ》の乙女を生贄にしているのではないかとの懸念が、幸か不幸かラクス様の言葉で俄然信憑性を帯びたのですから。

「とはいえ、黒妖精族《ダークエルフ》全体を生贄にするというのは、にわかには信じがたいが……」

信じがたいというよりも信じたくないという口調で、プリュイが唸るように正直な感想を口にしました。

「確かに極論ですけれど、実利思想を突き詰めれば、人間の命も、資源や単なる数字としか見えなくなるとも言われています」

そう説明する私の脳裏で、実際にそんな相手と相対したことがあるような、盛大なしかめっ面で師匠《レジーナ》が話をしていた光景が甦ります。

「貴族はまだマシさ。国民や領民が増えれば、それだけ搾り取れるって考えだからね。だけど、政治家や軍人はダメさね。連中は必要悪として、自分以外の人間の命を消耗品と考える。……まあ、それでも多少は葛藤があるので、どっかで歯止めがかかるもんだけど、なかにはとことんぶっ壊れた奴もいる。そいつらにとっちゃ人は数で、最終的に自分ひとりが生き延びて、相手を全滅させりゃあ勝ちって考えになる。なにしろ、ゼロよりひとつでも数字が上なら勝ちなんだからね」

「つまるところ、トニトルスにとっては自分とラクス様さえ無事なら、黒妖精族《ダークエルフ》がどうなろうと必要な犠牲と割り切れる……いいえ、最初から眼中にないのだと思います」

「狂っている……！」

吐き捨てるノワさんですが、恋する男性が突発的にとんでもないことをするのは、私もつい先だって体験したことですので、ノワさんほど全否定することもできませんでした。

逆に、ある意味親近感を覚えるほどで、方向性さえ間違えなければ、愛に尽くした男性として、ヒロイックな感慨をもって、演劇や吟遊詩人《バード》の歌う戯曲の主役になれたかも知れないとも思えます。

「それでどうするのだ、ジル？　〈妖精女王《ティターニア》〉様のお言葉に従って、まずはトニトルスをどうにかするべきか？　〝トネリコの鍵《メリアー・クラーウィス》〟を持っている人物というのも、まず間違いなくトニトルス本人だろう」

プリュイの比較的実態に即した臨機応変な提案を前にして、ノワさんが顔色を変え……閉まった落としました。


ままの【原罪の塔】《オリギナーレ・トゥッリス》の正面玄関を切なげに見詰めて唇を噛み、それから項垂《うなだ》れるように視線と肩を落とします。

　この場で駄々をこねてもラクス様を救出する手段がないことが、理性ではわかっているのでしょう。テオドシアはどうでもいいという顔で、私の判断待ちといった風にその場に立っています。

「あくまで優先順位はラクス様の救助であり、ここまで来て尻尾を巻いて帰るというのも業腹ですわね」

「だが、そもそも塔に入ることも、居場所を確認する手段もないとなると――」

　思わず呟いた私の本音に、再びプリュイが反対しかけたところで、

「いえ。塔内部は自由に動けますので、居場所を確定することは可能です」

　静かな口調で話に入ってきたセリアが、なんでもないことのような調子で、なにやら聞き捨てならないことを口に出しました。

「じ、自由に動けるのですか⁉︎　普通は、最上階などに軟禁されているものでは⁉︎」

　思わず声を裏返させるノワさんに対して、セリアが恬淡《てんたん》とした態度で続けます。

「以前は確かにそうでしたが、百四十七年ほど前でしょうか。世界が変貌したのを機に、なんらかの不都合が生じて、塔の機能の一部に変化が起こり、塔の内部に限り部屋の出入りは可能となっています。これまではご主人様が不在でしたので、あえて説明したことはございませんが。ですが、あくまで塔内部での自由であり、脱出することは不可能です。〝トネリコの鍵〟《メリアー・クラーウィス》がなければ」

「つまるところ、多少の誤差は生じましたけれど、内部の虜囚が出られないというのは変わらない

わけですか……」

ある意味、難攻不落です。

「――と、考えるのが盲点ですわね」

話を聞いて、私の口元に思わず笑みがこぼれてしまいました。

不穏な気配を感じて、まさか……という顔をしているプリュイとノワさんはとりあえず置いておいて、私はセリアに確認をします。

「お聞きしたいのですが、【罪人の塔】《ペッカートル・トゥッリス》――似たような建物は、内外において強力な魔術などの超常的手段を抑制する機能があったそうですが、この【原罪の塔】《オリギナーレ・トゥッリス》もそうなのですか？」

「よくご存じですね。その通りです」

「攻撃魔術などではなく、遠方から広域魔術を施術しても同じなのでしょうか？」

「不可能です。たとえ対軍、対城、対都市級の儀式魔術を使って攻撃したところで、距離が近付くにつれて魔術は減衰しますので、せいぜい壁に罅《ひび》を入れるのが精一杯かと存じます」

「なるほど。つまりは、魔術師が展開する《呪力圏》《スペル・バウンド》を大きく抑制もしくは霧散させる働きがあるということですわね、あの建物内部は」

魔術師や魔女は恒常的に、体の周りに実体として個人空間《パーソナルスペース》の《呪力圏》《スペル・バウンド》を纏っています。大きさや密度こそ個人の資質や修練によって変わりますが、この空間は手足の感覚の延長のようなモノであり、疑似的に世界との境を切り離して、ある意味で自分の望む世界を創成しているのに等しい所業になります。

『光を』と言って言霊ひとつで光を作り出すように、一般人から見れば魔術師がなにもない空間に火を熾しているように見える現象も、あくまで《呪力圏《スペル・バウンド》》内で物理法則を捻じ曲げたり、あるいは過程をすっ飛ばして結果を得るといった所業によるものです。無論、そんな不自然な状態は長く続きませんので、たいていの魔術というのは瞬間的に行われて、即座に世界の修復力によって霧散させられるものです（副次的に火がついたり、凍り付いたままという状態が持続しますが）。仮に恒久的、継続的に魔術が施術されるとしたら、それはもう世界の概念の改変であり、もはや魔術ではなく奇跡か魔法と呼ばれるものでしょう。

そう考えると、目の前にある【原罪の塔《オリギナーレ・トゥッリス》】は魔法の産物といえるかも知れません。

「――試してみても？」

念のために実験する許可をセリアに求めたところ、無言で背中を向けられました。

立場上、許可するわけにはいきませんが、勝手にやるぶんには止めようがないので、どうぞご随意に……という、彼女なりの意思表示と受け取った私は、早速『光翼の神杖《アリ・ディ・ルーチェ》』の先端を塔の壁に向けて呪文を唱えます。

「〝氷の牙よ、刃となり貫け〟」

途端、牽引式大型弩砲《カッロバリスタ》の矢のような巨大な氷柱が十本ほど、私の周囲の空中に現れました。

「……確かに魔素の集束が悪いですわね。この地は千年樹の影響なのか魔素も濃いですから、普通ならこの一・五倍くらいの大きさで、数も楽に倍は作れるのですが」

「これで減衰しているのですか……？」

思わず愚痴ると、ノワさんが半信半疑の口調で、平然としているプリュイへ視線を巡らせました。

「確かだ。誇張はない」

確固とした態度で頷いたプリュイの返事に絶句するノワさん。そんな傍らのやり取りを尻目に、ともかくも私は『氷結矢《フリーズ・アロー》』を塔の壁目がけて、上下左右バラバラの位置へと放ちます。

「「おおおっ！」」

「――ほう？」

【原罪の塔《オリギナーレ・トゥッリス》】に近付くにつれて、見る見る『氷結矢《フリーズ・アロー》』が小さくなり、最後は雪玉でも投げたかのように、『ペチャ』と情けない音を立てて、十個の水滴が塔の壁を濡らしました。

それを見たテオドシアもその気になったのか、両手の先で自らの角に複雑な文様を描いたかと思うと、掌を【原罪の塔《オリギナーレ・トゥッリス》】の壁に向けて、

「ほほう、面白い」

「〝竜炎〟っ！」

以前見たことがある小規模なドラゴン・ブレスのような火線を放ち――壁にたどり着く前に、先細りになって消えてしまいました。

そのあと、〈天狼《シリウス》〉形態になったフィーアの『光子閃光《フォトンブレス》』でさえ線香花火のように弾き返され――多少は表面を焼きましたが――ならばと、『超音速体当たり《オーバーソニッククロス》』を繰り出したところ、途中で見る見るしぼんで、仔犬姿で壁に頭突きをして「きゃいん（痛いのッ）！」と、悲鳴を上げて戻ってきました。

いろいろと試行錯誤した結果――。

「普通にツルハシで物理攻撃をしたのが一番効果的でしたわね」

全力で石を投げたら壁に罅が入りましたので、もしやと思ってゼロ距離から愛用の神鋼鉄《オリハルコン》製のツルハシで叩きまくったところ――。

「きゃあああああああああああああっ。神聖なる【原罪の塔《オリギナーレ・トゥッリス》】に罅が！　穴がっ⁉」

ノワさんが頭を抱えて絶叫していましたけれど、どうにか壁に穴を開けることに成功しました。

とはいえ、やっとのことで開けた小さな穴も、ちょっと目を離した隙に自動修復してしまったのですから、鼬《いたち》ごっこもいいところです。

「ですが、物理的には破壊できないことがわかっただけでも収穫ですわ」

「これを物理的に破壊するなど、同じ神鋼鉄《オリハルコン》の装備を持った洞矮族《ドワーフ》が数十人がかりで、一斉に取りかからないと無理だろう」

プリュイの考えにはまったくもって同感です。人海戦術でも用いない限り、この壁を貫通させるのは至難の業でしょう。

「気が済みましたか？」

後ろを向いていたセリアが、子供の遊びが終わったかを確認するような、身も蓋もなく無関心な口調で、自動で修繕が始まった壁の穴と亀裂、炎の煤などをちらりと一瞥し、私に向かって、言外に「もう帰れ」と言わんばかりの眼差しを向けます。

「ええ、貴重な体験でしたわ。それと、この一階部分は、見た目通りのスペースが存在するのでしょうか？」

私は、さらに続けてセリアに確認を取ります。

「はい。倉庫代わりに使われていますが、ほとんどが閑散としたデッドスペースと化しています」

「……ならばなんとかなるかも知れませんわね。無理やり乗り込んでいって、ラクス様の救助を先に済ませてしまいましょう」

私が出した結論に、プリュイが顔をしかめ、ノワさんが顔を輝かせました。

「出入りできる算段があるのか？　鍵を持っているらしいトニトルスが来るのを待って、四人がかりで打ち倒すというやり方は、微妙に不確定要素が高いように思えるのだが……」

プリュイの懸念ももっともです。【原罪の塔《オリギナーレ・トゥッリス》】の傍では、魔術や精霊力、理力の類が軒並み制限されるのは、いま実験してみた通りです。

ですので、ここでトニトルスを待ち構えていれば、素の腕力と後天的な技、純粋な武器と体内魔力の活性化による肉体強化でしのぎを削るという展開になると思いますが、トニトルスが異変を感じて逃げの一手に持ち込んだり、そもそもひとりで来ないで、予想外の大人数を連れてきたら不利になるのはこちらでしょう。

だいたい、いつ来るのかわからないのですから、一両日中は攻撃を控える約束をしてくれた洞矮族《ドワーフ》も、明日には総攻撃をかけてくるかも知れないという時間との戦いのなか、悠長に事を構えている暇はありません。

そんなプリュイの懸念に対し、私は手に持っていた『光翼の神杖《アリ・ディ・ルーチェ》』を構えて、いつになく大きな代物を『収納《クローズ》』してある亜空間から取り出す準備を始めました。

「――魔術が減衰するといっても、フィーアの『光子閃光《フォトンブレス》』が通ったということは、ある程度以上の魔術なら相殺しきれないはず。多分、『月落とし《ルナティック・コンプレッション》』か『天輪落とし《パイル・ヴァルティン》』級の、対神魔龍用の超破壊魔術の影響をゼロにすることはできないと思いますので、【原罪の塔《オリギナーレ・トゥッリス》】自体を破壊することは不可能ではないと思うのですが……」

　怪訝そうなプリュイに、私は簡単に説明をします。

「それで〈妖精女王《ティターニア》〉様の安全を確保できるのか？」

　重ねての問いかけに、私は魔術杖《スタッフ》をバトンのように軽く振り回し、地面（正確には枝の上に堆積した土や苔）の上に、重量軽減と慣性制御用の魔法陣を描きながら答えました。

「そのあたりが不確定ですので、迂闊に魔術を使えないのですよね。とはいえ、ぶっつけ本番で試してみるにはあまりにもリスキーですので、ここはひとつ、別のアプローチで壁に穴を開けてみようと思います」

「ほう、妙案があるのか？」

　興味深そうに続きを促すテオドシア。

「妙案……？　妙な案と書いて妙案……」

　プリュイが眉間に皺を寄せてなにかブツブツと呟いていましたが、とりあえずそちらは無視して、質問に答える代わりに、私は地面に描いた魔法陣に魔力を注ぎながら、同時にかつてない大荷物を亜空間から取り出しました。

「「「「なっ…………!?!」」」」

ゆっくりと先端から通常空間に現れた、その巨大にして禍々しい兵器を前にして、プリュイとノワさんはもとより、テオドシアとシルキーのセリアまで、唖然とした表情をして絶句します。

重量軽減と慣性制御を施しているはずですが、それが完全に姿を現して、千年樹の枝の上に置かれた刹那、ちょっとした村なら丸ごと支えられる枝が、大きくたわみました。

まさか折れないでしょうね?!

そう心配になりましたけれど、どうにかもったようで、何度か上下にバウンドをして、枝は安定しました。

「――ふう。これは一発撃ったあとの反動が怖いわね」

私は思わず額に浮かんだ汗を拭って、傍らに聳え立つ巨大な砲塔――スヴィーオル王からお借りした独活《うど》の大木こと――『破塁砲《フォート・バスター》』と、その操作のために準備した、コッペリアの嫌いな大型ロックゴーレム三体を見上げるのでした。

同時刻――。

煙るような雨の中。【大樹界《インゲーンス・シルワ》】への侵攻準備を着々と進めている味方兵士たちの様子を砦の上から見下ろしながら、洞矮族《ドワーフ》王スヴィーオルは、大騒ぎしつつ雨除けのシートを被せようとしている破塁砲《フォート・バスター》群へと視線を転じて、やや苦い口調で独り言ちるように呟いた。

「この雨では、地面がぬかるんで破塁砲《フォート・バスター》の運用が困難だな」

「左様でございますな」

傍らで相槌を打つ白髪白髭のイーヴァルディ侍従長。それからふと、なにげない口調で王へ問う。

「しかし、よろしかったのですか。その虎の子の破塁砲《フォート・バスター》を巫女姫様にお貸しになって？　他国へ技術が流出する危険がございますが……」

イーヴァルディ侍従長の懸念に対して、スヴィーオル王は莞爾《かんじ》と笑った。

「あの巫女姫殿に限っては、そのような他意はないし、小細工もせぬよ。もしも儂の見立てが間違っていたのなら、それは儂の責任だな」

「い、いえ、そのような。けして王の責任を問うたり、巫女姫様を疑ったりするわけでは……」

「まあ、心配するのはオヌシの立場では当然だろうが。そもそも破塁砲《フォート・バスター》を魔術で丸ごと持ち運べると、惜しげもなく馬鹿正直に手の内を明かす時点で、あの娘は信用できると思っている。いや、あるいは単なる馬鹿なのかも知れんが、悪用するという意識が欠片もない……底意のない瞳でお願いされては、薄汚い大人としてはどうにも断りきれなんだ」

自嘲を込めて、自らの髭を撫でさするスヴィーオル王。

「わかっているのか、あの娘は？　この破塁砲《フォート・バスター》を余裕で持ち運べて、なおかつあまりある魔力。多人数でも一瞬で癒す治癒力。異種族でさえ魅了する求心力《カリスマ》。極端な話をすれば、あの娘がひとりいれば兵站という概念がすべて覆り、単独で敵地の王都を落とすことも、民衆を焚きつけて反乱を起こすことも、自由自在なのだぞ。すなわち単騎の気安さで、一国の軍隊、魔導士隊、扇動者がまとめて動くのも同然だということに」

俺の二つ名の『一騎当千』どころではないわな、と付け足して肩をすくめる。

「改めて列挙されますと、凄まじいものですな」

「できればあの娘には、あのまま変わらずにいてほしいものだな。功名や実利に駆き立てられて、聖女の名のもとに聖戦なんぞ吹っかけられたら、俺が悪役になるわけだし、そもそも勝てない喧嘩はしたくない」

まあ、あの娘の性格からしてそんなことは万にひとつもないとは思うが、世の中どう転ぶかわからないのが常である。実のところ、スヴィーオル王が砦内に黒妖精族《ダークエルフ》の孤児ふたりの滞在を許しているのも、純粋な厚意のほかに、ジルに対する人質という側面があるのも否めなかった。

「まったく……。年を取るのも王になるのも、考えもんだな。責任と守るべきものばかりが増える。一兵卒ならなにも考えずに酒を呑んで、目の前の敵を相手に戦っていればよかったんだがなぁ」

珍しくスヴィーオル王がそうぼやいたのと同時に、雨の帳《とばり》を打ち破って、遥か彼方から花火を打ち上げたような、重々しくも聞き覚えのある音がふたりの鼓膜を打った。

「いまのは――!?」

顔色を変えるイーヴァルディ侍従長に対して、スヴィーオル王は祭りの音を聞いた子供のような、あるいは獲物を前にした肉食獣のような嗤いを浮かべる。

「破塁砲《フォート・バスター》の音だ。ふふん、どうやら巫女姫殿がおっぱじめたらしい。鶏鳴《けいめい》暁を告げるってやつだ。

「――よぉっし。野郎ども、出番だぞ!!!!」

砦の上から、周囲にいる洞矮族《ドワーフ》の体の芯まで震えるような大喝を放つスヴィーオル王。それに呼応して、降りしきる雨を弾き返す勢いで、砦全体から一斉に鬨《とき》の声が上がった。

満足げに頷きながら戦支度を整えていたスヴィーオル王の目に、先ほどの破塁砲《フォート・バスター》の音が響いてきた方向――【大樹界《インゲーンス・シルワ》】の中心付近から、巨大という表現もおこがましいほどの緑色の光の柱が、突如として天に向かって沸き上がったのが映る。

「なんだ――⁉!」

光の柱が当たった先から、厚い雨雲がどんどんと吸い込まれるように消えていく。たちまちにして晴れ上がった雲ひとつない空と、それを生み出した光の柱――ほどなく消えた怪現象の方向を見据えながら、天候とは裏腹にスヴィーオル王の胸中に不吉な予感が広がるのだった。

「言わんこっちゃねえ！　あの馬鹿《ジル》は、いちいち騒ぎを起こさないと気が済まないのか⁉」

ある程度離れているというのに、音の衝撃波で周囲の森が震え、鳥は一斉に飛び立ち、獣は一目散に逃げ出し、隠れて監視していた黒妖精族《ダークエルフ》たちも姿を現して周章狼狽する喧騒のなか、セラヴィは確信を込めて騒ぎの元凶を断言した。

「ともかく、こうなっては隠れている意味もない。当初の予定通り打って出て、ジルたちの退路を確保しよう！」

「ジルが起こした騒ぎだってことには、疑問を挟まないいんだなぁ」

剣を掴んだルークが、混ぜっ返したセラヴィの茶々を無視して、問答している暇も惜しいとばかりに荷台から飛び降り、豪雨のなか、外へと飛び出す。

「心得ました、公子様っ。すぐに竜笛で吾輩の飛竜《アスピス》と公子様の真龍《ゼクス》を呼び出します！」

続いて、雨に濡れるのを若干躊躇しながら、帽子を被り直してきっちりと長靴《レインブーツ》に履き替えた猫妖精《ケット・シー》のカラバ卿が御者台に上って、竜の喉骨から作られた竜笛を高らかに吹き鳴らした。

人間の耳にはほとんど聞こえない周波数の音だが、竜の耳にはかなりの音量のようで、メレアグロスが耳を押さえて、

「――無粋な」

そう呟いて口笛を吹きつつ、のっそりと表に出てきて周囲を一瞥するのだった。

「なんだ、お前たちは⁉」

「なっ……竜人族《ドラゴニュート》⁉　おのれ、この裏切り者の一族が！」

「――敵襲か⁉!」

慌てて弓を構える黒妖精族《ダークエルフ》が矢を射かけるよりも早く、音もなく連射された矢が次々と、黒妖精族《ダークエルフ》たちを射落とす。

「鴆鳥《ビットフーイ》から取った痺れ薬を鏃《やじり》に付けてある。しばらくはそこで無様に転がっていろ、未熟者が！」

気配もなく黒妖精族《ダークエルフ》たちを倒したアシミが、地面の上に転がり落ちて呻き声を上げる彼らを一喝した。

「〝竜咆《ドラゴン・ハウリング》〟」

続いて、螺旋を描くように大きく旋回させたメレアグロスの両手の間から、竜の咆哮を思わせる空気と音の塊が放たれ、雨を蹴散らしながら黒妖精族《ダークエルフ》を直撃し、一撃で意識を刈り取る。

「くっ、味方の増援を――」

「させんよ」

状況が不利と見た黒妖精族《ダークエルフ》の生き残りが身を翻すその背後に、猫が鼠を追い詰めるような素早さで、カラバ卿が木を駆け上がってサーベルの先を付ける。

「くっ――」

反射的に、振り向きざまに短剣でこれを迎え撃とうとした黒妖精族《ダークエルフ》だが、短剣はいともたやすく弾かれ、カラバ卿の持つ二振りのサーベルに翻弄されて、悲鳴とともに樹上から落下する。

この世界には『妖精族《エルフ》も木から落ちる』という言い回しがあるけれど、文字通り目の前で見られるとは、と思いながら、最後に残ったふたりの黒妖精族《ダークエルフ》が大慌てで逃げようとするその背中目がけて、父から譲り受けた中剣を振り下ろすルーク。

およそ十メルトの距離を無視して、刀身から衝撃波が放たれる。

「クロード流波朧剣《はろうけん》『双斬月《ダブルムーン》』！」

切り下ろしと、そこからの切り上げの剣が生み出す斬撃が、ふたりの黒妖精族《ダークエルフ》を弾き飛ばす。もんどり打って倒れたふたりの体は、切り傷こそないものの切られたに等しい衝撃を受けており、しばらくは意識が戻らないだろう。

「――いや～。ビックリしましたにゃ」

セラヴィが木に結ばれていた火蜥蜴《サラマンダー》の手綱をほどいて御者台に戻ったところ、いつの間にか御車台の隣に傘を差したシャトンが座っていた。

「お前、いつから？」

他人事のような顔で傍観しているシャトンに、無駄とは思いながら若干の非難を込めてセラヴィが問い質すと、

「あの号砲が鳴り響いたので、こりゃヤバいと思って、とっとと商売を切り上げて、影移動で戻ってきたにゃ。商売も大事だけど、命あっての物種ですからにゃ」

さすがに状況判断が迅速だと、呆れ半分で感心するセラヴィ。

目に見える範囲にいた見張りを速やかに無効化した一同が、シャトンの案内で森都《ロクス・ソルス》の中心を目指して進もうとした、その矢先。目前に迫った森都《ロクス・ソルス》――『千年樹の果実《ミレニアム・ボームム》』から、天を衝かんばかりの、巨大かつ荘厳な光の柱（間近に見るそれは、ほとんど光の壁である）が立ち上った。

「「「なっ……（なにが）（なんだ）⁉」」」

唖然とするルーク、セラヴィ、カラバ卿。メレアグロスでさえ、「むう……」と唸るなか、アシミだけが凝然と目を見開き、全身に鳥肌を立てて震えながら、信じられない……という口調でようやく口に出した。

「バカな、千年樹たちが悲鳴を上げて……断末魔の叫びを放っている……だと⁉」

【第四章】原罪の塔《オリギナーレ・トゥッリス》の死闘と《屍骸龍《ゾンビ・ドラゴン》》の復活

「丈夫なものですわね。さすがは千年樹と超古代遺跡の産物」

一階から二階部分へかけて風穴が開いたうえ、破塁砲《フォート・バスター》の反動に耐え切れずに、ロックゴーレムはすべて粉々に砕け、昇降機《ゴンドラ》のロープはすべて弾け飛びましたが、ベキベキと破滅の音を立てて根元からへし折れかけた千年樹の枝は、どうにかギリギリのところで耐えたようです。

若干【原罪の塔《オリギナーレ・トゥッリス》】が傾いて斜塔のようになっていますが、無事に（？）原形をとどめている建物を前にして、咄嗟に翼を広げて退避したフィーアの背中から飛び降りる私とプリュイ。

「放せっ！　ラクス様！　ご無事ですか、ラクス様っ‼」

ノワさんが反射的に塔の中に飛び込もうとしたので、テオドシアが翼を出して、半ば無理やり空中へと抱え上げました。

多少手荒なことになりましたが、発射した勢いでひっくり返った破塁砲《フォート・バスター》を私が大慌てで『収納《クローズ》』し直したことで、負荷が減衰したお陰か、どうにか枝の振動がやんで、塔が安定しました。

ひとまず安心ということで、再び塔の前に全員が着地すると、今度こそテオドシアの手を払って【原罪の塔《オリギナーレ・トゥッリス》】に開いた風穴から塔の内部へと、躊躇なく飛び込んでいくノワさん。私たちは、その後ろ姿を見送ります。

「無茶をやる……」

非難じみた視線を向けるプリュイの言葉に、私も同意の頷きを返しました。

「そうですわね。安全も確認できない半壊の建物の中に飛び込むなんて、無茶もいいところですわ」

「いや、ジル。お前だ、お前っ！」

非難の矛先を向けられましたけれど、なにか心外ですわ。それは多少乱暴になりましたけれど、脱出不能といわれた【原罪の塔《オリギナーレ・トゥッリス》】の扉をこじ開けて、ラクス様の救助が可能になったのですから、最終的には問題ないのではないですか？

「こじ開けるというのは、せいぜい扉を蹴り開ける程度の表現だ！　どこの世界に、大砲で壁ごと吹っ飛ばす、大雑把という言葉すら生温《なまぬる》い非常識な脱獄手段を取る……いや、いまさらだったな」

捲し立てる途中で、なにかを悟ったかのように遠い目をして黄昏るプリュイ。

そんな不毛なやり取りをしている私たちの視界に、傾いた階段を伝って下りてくる三人（？）の人影が映りました。

「ラクス様、ご無事でしたか⁉」

長いドレスの裾を膝までたくし上げた〈妖精女王《ティターニア》〉様――『湖上の月光《ラクス・ルーメン・ルーナエ》』――が、ノワさんと、いつの間にか姿を消していたシルキーのセリアとに挟まれる形で、塔の上階から下りてきたところでした。

「危うく、救助にきたはずが亡き者にするところだったわけだが……」

先ほどからプリュイがいやに絡んできますけれど、『人間万事塞翁が馬』とか『沈む瀬あれば浮かぶ瀬あり』『禍福はあざなえる縄のごとし』とも言いますので、いちいち目くじらを立てるのもどーかと思いますわね。

もっとも、実際に口に出したならば、セラヴィあたりは「結果論に逃げるな!」「お前は万事大雑把すぎる!　その穴を塞いで回る俺たちの苦労も考えろ!」とか、口角泡を飛ばして非難されそうですわね、とか思いながら、私たちも瓦礫となった壁をくぐり抜けて、ラクス様を出迎えるために【原罪の塔《オリギナーレ・トゥッリス》】の中へ入り込みました。

「う……まだ機能は生きているみたいですわね」

途端に、通常なら体の周りを十重二十重に覆っている《呪力圏《スペル・バウンド》》が、ほぼ霧散したのを感じて、思わず呻き声を発してしまいます。

さすがに体内魔力には影響がないようなのと（あったら生命力《エナジー》のバランスが崩れて、衰弱死するのが目に見えています）、ギリギリ最後の《呪力圏《スペル・バウンド》》が健在でしたので、初級から中級魔術師レベルの魔術は使えそうですけれど、最近は圧倒的な魔力でごり押しする展開が多かったので、この状態は心細いこと、このうえありません。

おっとりとした見かけとは裏腹に、さすがは黒妖精族《ダークエルフ》の女王様。ラクス様は壊れて吹き飛んだ二階から一階に降りる階段を放棄して、躊躇なく二階の踊り場から一階へと、身軽に飛び降りてきました。

それに続くノワさんとセリア。黒妖精族《ダークエルフ》の戦士と、木の上から馬に乗っている人の背後に飛び降りるほど身軽なシルキーだけあって、こちらも危なげありません。

軽くスカートの裾を直して皺を気にしながら、私のほうへと優雅に近付いてくるラクス様。

やや険しい表情で、

「ジル様。助けにきていただいたことには心より感謝しておりますが、私の身の確保よりも、まずはトニトルスの暴挙を止めるほうを優先していただきたいと、この子《セリア》に伝言を預けたはずですが？」

「承りましたけれど、我々にとっての優先順位はラクス様の奪還ですわ。トニトルスが錯乱しているのはこちらでも掴んでいますが、現在、スヴィーオル王を筆頭にした洞矮族《ドワーフ》の軍団が、すぐにも反撃の狼煙《のろし》を上げる予定ですし、ルークの〈真龍《ゼクス》〉や〈三獣士〉の飛竜《ワイバーン》も、いつでもこの場に急行できるように待機中です。さらには、竜人族《ドラゴニュート》も全面的に支援してくださるようなので、前回とは逆にトニトルスが四面楚歌——完全に包囲、分断されている状況です」

それから、トニトルスのやり方についていけずに、離反者がいまも続々と森都《ロクス・ソルス》を逃れ、洞矮族《ドワーフ》王の庇護のもと、難民キャンプで苦しい生活をしている実状を訴えました。

「なかには、子供を守って命を失った親御さんもいらっしゃいます。ならば、この混乱を一刻も早く終息させるためには、いまこそ〈妖精女王《ティターニア》〉であるラクス様が、正面からトニトルスを糾弾すべきです」

こういう言い方はなんですが、ラクス様が徒手空拳であったからこそ、武力を背景に無理やり排斥されたのです。ならば、こちらも相応の武力を示さなければ、同じ交渉のテーブルにも着けないでしょう。今回の破塁砲《フォート・バスター》による轟音と破壊は、そのあたりの示威行為も考えてのことです。

「……私は多くの者たちを犠牲にして逃げ、さらに多くの民に愛想を尽かされた、愚かで無能な女です。到底、〈妖精女王《ティターニア》〉などと名乗れる器ではありません。私が呼びかけたところで、なにほどの力があるでしょう。それならば、実際にトニトルスを撃退した実績を持つ〈巫女姫〉ジル様が、諸国の代表として相対するのが確実ではありませんか？」

私の説明に対し、ラクス様は苦渋の表情でそう視線を落として、呟くように力なく反論するだけです。

「そんなわけはありませんわ！　ここに来る前に、私は難民キャンプのリーダーとも話してきました。彼は言っていました。『我らの女王様は〈妖精女王《ティターニア》〉様のみでございます！　いつか〈妖精女王《ティターニア》〉様がお戻りになる日を、私たちは一日千秋の思いでお待ちしております』と」

そう伝えると、ラクス様の瞳に不安と希望が交差しました。

「ラクス様、これは誰かが肩代わりできることではありません。〈妖精女王《ティターニア》〉であるラクス様にしかできないことですわ。それは、ラクス様もわかっていらっしゃるのでしょう？　ラクス様は先ほど、『多くの者たちを犠牲にして逃げ』とおっしゃられましたけれど、勝てない戦いにおいて、撤退は恥ではありません。玉砕こそ、無責任で自己満足な行為ですわ。そう思ったからこそ、犠牲――いえ、殉死された方々も、ラクス様のために命をかけ、明日に繋がる希望を残したのではないですか？」

虚を衝かれた表情で、ラクス様が大きく目を見開かれました。

「その通りでございます、ラクス様！　僭越ながら、皆様方はラクス様さえご無事であれば、『黒妖精族《ダークエルフ》が滅びることはない』と心より信じておりました。そのために、非才非力な私などに『どうか頼む』とおっしゃられ、自分たちに『代わって陛下を頼む』と希望を託されたのです！　その皆様方の思いを忘れないでください、ラクス様――いえ、〈妖精女王《ティターニア》〉様」

ノワさんの悲痛な叫びを受けて、ラクス様の瞳に失くした大切なものが去来したような、そんな風に見えました。

「私は……なんという臆病者だったのでしょう。本当に、本当の意味で逃げ出そうとしていたのですね……」

嗚咽を堪えるように口元へ手を当て、ラクス様は絞り出すようにそう口にします。

「トニトルスがおかしくなった原因が私にあるのだとしたら、私はずっとこの塔に幽閉されているべきではないのか、いっそこの身を捧げたほうがいいのではないかと、そんな後ろ向きなことばかり考えて、なにをする気にもなれず、自分のなすべきことを人任せにするような、皆の思いを踏みにじるような、そんな愚かな選択をするところでした」

「……お渡ししたケーキはモリモリと食べていましたが」

セリアの淡々とした合いの手が耳に滑り込みましたが、とりあえず聞こえないふりをして、ラクス様の慟哭を見守ります。

「ジル様、ノワ、私が間違っていました。同胞のため、そしてトニトルスの非によって苦しんでいる多くの人々のためにも、彼の暴挙を止めるべく、私も戦います！」

ラクス様が、そう毅然とした態度で言い放った刹那、

「――余計なことを吹き込まれては困りますな」

抑揚のないくぐもった声が、【原罪の塔《オリギナーレ・トゥッリス》】の壊れた壁のあたりから聞こえてきました。

同時に飛んできた短弓の矢を、風切り音と勘とで私が躱すのと同時に、即座に私と相手の間に割って入ったテオドシアが、ほとんど同時に追撃で放たれた矢を、上腕部の竜鱗《りゅうりん》で弾き返します。

「気を付けろ。矢の先端に毒が塗ってある。この臭いは蛇毒――強力な神経毒だ。治癒術師であっても、術をかける前に絶命する。まあ、竜人族《ドラゴニュート》であるテオドシアに、蛇毒は効かないが」

テオドシアはそう皆に注意しつつ、剣呑な視線を、突然の襲撃者――全身黒尽くめで、マスクで顔を隠した、体格と耳の形からして黒妖精族《ダークエルフ》らしい集団へ向けました。

全員で二十人ほどでしょうか。彼らは爬虫類じみた無機質な視線を私たちへ向けながら、各々が短弓や短剣、手裏剣《スローイン・ダガー》（いずれも毒でテラテラと輝いています）などを手に、壊れた壁を続々と乗り越えて、塔の一階、申し訳程度に荷物が置いてある広いホールへと入ってきました。

「〈妖精女王《ティターニア》〉以外の全員を排除せよ。流れ矢が当たる危険があるので、接近戦で仕留めろ」

短剣を持って腰を落とし、堂に入った姿勢で仲間に指示する先頭の男。

短弓を持っていた者たちが、無言のまま別な武器を装備しました。

「こいつら……聞いたことがあります。トニトルスの配下には、暗殺者《アサシン》だけによって構成された暗殺部隊がいると！」

細剣《レイピア》を抜いたノワさんが、虫唾が走る……と言いたげな口調で彼らの素性を明かすと、プリュイも弓に矢を番えて臨戦態勢になります。

同様に私も『光翼の神杖《アリ・ディ・ルーチェ》』を構え、足元ではフィーア（仔犬サイズ）が唸り声を上げて牙を剥き出しにしていました。

そんな私たちに対して、連携を取りながら無言でじりじりと包囲を狭めてくる暗殺者《アサシン》たち。

と――。

「――やめなさい」

私たちが止める間もなく、一歩前に出たラクス様の、大きくもなければ威圧的でもない、むしろ柔らかで穏やかな声が全員の耳に届きました。

「〈妖精女王《ティターニア》〉たる私、『湖上の月光《ラクス・ルーメン・ルーナエ》』の名において、この声が聞こえる、世界樹の枝に連なる同胞たちに命じます。あなた方に、森と精霊を愛する黒妖精族《ダークエルフ》としての心と、かつて私に誓った忠誠……それをまだ覚えているのならば、その誇りにおいて刃を収めなさいっ」

それに対する暗殺者《アサシン》たちの返答は、無言での手裏剣《スローイン・ダガー》の投擲と、接近しての短剣と暗器による同時攻撃でした。

「そんな――」

まったく聞く耳を持たない彼らの態度に、ラクス様の花の顔《かんばせ》が絶望に染まります。

「無駄です、ラクス様。こいつらは黒妖精族《ダークエルフ》であって黒妖精族《ダークエルフ》ではない。なんの矜持も、精霊に対する感謝の気持ちも持たない外道ですから！」

自分に飛んできた暗器を躱し、上下から二段構えで突っ込んできた暗殺者《アサシン》に対して、逆に踏み込んで下からの攻撃――切り上げを相手の手首ごと足で踏みつけて防ぎ、一方の、胸元目がけて直進してきた短剣の男の刃が届く前に、リーチの差を生かして細剣《レイピア》で相手の腹部を刺すノワさん。

「やりますわねっ」

感心する間もなく、私に向かってきた五人――短剣使いがふたりに、短槍使い、鎌使い、ちょっと離れて指揮を執っている男――から飛んできた手裏剣《スローイン・ダガー》を、私も手首の内側に仕込んでいた針様の暗器で撃ち落とします。

ついでに魔術で先制しようとしたのですが、『光翼の神杖《アリ・ディ・ルーチェ》』がウンともスンとも発動しませんでした。

「——あら？」

魔力が移動している気配はするのですが、魔術発動体である魔術杖《スタッフ》が沈黙を守っているということは……。

「……魔力不足で起動しないということですわね」

即座にそう結論づけた私は『光翼の神杖《アリ・ディ・ルーチェ》』を離して、素手で構えを取りました。

『光翼の神杖《アリ・ディ・ルーチェ》』は強力な——現存する魔術杖《スタッフ》のなかでも折り紙付きの性能を持っていますが、逆に高性能過ぎて、ちょっとやそっとの魔術師では使いこなせないじゃじゃ馬でもあります。

具体的には、莫大な魔力（セラヴィが全精力を傾けて一発撃てる程度）と、針の穴を通すようなコントロールが必要なピーキー過ぎる魔術杖《スタッフ》なので（失敗作ではないのかしら？　と、いただいた当初から疑問を抱いていますが）、【原罪の塔《オリギナーレ・トゥッリス》】の機能によって魔力が抑圧されているいまの私では、どうやら使うことができないようです。

「〝炎よ踊れ〟——〝火炎《フレイム》〟」

「ぐあっ——‼」

突っ込んできた短剣使いに向かって、魔術媒体なしの『火炎《フレイム》』を放ちました。

上半身を焼かれて仰け反る黒妖精族《ダークエルフ》の暗殺者《アサシン》。

皮膚に水膨れが残る、Ⅱ度の火傷といったところでしょうか。市販のポーションで、痕も残らず治るでしょう。

万全の状態なら、魔術媒体なしでも岩をも溶かす熱量を発することができるのですが、この手応えからして、使える魔術は中級が限度といったところですわね。

おそらくは、一般的な普及品の魔術杖《スタッフ》なら、このコンディションでも使えるとは思いますが、そういった品は私が軽く魔力を流しただけで破裂して、本気で魔力を流せば跡形もなく消滅するので（セラヴィ曰く「安物が壊れるのは聞いたことがあるが、普及品が消滅するとかは聞いたこともないぞ！」と逆ギレしていました）、生憎と手持ちにございません。ですので、ここはひとつ、拳《けん》と魔術でお相手することにしました。

「囲め！　相手はひとりだ、飛び道具にも限りがある。数で押せ！」

指揮官の黒妖精族《ダークエルフ》の言葉に従って、ちょっと離れた位置にいた数人の黒妖精族《ダークエルフ》が、私とラクス様の位置関係を見極めて、再度短弓を構えると、それを確認したプリュイが弓を持ち、目にも止まらぬ速さで援護してくれました。

私はといえば、ほかの黒妖精族《ダークエルフ》が四方から、手裏剣《スローイン・ダガー》やナイフを投げるモーションに入ったのを確認して、

「一、二、三、四っ！」

順番に指さすのに合わせて、

「ぐはっ⁉」「ぐっ……！」「がっ――⁉！」「ちぃ――っ‼」

痛みに仰け反ったり、いきなり昏倒したり、利き手を押さえたり、武器を取り落としたりと、さまざまな反応ながら、仲間の援護もできずにその場で無効化される黒妖精族《ダークエルフ》たち。

「なっ――妖術師《ソーサラー》が。妖しげな術を使いおって！」

「暗殺を生業にしている黒妖精族《ダークエルフ》に、妖しいとか妖術とかいわれるのは釈然としませんね。それに、いま使ったのは純粋な武術ですわよ」

金銭鏢《きんせんひょう》とか印形撃ちとか呼ばれる技で、要するに銀貨を使った礫《つぶて》ですわね。

そのまま一気に暗殺者《アサシン》のただ中に飛び込んでいくと、短剣使いが私の首のあたりを狙い、短槍使いが突きを放ち、鎌使いが足を狙って刈ってきたので、短剣を肩でいなして、短槍を躱しざま柄を掴んで力任せに引っ張りつつ、足を狙ってきた鎌を膝で叩き落として防ぎました。

たたらを踏んだ短槍使いが得物から手を離す前にその手首を掴んで、その場で放り投げて地面に叩き付け、駄目押しに〝勁《けい》〟（特殊な重心移動と呼吸法を併用した技術全般を指します）を乗せた掌底で、体内に振動を徹《とお》して意識を刈り取ります。

「や、やはり妖しげな術を――⁉」

逆上する指揮官の黒妖精族《ダークエルフ》。面倒になった私は、残りふたりの暗殺者《アサシン》が再度武器を構えて向かってきたのを、手前のひとりを放り投げて、もうひとりの上に重ねる形で圧し潰し、ついでにもんどり打って倒れたふたりの関節を固めて、まとめて頸を放ちました。

「なんだ、その有象無象を相手にしているような、ぞんざいな攻撃は⁉　我らは選ばれた『新しい《ノヴァ・》黒妖精族《ダークエルフ》』だぞ！」

一見して無造作な私の投げ技が気に食わないのか、憤慨した様子で地団太を踏む指揮官。

「とはいえ実際、あなた方って基本的に遠距離か中距離からの攻撃が主体で、動きは素早いですが、密着してはナイフ術しか使えなくて、組技に関しては素人同然ですので、この程度で十分……というか。一芸特化ですから、ネタがわかれば対処はしやすいですし、なによりも脆すぎますわ」

「そういえば、バルトロメイも似たようなことを言っていたな」

プリュイが弓で全員の援護をしながら、ふと思い出した口調でそう言い添えました。

その間にも、ノワさんが細剣《レイピア》で動きを止め、テオドシアは素の腕力と毒をものともしない頑丈さで殴り倒し、残った黒妖精族《ダークエルフ》たちが次々に制圧されるのを前にして、不利を悟った指揮官が逃げようと踵を返したので、私はとりあえず足元にあった壁の瓦礫らしい一塊の石を放り投げました。

ちらりと振り返った指揮官は、僅かに石の軌道が逸れているのを確認したのでしょう。それっきり振り向かずに壁の穴に手をかけて逃げようとしたところで、私の投げた石が突如軌道を変えて、指揮官の側頭部に当たりました。

「な、なぜ――!?」

不意打ちでそれなりの重量の石の塊を頭にぶつけられた指揮官が、私の仕業《妖術》かとフラフラしながら振り返りますが、答えは微妙なところですわね。

「この【原罪の塔】《オリギナーレ・トゥッリス》には自己修復機能がついているらしいので、そこへ壊れた部品である壁の石を投げたら、本来あった場所へ戻っただけですわ」

簡単に答え合わせをして、相手がもたついている間に傍まで行き、短剣を手に死にもの狂いで向かってきた指揮官の勢いと体重のベクトルを利用して、そのまま天井近くまで投げます。

空中で唖然とする相手の目を見ながら、余計なお世話だとは思いますけれど、私は最後の助言を送りました。

「あなた方はあくまで暗殺者《アサシン》なのですから、徹底的に遠距離からの奇襲に終始すべきでしたわ。姿を現すなど愚の骨頂。大方、女ばかりでなおかつ魔術が抑制される塔の中なら、数で圧勝できると判断したのでしょうけれど、最初の襲撃が失敗した時点で、いったん引くべきでしたわ。私の知っている暗殺者《シャトン》なら、躊躇なく逃げ出したでしょう。暗殺者《アサシン》としては二流以下ですわね」

所詮は狭いコミュニティのなかで幅を利かせていた暗殺組織。各国の暗部や暗殺者《アサシン》ギルドの精鋭に比べて、経験値の差があり過ぎます。

中空で唖然としている指揮官が放物線を描いて下りてくるその瞬間に、勁を込めた肘撃ちを放ち、悶絶する間もなく完全に失神したのを確認して、私はほかに意識のある暗殺者《アサシン》がいないかを、念入りにチェックしました。

「――ふう。とりあえずこの場は凌ぎましたけれど、私たちが潜入したことがトニトルスに発覚したのは明白なようです」

「「そりゃ、庭先で大砲ぶっ放されたら誰でも――」」

「そういえば、先ほどの轟音と震動はなんだったので――」

「大至急、ここから離れましょう！」

なにやら喚きかけたプリュイ、ノワさん、テオドシアに触発されて、ラクス様もいまさらながら疑問を抱いたようなので、話を蒸し返される前に私は大至急、脱線しかけた軌道を、本来の逼迫した状況に戻しました。

いけないわ。普段なら私よりも先にコッペリアが非常識なことをやるので、私はツッコミ役で済んでいるのですが、コッペリアがいないとなると、心なしか私が非常識なボケ役のポジションに収まっている気がします。

——早く皆と合流しなければ！

そう拳を握って決心した矢先、私の足元にいたフィーアが不意に、

「わんわんわんっ！」

壁際に寄っていって盛んに吠え出しました。

ちなみに、ただ単に吠えているだけなので、『不機嫌』『警戒している』という感情以外に、特に意味のある情報は伝わってきません。

……まあ、お腹が空いてご飯を求めているわけでないのは確実ですが。

「新手か？」

警戒するプリュイが弓に番えた矢を表に向け、私たちもその場に止まって各々の武器や拳を構え、事の成り行きを見守ります。

そのまま暫時、神経を張り詰めて警戒に当たる私たち。

気を利かせてくれたのか、ラクス様が腰をかがめて落ちていた私の『光翼の神杖《アリ・ディ・ルーチェ》』を拾ってくれた、その瞬間——。

不意に【原罪の塔《オリギナーレ・トゥッリス》】、いえこの枝、いえいえ千年樹そのものが震え出し、その震動がほかの千年樹にも伝播したかと思うと、突如として千年樹が放つ悲鳴――いえ、断末魔の絶叫があたりに響き渡り、緑色に輝く霊光《オーラ》がすべての千年樹から吹き上がりました。

「なっ――⁉　千年樹が――‼⁉」

「枯れる⁈」

「バカな、こんなバカな！　寿命を迎えるまでまだ十万年はあるはず⁈⁉」

ラクス様、ノワさん、プリュイの絶望を伴った悲鳴が響くなか、生命力《エナジー》を失った千年樹の葉が見る見る茶色に枯れ、木枯らしに攫われる紅葉のように見る間に枝から落ち、その枝も先端から力を失って萎びれ、最後には千年樹全体が朽木のような色艶になって、そこかしこから幹の内部が破裂する音が響いてきたのです。

「そんな――『千年樹の果実《ミレニアム・ボームム》』を守る千年樹が、残らず朽ち果て……⁉⁈　いけないいっ。この森に生きる黒妖精族《ダークエルフ》は、千年樹の庇護を受けて身命が結び付いています！　この状態では、千年樹につられて生命力《エナジー》を奪われるっ！」

愕然とするラクス様。そのわりには、ノワさんともどもピンピンしていますけれど……と思ったところでピンときました。これはもしかすると、【原罪の塔《オリギナーレ・トゥッリス》】の魔力や精霊力を遮断する機能のお陰で、逆に無事なのかも知れません。

いえ、そもそもこれは偶然ではなく、トニトルスは最初からそれが目的で、ラクス様をここへ閉じ込めたのではないでしょうか？　であるなら、その辺に転がっている暗殺者《アサシン》も、本当の狙いはラクス様の足止めだったのではないでしょうか？

気になった私は、フィーアを両手で抱き上げると、壁を乗り越え外に出て、周囲の様子を一望してみました。

やはり、生命力《エナジー》が枯渇している千年樹はここだけではなく、周囲一帯を囲む千年樹のすべてに及んでいるようです。

そして、そのすべての生命力《エナジー》は、一際大きな森都《ロクス・ソルス》中央の千年樹へと濁流のように流れ込んでいます。というか、空を見上げれば雨雲さえもそこにかき集められて吸収され、明るい日差しが照り付けているので、この現象の中心がどこなのかは一目瞭然でしょう。

「これは……。コッペリアがいたら『いま火をかけたらひとたまりもなく燃え落ちますね』といって実行しそうね」

先ほどまで降っていた雨粒以外、カラカラに乾いて水気のない森都《ロクス・ソルス》の姿を目の当たりにして、ラクス様の懊悩を踏みにじるような、我ながら不謹慎な感想が口をついて出ました。

それくらいショッキングな光景――今日初めて訪れた私でさえ衝撃を受けているのですから、この森で生まれ育ったラクス様やノワさんにとっては、まさに世界の終わりに等しい光景でしょう。

「これ、もう戦争どころではないと思いますけれど……」

ほぼ完全に生命力《エナジー》を失った千年樹は、どうにか惰性で持っていますが、いつまでこの巨大な質量を支えられるものか。どれか一本でも倒れたら、その振動でほかの木も倒れる、そう遠くない未来のビジョンが見えました。

いいえ。円と六芒星を描くように魔法陣型に配置されていた関係上、倒れる方向によっては、ドミノ倒しのように一気に雪崩を打つ危険性もあります。

そこでふと気になった私は、【原罪の塔《オリギナーレ・トゥッリス》】の残骸から距離を置いて、ある程度の魔術が施術できるのを確認し、再度〈水〉を媒体にした《呪力圏《スペル・バウンド》》を広げて周囲の状況を確認してみました。

「中心付近へ行くにつれて、生命体の反応がほとんどないわね。周辺部では、まだ辛うじて生き残りがいるようだけれど」

ラクス様が懸念されていた通り、かなりの数の黒妖精族《ダークエルフ》が犠牲になったことでしょう。このことを話したら追い打ちをかけるようで胸が痛みますが、さりとて黙っているわけにも参りません。いまこそ迅速に動かなければ、助けられる人たちも助けられません。

「あら？　やっぱりおかしな地脈《レン・ライン》の動きがあるわね」

先ほどもちらりと不審に思えた地脈《レン・ライン》の流れに注意を集中してみれば――。

「地電流？　精霊魔術で地磁気に干渉をして地脈《レン・ライン》を本来の流れから変えている？　魔法陣に上書きするように別な魔法陣を描いているの……？　この流れを可視化すると……なっ!?!」

描き出された魔法陣の形は、私にも――いえ、私だからこそ見慣れたものでした。

「『生命力補充《エナジー・リザーブ》』!?　かなり簡素化されていますけれど、間違いなくこの陣は『生命力補充《エナジー・リザーブ》』のもの！　まさか真似をされた――ということは……！」

愕然とする私の視線が中央の千年樹へと向かったのと同じくして、まさに先ほど私が危惧した通り、中心に聳え立つ千年樹の中ほどから、突如として轟音とともに炎が吹き出しました。

そうして、炎はあっという間に枯れ木と化した千年樹を包み、瞬く間に周囲の千年樹へと燃え広がったのでした。


同時刻――。

ロスマリー湖に住まう竜人族《ドラゴニュート》たちはほぼ総出で、必死になって聖地に封印を施していたが、

「ぐはっ！」「ぐっ……」「うわぁ⁉」「無念……」

突如として《水鎗龍王《すいそうりゅうおう》》の骸に注ぎ込まれた膨大な――下手をするとロスマリー湖が一撃で蒸発しそうなほどの――生命力《エナジー》の奔流に抗しきれずに、弾き飛ばされ、羽虫のようにバタバタと湖面に落ちる竜人族《ドラゴニュート》たち。

満身創痍の状態ながら、どうにか翼を広げて上空に留まっていた祭祀長アサナシオスは、口惜しげに眼下の光景を見据え、遠い空の下にいるであろう最後の希望――龍神官《ドラゴン・プリースト》メレアグロスと龍の巫女《ドラゴン・メディウム》テオドシア、そしてなにより大いなる龍王によって預言された人間族《ヒューム》の娘を思った。

「――すまぬ。我々はここまでだ。あとは頼んだぞ」

そう苦渋の声で祈りを送るアサナシオスの目前で、これまでずっと祈りの対象であった岩礁――否、《水鎗龍王《すいそうりゅうおう》》の骸が偽りの生を受けて身動ぎをしたかと思うと、半ば朽ち果てた姿のまま、骨とボロボロに破れた被膜が僅かに付いている翼を広げて、水飛沫《みずしぶき》とともに数百年ぶりにロスマリー

湖から飛び立った。

「おおおおおっ、なんと禍々しい！　聖なる龍王のかような無惨な姿を目にするとは……っ」

慙愧の念に堪えないアサナシオスには目もくれず、《屍骸龍《ゾンビ・ドラゴン》》と化した巨大な《水鎗龍王《すいそうりゅうおう》》の骸は、一路西の空を目指して飛び去っていった。


「――ふん。くだらぬ連中だったが、やはり生命力《エナジー》も薄汚いものだったな」

玉座に座り直したトニトルスは、周囲に散らばるミイラのようになった裏ギルドの商人たちと、その用心棒の成れの果てを見回してそう口にしながらも、満足そうな表情で頬杖を突いた。

「とはいえ、数だけはいたので、それなりの生命力《エナジー》を得ることができた。その点だけは褒めてやろう」

傲然と死体に向かってのたまうトニトルス。

「折よく雨も降っているお陰で、地下を走らせている雷の精も活気づいている。余力があるうちに最後の仕上げといくか」

そう呟いて、トニトルスはこれまで地道に（同族や他種族を犠牲にして）集めてきた生命力《エナジー》を、魔力と精霊力に転換して玉座に送る。それに合わせて、もとは集会場であった部屋の広範な床に、複雑な魔法陣が浮かび上がった。

「逆転式の準備はできた。あとはこの魔力と精霊力を呼び水にして、千年樹の生命力《エナジー》を吸収するのみ」

いつの間にやら、鳩尾《みぞおち》のあたりに半ば埋もれるように定着した宝珠《オーブ》をちらりと一瞥したトニトルスの怜悧な顔に、次の瞬間、凄絶な笑みが浮かんだ。

「約束通り、いまこそ我ら黒妖精族《ダークエルフ》の力を結集して、中原を征服してやろう。喜ぶがいい、我が臣民《イケニエ》たちよっ！　いざ、我は覇道を往かん‼」

裂帛《れっぱく》の気合とともに、ついに逆転式──〈巫女姫《ジル》〉の『生命力補充《エナジー・リザーブ》』を独自の解釈でアレンジした──本来であれば、千年樹の生育や健康状態を管理するための玉座の機能を逆手に取って、千年樹の莫大な生命力《エナジー》と、それに連なる周辺の樹木、なにより魂で繋がっている黒妖精族《ダークエルフ》の命を強制的に吸い上げる、外法というのも悍《おぞ》ましい邪悪な魔術が、いまこの瞬間に起動したのである。

「おおおおおおおおおおおおおおおおおおおおおおおおおおおおおおおおおおッ!!!!!!」

たちまち凄まじい勢いで流れ込んでくる生命力《エナジー》を前に、トニトルスは狂しいほどの興奮と快楽を得た。本来は肉欲に乏しい黒妖精族《ダークエルフ》ではあるが、座ったままのトニトルスの股間の一物が、際限なく高ぶりを見せるほどであった。

全身からあふれんばかりの──実際、人間族《ヒューム》の魔術師なら受け止めきれずに、たちまち破裂したことだろう──生命力《エナジー》の渦に酔いしれるトニトルス。それにも増して、鳩尾の宝珠《オーブ》が貪欲に生命力《エナジー》を吸収する。

底なしかと思えるほど生命力《エナジー》を貪り食う宝珠《オーブ》に対して、さしものトニトルスも『まさかこれでも足りないのか？』と若干の危惧を覚えたその瞬間、すぐ近くから猛烈な爆発音が響いてきた。

あまりの轟音に、千年樹全体が震えたほどである。

「いまの音の方向は、〈妖精女王《ティターニア》〉――『湖上の月光《ラクス・ルーメン・ルーナエ》』のいる千年樹か⁉」

血相を変えて立ち上がりかけたトニトルスであったが、施術の途中でこの場を離れるわけにはいかない。すでに賽は投げられ、やり直しは効かないのである。

「ちぃっ。――誰かおらぬか！」

トニトルスの怒号に応えて、黒尽くめで目から下を覆面で覆った黒妖精族《ダークエルフ》が即座に馳せ参じた。

周囲の凄惨な光景にも臆することなく、その場に跪拝するのは、トニトルスの子飼いである暗殺者《アサシン》集団《払暁の刃《アルナ・ラーミナ》》のリーダーである。

「いまの音はなんだ⁉」

「〈妖精女王《ティターニア》〉を幽閉してある塔を、何者かが破壊して侵入した模様です。数は少数ですが、なんらかの爆発物を使用したものと思われます」

「な、なんだとォ⁉ 何人《なんぴと》たりとも破壊できない古代遺産ではなかったのか⁉ クソッ、所詮はカビの生えた伝承か！ 俺としたことが抜かった……くっ、やむを得ん。お前は配下を連れて急ぎ【原罪の塔《オリギナーレ・トゥッリス》】へ行き、『湖上の月光《ラクス・ルーメン・ルーナエ》』が塔から出ないように足止めしろ。ほかの者は殺せ。手段を選ばず、貴様らの犠牲を無視してな！」

「はっ、承りました！」

一段と低く頭を下げて、即座に行動に移る《払暁の刃《アルナ・ラーミナ》》。

「……潜入した敵が少数ということならば、数で凌いで時間稼ぎになれば御の字か。最悪逃げられても構わん。術が終わればな」

他人を一切信じていないトニトルスは、《払暁の刃《アルナ・ラーミナ》》が失敗することも織り込んで、誰もいないところでそう独白するのだった。


「なんだありゃ!?!」

雨が上がったと思ったら、西の空――【大樹界《インゲーンス・シルワ》】の中心部から烈火のような炎が吹き出し、たちまち広大な緑の森を真紅に染め上げる。

「誰か、先んじて火をかけた者がおるのか!!?」

スヴィーオル王が豪然たる獅子吼で周囲に問いかける。

本格的な黒妖精族《ダークエルフ》との戦いとなれば、相手のアドバンテージを奪うために、ある程度の火攻めをするつもりではいた。

だが、〈巫女姫《ジル》〉との約束もさることながら、戦後のことを考えると、あまり大々的に森を焼いては、黒妖精族《ダークエルフ》との確執がなおさら深くなり――まあ、いまさらだが――そのことが原因で、他国から非難される可能性が高い。

外野から水を差されるのも業腹なので、必要最小限で済ますつもりでいたのだが（すでに戦いの趨勢《すうせい》は決していると、スヴィーオル王は判断していた)、もしやどこかの部隊が先走って森に火をかけたのかと確認するために、スヴィーオル王は怒りを込めて問いかけを発したのだが……。

「突撃軍団は国境線上に待機したまま、一兵も森の中へ入っておりません」

「防衛軍団も砦の防衛に専念しております」

ヴィトゥル突撃団長とソルゲイル防衛団長がすかさず答え、同様に次々と部隊の長が右へ倣えで答える。

「……どこも展開していないだと? なら、誰が火を放った?」

ここから見ても、到底自然発火とは思えない規模の火災である。下手をすれば、周辺国へも影響があるだろう。だいたいにおいて、ちょっとした火災なら、黒妖精族《ダークエルフ》が精霊魔術で寄ってたかって消火活動に当たるはずである。それがこれほどの大災害になるまで放置しておくとは、正直信じられない事態であった。

「火災の発生地点はまさに黒妖精族《ダークエルフ》の中枢、森都《ロクス・ソルス》の方向ですが、確かいまあそこには、〈巫女姫〉様を筆頭に帝国の公子や〈三獣士〉、竜人族《ドラゴニュート》まで雁首を揃えて潜入しているはず」

「〈巫女姫《ジル》〉殿が火を放ったというのか? さすがにあり得ぬとは思うが……」

部下のひとりの進言に、眉を寄せて太い首を左右に振るスヴィーオル王であったが、同時に、貸し与えた予備の破塁砲《フォート・バスター》の存在と、「やっちゃいました、てへぺろ☆」と、うっかりミスで舌を出すジルの顔が頭をかすめた。

(……いやいや、さすがにないだろう)

「しかしながら、現状は歓迎すべき事態かと愚考いたしますが」

考え込むスヴィーオル王に対して、ソルゲイル防衛団長が進言する。

「ここで原因をああだこうだと議論するよりも、行動に移すべきかと」

「つまり、この機会に打って出て、黒妖精族《ダークエルフ》の痩せ首を取るということですな」

「……ふむ」

さらに続けてのソルゲイル防衛団長とヤル気満々のヴィトゥル突撃団長の言葉に、スヴィーオル王が顎髭を撫でる。

「確かに一考の余地がありますな」

穏健派のイーヴァルディ侍従長も、珍しく積極的な攻勢を支持した。

意外そうな顔をするヴィトゥル突撃団長とソルゲイル防衛団長に対してというより、居並ぶ面々に対して、イーヴァルディ侍従長は丁寧に説明を続ける。

「ご存じの通り国同士の戦争の場合、超帝国憲章によって『国家の長、それに類する人物の署名入りの宣戦布告が必要である』とありますが、いまだに黒妖精族《ダークエルフ》からの宣戦布告はございません」

「なにしろ、その国家の長である〈妖精女王《ティターニア》〉が、つい先だってまで我が国の王城にいたのだからな」

苦笑するスヴィーオル王。トニトルスが中原の覇王を自称したところで、超帝国が認めた【大樹界《インゲーンス・シルワ》】の長は、〈妖精女王《ティターニア》〉たる『湖上の月光《ラクス・ルーメン・ルーナエ》』で動きようがない。ゆえに、承認なき王は単なる反逆者に過ぎない。そのためトニトルスの行為は、反社会勢力《テロリスト》が引き起こした犯罪扱いになる。

「国内で対応する分には問題ありませんが、他国に出兵したとなると侵略と見做されます」

「なにが侵略だ！　先に手を出してきたのは青虫《ダークエルフ》どもではないかっ！」

声を荒らげるヴィトゥル突撃団長に対して、「然り」と頷くイーヴァルディ侍従長。

「なれど、我が軍が国境線を越えた瞬間、我が方からの侵略となる。このジレンマに対して、この災害は天祐となるでしょう。緊急時には、魔獣及び災害派遣として、行政の長に当たる者から要請があれば、近隣国が軍を派遣して援助することも認められております。そして、国境付近には難民キャンプがございます。この代表者から援助要請があれば――」

「国境線を越えることも、武器を携えることも問題ないのか？」

対応に穴がないか即座に確認するスヴィーオル王に対して、イーヴァルディ侍従長は打てば響く調子で答えた。

「追認という形で、あとから許可を得れば問題ございません。それと、自衛のための武器の携帯は許可されており、どの程度までを自衛とするかは自国の判断が優先されます」

つまりは、大砲を持っていっても「自衛のため」といえば問題なしということだ。

「なるほど。大手を振って部隊を展開できるということか……」

にんまりと、人食い虎が笑みを浮かべたらこんな風になるだろうと思われるような、壮絶な笑みを浮かべるスヴィーオル王。

と、その瞬間、巨大な影が砦の上を音もなく通り過ぎていった。

「白い〈真龍《エンシェント・ドラゴン》〉！　ルーカス公子は騎乗していないようだが……？」

まさか、また暴走したのではないかと疑念を抱く洞矮族《ドワーフ》たちの頭上を、翼の音も勇壮に三頭の飛竜《ワイバーン》が旋回する。

そのうちの一頭——空鞍である『アスピス』は、まっしぐらにゼクスと同じ方角へと飛び去り、残り二頭の『ガウロウ』と『ウィグル』を駆るケレイブ卿とトト卿は、砦の周りを旋回しながら声を張り上げた。

「騎乗にて失礼っ。公子様より合図がありましたので、我らは急ぎゼクスのあとを追って【大樹界《インゲーンス・シルワ》】へと突入します。ゼクスにしても我らの飛竜《ワイバーン》にしても、なにやら興奮して落ち着かない様子。どうにも胸騒ぎがしますので、皆様方も十分な備えをなされよ。では、ご免！」

言うだけ言って、燃え盛る森の中心目指して飛び去る飛竜《ワイバーン》を見送っていた面々の視界の隅に、別の方向から来て同じ方向へ向かって天空を駆けていく、二頭の〈飛蟒蛇《ワイアーム》〉の姿が映った。

ふたりの竜人族《ドラゴニュート》が呼び寄せたものだろう。気のせいか、しきりに東の空を気にしているような素振りが窺える。

「ふむ……？」

思案したスヴィーオル王のもとへ、待ちに待った知らせが届いた。

「難民キャンプの代表者から正式な救助要請が出ました！　すぐに助けにきてほしいとのことです！」

『宵の星屑《ウェスペル・エンハンブレ》』からの書簡を持った洞矮族《ドワーフ》が、転がるように駆け込んできた。

「よしっ、機は熟した！　出番だぞ、お前ら‼」

スヴィーオル王の檄を受けて、一斉に雄叫びを上げる洞矮族《ドワーフ》たち。

その様子を満足げに見据えるスヴィーオル王の耳に、伝令の、続く言葉が入り込む。

「なんでも突然、黒妖精族《ダークエルフ》たち全員が倦怠感に襲われ、特に弱っていた病人や女子供には、死者も出たとか――」

「なに？　どういうことだ⁇　ただの火災じゃないのか？」

怪訝な様子で窓の外を眺めるが、戦いの準備を始めた洞矮族《ドワーフ》たちにおかしな兆候はない。漂ってくる煙も灰も、嗅ぎ慣れた森林火災そのものである。

「黒妖精族《ダークエルフ》の生態の問題で変調をきたしているのか？」

だとしたらますます好都合だ、という言葉はさすがに浮かれすぎだと呑み込んだ。

しかしながら、少なくとも採掘と鍛冶仕事を生業としている洞矮族《ドワーフ》にとっては、この程度の煙と熱は、ちょっと温めのサウナに入っているようなものだ。まったく問題にならない。

「ヴィトゥル、行ってくれるか？　ただし、あくまで災害派遣だ。〈巫女姫《ジル》〉殿や〈妖精女王《ティターニア》〉殿に嫌われたくはないからな」

「はっ。先陣を承る誉れ、なによりもありがたく存じます！　――まあ、自分もあのふたりは嫌いではありませんからな」

ヴィトゥル突撃団長が珍しく笑みを浮かべながら――魔犬《ガルム》が愛嬌を振り撒いているような顔だが――一礼をして、速やかに団員を引き連れて【大樹界《インゲーンス・シルワ》】へと進軍するために出ていった。

文句も言わずに柔軟に対応できるようになった彼の変化に、〈巫女姫《ジル》〉やその仲間たちによって、よい方向に影響を受けたのを感じ、内心で嬉しく思うスヴィーオル王であった。

「順調すぎて、どこかに開いているデカい穴に落ちそうな予感がするな……」

だが、こういうときこそ気を引き締めないと、そう思ったところで、不意に先ほどの伝言の内容が、スヴィーオル王の脳裏を電撃のように奔った。

『黒妖精族《ダークエルフ》たち全員が倦怠感に襲われ、特に弱っていた病人や女子供には、死者も』

「――っっっ!!! いかんっ、居住区には〈巫女姫《ジル》〉殿が保護した黒妖精族《ダークエルフ》の幼子がいたはず。すぐに確認にいけっ！」

歯噛みして矢継ぎ早に指示を与えるスヴィーオル王であったが、その懸念も一瞬で吹き飛ぶ異常事態が迫ろうとしていた。

不意に東の空が不穏になり、雷雲を伴ってなにやら巨大な――先ほどの〈真龍《エンシェント・ドラゴン》〉ですら比較にならないほど、見た瞬間に本能が拒絶する、異形歪な影が急速にこの場に接近してくるのを確認し、砦全体に緊張が走った。

緊急事態を告げるために鳴らされた銅鑼の音に負けないように、スヴィーオル王が切迫した声を張り上げる。

「全破塁砲《フォート・バスター》と、ありたっけの火砲を接近中の物体に向けろ！ 出し惜しみするなっ、砲身が焼けても構わん。合図とともに発射用意っ！」

慌てて破塁砲《フォート・バスター》の向きを逆に変えようと奮起する部下たちだが、地面に鋼鉄製のチェーンや荒縄で固定された巨砲は、小回りが利かない。

その様子を見下ろしながら、スヴィーオル王自身も完全武装で地上へ下りる支度を固めた。

「間に合うか？　空中戦は専門外だ。早く戻ってきてくれよ、巫女姫に真龍騎士殿」

彼にしても不本意である他力本願な台詞を口に出しながら、階段へと向かうスヴィーオル王。

刹那、腐った肉の間からところどころ骨が覗き、全身という全身に腐った臭いの漂う苔と黴の生えた、見るも悍ましい《屍骸龍《ゾンビ・ドラゴン》》の巨体が、砦の上空に姿を現した。


「〝水は氷に。熱の根源たる振動は虚無へと変換される〟──〝凍る世界《コキュートス》〟」

私の氷系最大呪文で、あたり一帯を凍り付かせて延焼を防いでいますが、あまりにも火の勢いが激しいのと天気がよすぎるために、火災を鎮火させるまでには至りません。

それでもどうにか火の回りを食い止めたところから、ラクス様を筆頭に、ノワさん、プリュイ、アシミが先頭に立って励まし合い、心身ともに衝撃を受けてフラフラしている黒妖精族《ダークエルフ》たちの手を取って避難させ、それをルークと〈三獣士〉、セラヴィとシャトンが、ピストン輸送で安全圏まで運ぶ作業を繰り返していました。

こんな状態ですから、セラヴィの火蜥蜴《サラマンダー》は水を得た魚のように生き生きとして、炎を吸い込んで街道を行き来していますし、シャトンもいつもの豚鬼《オーク》召喚による人海戦術ならぬ豚海戦術で、へたり込んだ黒妖精族《ダークエルフ》たちを運び込んでいます。

「シャトン、炎が迫ってきていますけれど、ギリギリまでお願いします！　勿論、お代は言い値で払いますから」

通りすがりにシャトンにそう声をかけると、

「そう言われると仕方がないですにゃ……」

懐から取り出した算盤を弾いて、私に見せました。

「じゃ、金貨で……こんなもんで、どうですかにゃ？」

予想よりも数段安い価格設定に、私は思わず目を瞬いて、シャトンの顔と算盤とを見比べます。

「……いいのですか、そんな値段で？」

「困ったときはお互い様ですにゃ。それにいまは商品を売りつけるよりも、巫女姫サマと黒妖精族《ダークエルフ》に恩を売っておいたほうがよさそうですにゃ」

にんまりと、下心満載のチャシャ猫じみた笑みを浮かべるシャトンの表情に、

「それはまた……のちのち、高くつきそうですわね」

思わず私も苦笑いを浮かべて、再び消火作業に戻りました。

とはいえ、人数に限りがあり、業火はすぐそこまで迫っているので、このままではジリ貧になるのは目に見えています。

せめて雨が降れば一気に、もっと広範囲に森を凍らせて火災を一掃できるのですが……。

「先ほどの豪雨をもう一度起こせませんか？」

大火災の上空を〈天狼《シリウス》〉と化したフィーアの背中に乗りながら、合流して隣を飛ぶメレアグロスとテオドシアにそうお願いしてみたのですが、残念ながら答えはノーとのこと。

「揺り返しがある」

「竜気に働きかけて降らせた雨は、本来であれば別な場所に降るはずのものを、この場所に強制的に誘導させたものである。それゆえ、何度も同じ場所で術を行使すると全体のバランスを崩して、世界全土の生態系を破壊する可能性を秘めている。どのような形で顕在化するかは、テオドシアにも予想はできない」

端的に首を振ったメレアグロスの言葉足らずの部分を、テオドシアが紋切り型ながら、いつものように饒舌に説明してくれました。

「やはり、そうそう都合よくは運びませんか。そうなると、江戸時代の火消しが建物を壊して延焼を防いだように、燃えている周辺の森をドーナツ形に削って、範囲を限定するしかありませんわね」

まあ、それでも火の粉は飛び散るでしょうが、細かな消火は森都《ロクス・ソルス》の外縁部にいた比較的元気な黒妖精族《ダークエルフ》の皆さんにお願いするしかないでしょう。

私の提案に、テオドシアも乗ってくれました。

「うむ。それならその場所に水源を呼び込んで、水場を作ることはできる」

なるほど。鉱山都市ミネラを水没させた手際からしても、その手の作業はお手のものなのでしょう。前回は洞矮族《ドワーフ》を攻撃するために、今回は黒妖精族《ダークエルフ》を災害から救うために活用されるとは、微妙に皮肉な話ですわね。

とはいえ、そうと決まれば早いほうがいいでしょう。

「フィーア、お願い。炎の周りの森をぐるりと削り取って！」

「ウオ～～ン（わかった～っ）‼」

フィーアは即座に翼を翻し、その背中に乗った私は、万が一にも逃げ遅れた人や取り残されている人がいないか、目視と魔力波動《バイブレーション》を併用して確認します。そして、問題ないと思われた箇所にはフィーアに指示をして『光子閃光《フォトンブレス》』を放たせ、森ごと炎を消滅させます。ついでにフィーアは、剥き出しになった地面の土や岩を、強靭な顎でガリガリと噛み砕いて呑み込んでいます。

「美味しいの？」

「わう（美味しくないけど、いつもお腹ペコペコなの～）」

どうやらいまだに、マイクロブラックホールを放つに足るエネルギーと質量は、充足されていないようです。

ほどなく広大な範囲に空堀が作られ、メレアグロスとテオドシアの竜魔術によって、近くの川や湖から、轟々と音を立てた水が濁流となってそこへ流れ込み、瞬く間に巨大な水堀が完成しました。

ついでに私も『水球《ウォーターボール》』を撃ちまくり、水が蒸発しないうちに氷結魔法で凍らせて、森の中から外へと逃げられる通路を作り、

「〝水流よ凄烈なる流れもてすべてを阻め〟――〝水障壁《アクア・シールド》〟」

炎を隔てる水の障壁を延々と左右に張り巡らせて、安全を確保しました。

「おい。いくらなんでも、これほどの規模の魔術を駆使して大丈夫なのか？」

メレアグロスたちと協力して、水堀を渡るための丸太橋を固定しながら、プリュイが慌てた声で、私が無理をしていないか心配してくれましたけれど――。

「大丈夫ですわ。絶好調……というか、【原罪の塔《オリギナーレ・トゥッリス》】を出たあとから、なんとなく無理やり押さえつけられていたバネが思いっきり伸びた感じで、一時的に魔力が過剰状態ですの。いまなら単体で『天輪落とし《パイル・ヴァルティン》』だってできそうな感じですわ」

そのまま余力を駆って、逃げる黒妖精族《ダークエルフ》の人々を誘導しつつ、先頭に立って水の上位精霊を召喚して炎を防いでいるラクス様のところへフィーアに乗ったまま飛んでいき、簡潔にいまの状況を伝えました。

「助かります、ジル様。――皆さん。〈巫女姫〉様が活路を切り開いてくださいました。大人は子供の手を離さないようにして安心させて。慌てずに、怪我人や弱っている者を優先して逃がすようにしてください」

ラクス様の、強くも甲高くもない代わりに、不思議と通る柔らかな鼓舞の声に従って、凍り付いた道をノロノロと歩む、焼け出された黒妖精族《ダークエルフ》たち。足取りが重いのは、住み慣れた故郷である千年樹がすべて燃え、いままさに灰燼に帰するところだからでしょう。

そんな彼らの姿に、中原で何度も目の当たりにした、廃墟となった都市や集落、住処と財産、家族を亡くして項垂れ、泣き、慟哭の叫びを放っていた人々の姿が投影されます。

中原の動乱の原因は間違いなくトニトルスですが、彼の増長と暴走を許容したのは、ほかならぬ黒妖精族《ダークエルフ》の族長たちであり、そこに所属する民たちも、積極的に加担していなくても、それを黙認していたのは確かです。ですから、被害を受けた中原の人々がこの森都《ロクス・ソルス》の現状を目の当たりにすれば、「自業自得」「俺たちの苦しみを思い知れ」「悪行の報いだ」と、罵詈雑言を放つかも知れません。

ですが、目の前で苦しんでいる人、哀しんでいる人たちの、嘆き悲しむ姿になんら違いはありません。たとえ相手が悪党であっても、自分も悪事で報復していいという理屈にはならないのですから。

ならばこそ、私のやることは変わりません。怪我をした人には治癒を施し、心が壊れかけた人には精霊魔術をもって癒し、迫りくる火災には魔術で対抗する。いま私にできることを精一杯、悔いのないように行うだけです。

そうして必死に時間を稼いでいると、生物の本能で火から逃げ回っていた人たちが、多少なりとも考える余裕ができたせいで、恐怖心を上回る絶望と虚無に囚われてしまったのでしょう。

「……もう終わりだ……『千年樹の果実《ミレニアム・ボームム》』は消えた……千年樹も森もなくなった……」

「嗚呼……なにもかもなくなった……森の妖精たる我らも、森とともに灰になるべきだ……」

頭を抱えてその場に蹲る一部の人に賛同して、その場へ座り込む黒妖精族《ダークエルフ》たち。

脆弱ですわ。打たれ弱いにもほどがあります。

「なにをしているのですか！　火の手はそこまで迫っているのですよ。貴方たちはまだ生きている。まだ歩けるではありませんか！　なぜ、もう諦めてしまうのですか⁉」

「もういい……余所者《よそ》や人間族《ビーン》にはわからん。我らと『千年樹の果実《ミレニアム・ボームム》』との結び付きは……」

私が必死にエルフ語で呼びかけて立たせようとしますが、一度へたり込んだ黒妖精族《ダークエルフ》たちは、捨て鉢な口調と態度で頑なに立ち上がろうとしません。

「――ふん、勝手にしろ。死にたい奴は死ね！」

避難の誘導に当たっていたアシミが、忌々しげにそう吐き捨てました。

「『ヒトよ古き森を捨て新しき大地を目指せ。甘き果実に耽溺するなかれ。大切なのは種子《たね》を守ることではない。果実はやがて腐る、腐った果肉に価値はない。種子は大地へ蒔け。殻は必要ない。古き殻を破り新しき大地へ芽吹かせよ』」

そこへ、ラクス様の朗々と心に染み入るような声が響きました。

「古代妖精族《ハイエルフ》の教えです。かつてこの世に存在した世界樹《ユグドラシル》は枯れ果てました。ですが、その種や苗木は私たちの先祖によって大陸の各地に植えられ、いまも存在し続けています。その教えを忘れて甘い果実だけに囚われ、古き大地にしがみついてこの場で朽ち果てるというのならば、私からはなにも言うことがありません」

そう言って、燃える森都《ロクス・ソルス》の中心付近――一緒に来るように皆で誘ったのですが、頑として【原罪の塔《オリギナーレ・トゥッリス》】から動こうとせず、「ご健勝をお祈りしております、ご主人様」といって頭を下げていた、シルキーのセリアがいたあたり――へ一瞬、視線を巡らすラクス様。

「ですが、世界は広く、人間は――どんな種族であっても強《したた》かです。……ほんの少しだけこの森を出た私でも、世界の広大さ、奥深さに圧倒されました。ですが同時に、誰しもが最初から強いわけではないことも教わりました」

心なしか、ラクス様の視線が私に向けられた気がしました。

「強さとは優しさの裏返しです。誰かを守りたい、愛したいという思いから生まれる心の持ちようなのだと、私は教えられました。守りたいものがある者は、愛する人がいる者は、どうかもう一度立ち上がって、手を取り合って前に進んでください。世界は広く、生ある限り未来は存在します。灰の中からも森は――『千年樹の果実《ミレニアム・ボームム》』はまた再生するでしょう。そのためにいまを生きて、未来を見せてください。世界樹の枝に連なる兄弟たちよ、〈妖精女王《ティターニア》〉の名において、伏してお願いします」

ラクス様の声に励まされるように――いえ、事実励まされて、捨て鉢になって地面に座り込んでいた何人かが、フラフラと立ち上がりました。

見れば、比較的若い女性や子供が多いようです。

「お父さん、お母さん、あたし死にたくないよ……」

「あなた、〈妖精女王《ティターニア》〉様のおっしゃる通りです。逃げましょう。逃げて、再び『千年樹の果実《ミレニアム・ボームム》』を再建させましょう」

「うるさい！　国境線には洞矮族《ドワーフ》どもが待ち構えているんだ。ここを逃げたところで、皆殺しになるだけだ！」

子供と妻との懇願に父親らしい若い黒妖精族《ダークエルフ》がヤケクソのように叫ぶと、その声に呼応するかのように、遠くから雷鳴のような地響きと火災をも吹き飛ばすような雄叫び、そして銅鑼の進軍音が響いてきました。

そしてほどなく、燃える木を伐《き》り倒し、臆することなく炎を消火しつつ、ヴィトゥル突撃団長を筆頭とした獣戦車部隊《チャリオット》が到着しました。牽いているのは魔獣の一種である三角槍犀《スクエアランスライノ》です。

洞矮族《ドワーフ》の足の遅さをカバーするために用意されていた虎の子の獣戦車部隊《チャリオット》ですが、平原ならともかく、森の中で運用するとはさすがに私も思ってもいませんでした。

幸か不幸かこの火災が目印になり、黒妖精族《ダークエルフ》の結界がなくなったことから、迷うことなく一直線に森を突っ切ることができたため、この短時間で国境線からこの場所まで到着することができたのでしょう。

「うわあああああああああああああああっ⁉!」

「洞矮族《ドワーフ》だーっ‼」

「洞矮族《ドワーフ》が攻めてきたぞーーっ‼?」

悲鳴と絶望の叫びが渦巻くなか、獣戦車《チャリオット》から次々に飛び降りてきた洞矮族《ドワーフ》たちは、恐慌をきたす黒妖精族《ダークエルフ》たちを一瞥して、軽く嘆息したかと思うと、頭を抱えたり命乞いをする黒妖精族《ダークエルフ》たちを無視して、

「よーし、野郎ども。半分は女子供、怪我人を優先して運べ！　半分は俺と一緒に消火活動だっ」

「「「「「「「「「へいっ、合点です、団長‼」」」」」」」」」

ヴィトゥル突撃団長の檄を受けて、負傷者や歩けない者、女子供を優先的に獣戦車《チャリオット》に乗せて運び出す傍ら、凄まじい勢いで燃える木を慣れた手つきで切り倒して、数人でショベルで土をかけて消火する洞矮族《ドワーフ》たち。

「――な、なぜ……？」

その光景を呆然と見ていた若い父親の黒妖精族《ダークエルフ》の問いかけに、エルフ語はわからないなりに意味は通じたのでしょう。ヴィトゥル突撃団長はあからさまに見下した口調で答えます。

「ふん。俺としても、黒妖精族《おまえたち》など助けたくて助けるものではないのだが、我らが王の寛容さと慈悲深さに感謝するがいい。それと、誇り高く無欲な〈巫女姫〉と〈妖精女王《ティターニア》〉の謙虚さ、誠実さにもな。あのふたりがいなければ、黒妖精族《おまえたち》などとっとと攻め滅ぼしたものを」

ヴィトゥル突撃団長の視線と〈妖精女王《ティターニア》〉という単語によって、大まかな理由は察せられたのでしょう。

割れ鐘のような声はほかの黒妖精族《ダークエルフ》にも聞こえたようで、周囲から注がれる視線に私が思わず面映ゆい思いをしたところで、ヴィトゥル突撃団長は最後に一際大きな声で、若い父親の黒妖精族《ダークエルフ》へ怒鳴りつけました。

「いつまで蹲っているつもりだ！　さっさと〈妖精女王《ティターニア》〉についていかんかっ。女房や子供を殺す気か！　バカ者が‼」

その勢いに押される形で立ち上がった彼、そして希望を失くしていた多くの黒妖精族《ダークエルフ》たち。

大陸共通語はわからないながらも、唯一聞き分けられた〈妖精女王《ティターニア》〉という言葉が、闇夜の中の灯のようになって、一斉にラクス様へと向かいます。

「〈妖精女王《ティターニア》〉様」「おお、〈妖精女王《ティターニア》〉様っ」「〈妖精女王《ティターニア》〉様〈妖精女王《ティターニア》〉様！」

「そうだ、お前たちはなにも失くしていない！　いや、失われたものはあるだろう。それでも〈妖精女王《ティターニア》〉様がおられる限り、黒妖精族《ダークエルフ》が滅びることはない！　古き森を出て新しい大地へ行こう。灰から再生しよう。それこそが真の『新しい黒妖精族《ノヴァ・ダークエルフ》』の在り方なのだ！」

ノワさんが細剣《レイピア》を振り上げて鼓舞するのに合わせて、黒妖精族《ダークエルフ》たちは一斉に拳を振り上げ、全員がお互いに支え合いながら歓呼の声を張り上げました。

「〈妖精女王《ティターニア》〉様とともに、〈巫女姫〉様が造られたこの先へ‼」

最初に妻と幼い娘を前にして自暴自棄になっていた若い黒妖精族《ダークエルフ》が、妻と娘の手を両手で握り締めると、炎を反射して万華鏡のように光る氷と、虹色に輝く水のカーテンで仕切られた道を踏み出します。

「我ら新しき大地へ！」

『がんばれー、がんばれーっ』

それを皮切りにして、黒妖精族《ダークエルフ》たちが次々と道を進みます。まるで一歩一歩進むことで、自分たちの未来と信念が確かなものになるかのように。そんな皆の上をアミークスが小さな体で必死に飛んで、励ましていました。

――ドクン……‼

その瞬間、私の中にかつてない力が――一時的に伸び切った袋に確実に満ちる力が感じられました。

『殻は必要ない。古き殻を破り新しき大地へ芽吹かせよ』

先ほどのラクス様の言葉が去来して、まるでそれを象徴するかのように、私の限界と思われた魔力の源泉が粉々に砕かれ、新しい……次の段階へ成長、いえ、進化するような感覚が吹き荒れます。

「〈巫女姫〉様の道を進め。進んで種子を蒔かんっ‼」

そう、これは私がラクス様とともに切り拓いた道です。ともすれば暴発しそうな魔力の高まりに翻弄されそうになりながらも、黒妖精族《ダークエルフ》たちの歓声と歩みを前に、私の中にそう確固たる思いが湧き起こりました。

黒妖精族《ダークエルフ》も洞矮族《ドワーフ》も竜人族《ドラゴニュート》も人間族《ヒューム》も、誰も彼もが確執と恩讐を忘れて、ともに手を携えている奇跡のようなこの光景。たとえいまこの瞬間、命を落とそうとも、人々が進み終えるまで、この道だけは消してなるものか！　その思いが——心を占めるありったけの思いが、より多くの命を支えるべき力になるのを確信します。

刹那、黒妖精族《ダークエルフ》の人々から、その場で避難を手伝っていた洞矮族《ドワーフ》たちから、爆発するような歓声が上がりました。

道の両側を挟んで立ち塞がっていた『水障壁《アクア・シールド》』の壁が、天を燃やす勢いで轟々と燃え盛っていた炎すら凌駕するほどの高さと勢いを増し、さらに広く大きく広がって周囲の炎を一掃したかと思うと、遥か彼方の森の外まで続く一本道を作り出したからです。

先頭に立ってその変化を眺めていたラクス様は、一切の恐怖や躊躇を吹き飛ばすような笑顔を自分についてきた黒妖精族《ダークエルフ》たちへ向けて、伸びやかな声で呼びかけました。

「〈巫女姫〉様が造られた道です！　さあ、皆で新天地へと向かいましょう！」


——ふざけるな！

燃え盛る森都《ロクス・ソルス》の中心。炭と化して、いまにも崩れ落ちそうな玉座に腰を下ろしながら、炎の最上位精霊である〈白炎鳥《ホワイト・フェニックス》〉の力でその場に留まりつつ、炎の精霊を媒体に外部の状況を逐一掴んでいたトニトルスは、怒りで憤死しそうになった。

途中までは予定通りだったのだ。中央にほど近い――つまりは自分に忠誠を誓った――おめでたい支族連中は、わけもわからずに生命力《エナジー》を一滴残らず吸収されて絶命した。辛うじて命を取り留めた連中も、燃え盛る炎に追い詰められ、生きる気力を失くして、ほどなく糧になるはずだった。

ほかの種族を見下し、下界のことなど無関係だと、なにがあっても自分たちは変わらないのだと、理由もなく思い込んでいる腐り切った黒妖精族《ダークエルフ》ども。そんなものは幻想に過ぎないと、こうして間近に現実と死とを見せて思い知らせてやれば、たやすく心が折れる。所詮はそんな種族だと見極めていたはずなのに、続々と生きる気力を取り戻して森の外へと歩みを進める様子を、血走った目で震えながら座視することしかできないでいる。

〈妖精女王《ティターニア》〉の存在を軽視し過ぎたか⁉　あるいは、洞矮族《ドワーフ》がこの機に黒妖精族《ダークエルフ》を滅ぼすのではなく、助けるなどというあり得ない選択をすると見抜けなかったからか？　それとも〈真龍騎士〉や〈三獣士〉などの不確定要素を放置した結果か⁈

「いや、違う。〈巫女姫〉だ。あの小娘がすべての元凶だったのだ！」

いますぐ縊《くび》り殺しにいきたい。膨れ上がった殺意に体が震え慄く。殺戮への渇望で気が狂いそうになる――だが、まだだ。まだ必要なモノが揃っていない。そう思った瞬間、胸に埋もれた宝珠《オーブ》が不意にテラテラと輝き出し、爬虫類じみた瞳孔が第三の目のように開いた。

「――来たか！」

彼方から聞こえてくる濁った遠吠えを耳にして、思わず快哉を叫んで玉座から立ち上がるトニトルス。その衝撃で、炭化していた玉座が粉々に砕ける。

だが、もはやそんなことはどうでもいい。抑圧された怒りも乾き切った憎しみも、この一瞬に昇華されたような気分だった。

ほどなく、最後に残った千年樹を薙ぎ倒して、巨大という言葉すらおこがましい《屍骸龍《ゾンビ・ドラゴン》》が、トニトルスのいる洞《うろ》に首を突っ込んだ。

その醜悪な顔を真正面から眺めながら、逃げ惑う黒妖精族《ダークエルフ》や無駄な抵抗をする洞矮族《ドワーフ》、〈真龍騎士〉、〈巫女姫〉を相手に繰り広げられるであろう血みどろの殺戮と、そのあとに続く、中原を支配する蛮族どもを駆逐する光景を思い浮かべ、うっとりと忘我の気持ちになるトニトルス。

「これが、これこそが、俺が描いた謀略と覇道の道筋――歴史に残る偉業の真の幕開けだ。俺の、俺だけの王国が、いまこそ完成するのだ！」

そう信じたトニトルスは、導かれるように《屍骸龍《ゾンビ・ドラゴン》》の鼻先へと歩みを進める。

これこそが、俺が作った俺の居場所。帰るべき場所なのだ！

トニトルスは目くるめく思いで、光り輝く幻想の未来へと向かう。

「いま迎えにいくぞ、『湖上の月光《ラクス・ルーメン・ルーナエ》』――」

刹那――。

次の瞬間、いともあっさりと背後から胸が貫かれ、血塗れの真っ白な繊手が自分の鳩尾に埋まっていた宝珠《オーブ》を握り締めているのを、半ば呆然と見下ろすトニトルス。

「……が……はっ……!??」

一拍置いて、灼熱の炎のような痛みとともに吐血する彼の体が、燃え盛る壁にぼろ雑巾のように叩きつけられた。

「――ぐあ……………!!?」

多量の出血と全身の骨がバラバラになったような痛みに――実際、軽い一振りで至るところに複雑骨折を負ったのだろう――朦朧とする眼《まなこ》を、トニトルスは必死に凝らす。

「せっかくあそこまでお膳立てしてあげたというのに、結局のところ、最後の最後にしくじったか。本来であれば、完全な姿で復元できたであろうに、生命力《エナジー》不足でこんな半端な姿で甦るとは……どこまでも使えない男。最初に〈妖精女王《ティターニア》〉の生気を吸収しておけば、さっさと事も運んだだろうに。結局は、情に流されて大望を果たせない、ちっぽけな男だったということね」

血の付いた右手をさも汚らわしげに振って、呼び出した〈水の妖精《ウィンディーネ》〉で綺麗に拭い去る、神々しいまでに美しい金髪の女の姿があった。

特筆すべきは、その美しさもさることながら、特徴的な長い耳である。

「……エ……妖精族《エルフ》……?」

息も絶え絶えにそう呟いたトニトルスの言葉が、耳に届いたのだろう。

「薄汚い黒妖精族《ダークエルフ》如きが、私を下等な妖精族《エルフ》風情と誤認するとは、愚か者がっ!!」

途端、痛みも苦しみも忘れて、雷に打たれたかのように、トニトルスの――否、黒妖精族《ダークエルフ》としての本能が、直感的に目の前にいる存在との次元の隔たりを理解した。

「まさか……まさか、そんな……貴女様は……古代妖精族《ハイエルフ》すら凌駕する……伝説の妖精族《エルフ》の神……」

「ふん、まあいい。最低限度の仕事を果たした礼に、その不敬は許してつかわそう。そして、出来損ないの貴様に最後の役割を与える。悦《よろこ》んで受けよ」

女の言葉とともに《屍骸龍《ゾンビ・ドラゴン》》の顎が大きく開かれ、そこから紫色の舌が伸びて、蠢くように瀕死のトニトルスへと向かう。

「……ま、まさか……!?」

次に来る運命を卒然と悟って、必死にサンダーバードを召喚して逃げようとするトニトルスであったが、指輪の精霊石に宿っているはずの精霊はピクリとも動かない。

「無駄よ。この世に私に支配できない精霊はいない。まあ、自意識が明瞭で術者と親和性の高い精霊なら反発することもあるけれど、お前のように常に力で精霊を支配していた奴のところになど、精霊は絶対に助けにこない」

「うわあああああああああああ、や、やめろおおおおおおおおおおおっ!!!」

絶望に染まるトニトルスの体に舌が巻き付いた。

「なぜ嫌がる？　貴様如きカスが、私という高貴なる存在の役に立つのだ。『私の糧になる栄誉を与えよう。たかだか黒妖精族《ダークエルフ》の分際で、私の役に立つのだ、喜んで死ね』——であろう？」

お前の流儀に合わせただけだ、と言いたげな女の言葉に、混乱と苦痛のなか、バラバラだった符号がトニトルスの中で綺麗に一致する。

「!? そ、それは――ま、まさかお前は――?!」

刹那、トニトルスは《屍骸龍《ゾンビ・ドラゴン》》に呑み込まれ、無造作に嚥下されたのだった。

「よかろう。あとは古き骸を捨て去り、再誕のときを待つのみ」

女の言葉を受け、ボロボロの翼を広げて森都《ロクス・ソルス》をあとに飛び去る《屍骸龍《ゾンビ・ドラゴン》》。

その後ろ姿を見送った女は、焼け落ちた玉座の間に忘れ物のように残されていた『炎の祭器』が瓦礫に埋もれる寸前、それを拾い上げて、忍び笑いとともにその場から消えたのだった。


最後の避難民を燃え落ちる森から逃がしたところで、突如として飛来した長大にして怪異な姿の《屍骸龍《ゾンビ・ドラゴン》》を目にすると、女性や子供、怪我人を洞矮族《ドワーフ》の獣戦車《チャリオット》に乗せて、整然と前へ進んでいた黒妖精族《ダークエルフ》の避難民たちが恐慌を起こしかけました。

「進め！ 進め！ 後ろを振り返るな！ 〈妖精女王《ティターニア》〉様を、〈巫女姫《ジル》〉様を信じて、前に進むんだ！」

声を枯らしてそう叫ぶノワさん。

「恐れるな、〈妖精女王《ティターニア》〉様のあとに続け！ 〈巫女姫《ジル》〉を信じて前へ、前にだけ向かえっ！」

「世界樹の兄弟たちよ！ お前たちに誇りがあるなら、胸を張って堂々と進め！」

列の最後尾についたプリュイとアシミが、誰ひとり脱落させまいと黒妖精族《ダークエルフ》たちの動揺を鎮め、少しでも先へ進めようとしています。

私はといえば、迫りくる《屍骸龍《ゾンビ・ドラゴン》》を前にして、いったん魔力の放出を抑え、改めて『光翼の神杖《アリ・ディ・ルーチェ》』を構え直しました。

「目測で、全長は二百五十から三百メルトといったところね。ゼクスのようなドラゴンタイプではなくて、細長いナーガタイプのようだけれど、それなりに質量があるから、浄化術で削り取るのは大変そうですわね」

とはいえ、心なしか浄化術に関しても、これまでにない充足を感じます。

「皆さん、大丈夫です。皆の背後を守るのは〈巫女姫〉様。大陸最大の浄化術の使い手です。いかに巨大であっても、意思なき骸《むくろ》である不浄な生きる死者《アンデッド》になど、後れを取ることはありません！」

ラクス様の凛とした絶対の信頼を込めた声が、混乱しかけた避難民たちを落ち着かせました。

「……ま、確かにゾンビなんて、妖霊《スペクター》はまだしも〈罪人の木《ザックーム》〉や〈不死者の王《ノーライフキング》〉、それに〈神祖《ゴッデス》吸血鬼《ヴァンパイア》〉（ディグレード版）に比べたら、数段落ちる相手ではあるのですが」

私は『収納《クローズ》』してあった対〈不死者の王《ノーライフキング》〉装備の『星華の宝冠《スターライト・ティアラ》』を取り出して装着します。

どうでもいいですけれど、私って生きる死者《アンデッド》と、呪われているのではないかと思われるくらい縁がありますわね。こんなときは、ヴィクター博士謹製の対神・魔・龍専用装備である、愛用の『光翼の神杖《アリ・ディ・ルーチェ》』が頼もしいですわ。

「とはいえ、相手は仮にも五大龍王の一角。エネルギー量が桁違いなのは、ここにいても痛いほどよくわかります。一瞬でも気を抜くことはできないわよ、フィーア」

私はそうフィーアに語りかけました。ましてや私の背後には、たくさんの避難民がいるのです。

ただのひとりも犠牲になどさせるものですか。

その私の思いに応えてくれたのか、

「ウオオオオオオオオオオオオオオオオーーーーーン!!!!」

遠吠えとともに、牡牛大であったフィーアの体がムクムクと巨大化して、金色の体毛を持つ伝説の神獣〈神滅狼《フェンリル》〉へと、瞬く間に変貌を遂げました。

〈神滅狼《フェンリル》〉と化したフィーアの姿に触発されたのか、それとも浄化術の準備に入った私を排除する一番の目標と本能的に悟ったのか、心なしかチリチリと焼けつくような殺気を放ちながら、《屍骸龍《ゾンビ・ドラゴン》》が一直線にこちらへ向かって突っ込んできます。

いかに〈神滅狼《フェンリル》〉といえど、《屍骸龍《ゾンビ・ドラゴン》》と比較すると、体長や重量《ウエイト》はイリエワニと秋田犬ほども違います。まともに正面衝突しては不利――と思えたのですが、なんの駆け引きもなく空中を足場にするや、フィーアも一筋の閃光となって、《屍骸龍《ゾンビ・ドラゴン》》へと向かっていきました。

衝突の瞬間、《屍骸龍《ゾンビ・ドラゴン》》の《死》を伴った負の力場と、フィーアの《聖》を纏った光の力場が互いに拮抗して、凄まじい対消滅を起こしながら、互いに一歩も譲らず、空中に張り付いたように留まっています。

聖属性と魔属性は相剋の関係にあるのですが、現在は数十本の千年樹と数万の黒妖精族《ダークエルフ》の生命力《エナジー》を吸収して甦った――いえ、黄泉《よみ》帰った《屍骸龍《ゾンビ・ドラゴン》》の莫大なエネルギーが、フィーアの力場を力尽づくで押し戻しています。

「〝天鈴よ、永久《とこしえ》のしらべもて不浄なる魂を冥界へと送還せよ〟――〝浄化の光炎《ピュリファイ》〟（×二十）」

ともかくもこの均衡を崩すために、私は上級浄化術を《屍骸龍《ゾンビ・ドラゴン》》に向けて連続して放ちました。

術が炸裂した部分が陥没して、腐肉や骨が蒸発しましたが、巨体に比較すれば大型動物が小口径の拳銃で撃たれたようなもので、そのダメージにしても、周囲の細胞がゆっくりと盛り上がって、欠損した部分を再生させます。

「――定番の再生能力ですか」

それも、おそらくはかなりのものでしょう。生きる死者《アンデッド》に致命的な上級浄化術であったからこそ、目に見える速度で再生しましたが、通常の攻撃魔術では瞬時に再生されていた可能性があります。

と、私の攻撃を脅威と感じたのか、《屍骸龍《ゾンビ・ドラゴン》》が大きく口を開いて、フィーアの背中にいる私目がけて、蒼白い炎のドラゴン・ブレスを放とうとした――その瞬間、横合いから放たれた白銀のドラゴン・ブレスが、一瞬早く《屍骸龍《ゾンビ・ドラゴン》》の横っ面を薙ぎ払いました。

その勢いに押されて《屍骸龍《ゾンビ・ドラゴン》》のドラゴン・ブレスが明後日の方角へと放たれ、地平線の彼方にあったまだ燃えていない緑の森が、まるで強酸をかけられたかのように、黒くグズグズと大地ごと腐り落ちる様子が目の端に映ります。

「やはり、強敵ですわね」

一瞬の油断もならないと、私が《屍骸龍《ゾンビ・ドラゴン》》から目を離せないでいると、

「大丈夫ですか、ジル!?」

たったいまドラゴン・ブレスで援護してくれたゼクスに乗って、ルークが駆けつけてきてくれました。

「ええ、こちらは大丈夫です。ですが、気を付けてください。まともな判断力はないようですが、ともかくエネルギー量が尋常ではありません」

私がルークにそう注意し、フィーアがいまのポジションを離れて、横合いから攻撃しようとした瞬間、それを察知した《屍骸龍《ゾンビ・ドラゴン》》の表面が弾けて、雷を伴った幾百もの棘のような鱗と鋭いブーメランのような肋骨が、フィーアとゼクスを襲います。

「「――っっっ!?!」」

爆裂装甲――いえ、電磁拡散装甲!?　予想外の攻撃に私とルークの反応がコンマ一秒遅れ、それが致命的な失態になりました。

避けられない！

そう覚悟した瞬間、目の前に渦巻く障壁と、すべてを吹き飛ばす爆風とも呼べる暴風が吹き荒れ、鱗と骨を千々に乱したのです。

「「竜障壁《ドラゴニック・シールド》」」

「「風の精霊王よ。お力添えを感謝いたします」」

はっとして後方を振り返ってみれば、二頭の〈飛蟒蛇《ワイアーム》〉に直立して騎乗（?）している龍神官《ドラゴン・プリースト》メレアグロスと、龍の巫女《ドラゴン・メディウム》テオドシアが見えます。そして地上には、いつの間にか〈妖精王《オベロン》〉である『天空の雪《ウラノス・キオーン》』様がいて、〈妖精女王《ティターニア》〉『湖上の月光《ラクス・ルーメン・ルーナエ》』様と並んで、私たちの危機を救ってくれたのでした。

「――ふう。まだまだ私たちも未熟ですわね」

「まったくです。ですが、力に溺れて弱い者が見えなくなる人間もいますが、自分が至らなく弱いことを知っているからこそ、僕たちは強さの意味を履き違えない――間違ってはいないのだと、そう思いますよ。ジル」

ルークの言葉に頷きながら、私たちはいったん《屍骸龍《ゾンビ・ドラゴン》》から距離を置きました。

「さて、《屍骸龍《コイツ》》ですが、どこかに逆鱗のような弱点などはないのですか？」

ルークにそう聞かれて、私は首を捻ります。

「逆鱗は存在するでしょうけれど、もう死んでいる相手の急所を穿ったところで意味がありませんわね。あえて弱点というなら、聖属性の攻撃――私の浄化術やルークの聖剣でしょうけれど、この巨体を一度に斃すのは不可能かと」

ついでにいうと、私の『天輪落とし《バイル・ヴァルティン》』や『月落とし《ルナティック・コンプレッション》』は、動き回る相手に対して撃つのは不向きですし、また、この莫大な生命力《エナジー》からすると、下手をすれば術を返されるか、たとえ上半身を吹き飛ばせても、即座に再生しそうな気配が濃厚です。

「――そうなると、時間はかかっても少しずつ削り取っていくしかない……ということですね？」

ルークも長期戦の覚悟を決めたのか、本腰を入れて聖剣を両手で握り直します。

「待たれよ。ルーカス公子様、ジル殿」

そこへ、三頭の飛竜《ワイバーン》で編隊を組んだ〈三獣士〉が飛来しました。

「国境線のスヴィーオル王から伝言です。『俺たちの出番を残しておけ』とのこと」

『ジル。こちらも隠れ里に避難させた黒妖精《ダークエルフ》族の戦士たちが、〝妖精の道〟を通って国境付近で待機しています。彼らにも汚名返上の機会を与えてやってください』

カラバ卿の伝言に続いて、ウラノス様の言霊を携えたアミークスが、私とルークの周りを飛び回ります。

「……なるほど。スヴィーオル王らしい」

「――そういえば、今回は集団戦が選択できるのでしたわね」

少数で孤軍奮闘するのが普段の戦い方でしたので失念していましたが、今回は数千人規模の完全武装をした洞矮族《ドワーフ》の軍勢と、千人近い黒妖精族《ダークエルフ》の戦士団が控えているとのこと。

苦笑したルークに、いまさらながら自分の了見の狭さ――ルークが先ほど口にした『力に溺れた』状態になっていたのかも知れません――を思い知って反省しながら、私はこの場にいる全員に承知した旨を伝えました。

「わかりました。私とルークは、フィーアとゼクスとで《屍骸龍《ゾンビ・ドラゴン》》を牽制しながら、国境線まで下がります。皆さんは先にスヴィーオル王たちと合流して、迎撃の支度を――可能であれば銀製の武器を準備できるようにお願いします」

「「「了解しました（ぞ）」」」

「《水鎗龍王《すいそうりゅうおう》》様を頼む」

「このような無残な有様は見るに堪えない。どうか安らかな眠りへ誘ってくれ」

頷く〈三獣士〉と、《屍骸龍《ゾンビ・ドラゴン》》に引導を渡すことについて思うところはあるでしょうが、言うべきことを言って〈飛蟒蛇《ワイアーム》〉の騎首を返すメレアグロスとテオドシア。

アミークスもご機嫌な調子でラクス様のもとへ戻るのを確認した私は、ルークと示し合わせて、改めて《屍骸龍《ゾンビ・ドラゴン》》に向き合いました。

離れれば無造作にドラゴン・ブレスが放たれ、近付けば爆発反応装甲《リアクティブアーマー》よろしく、防御と攻撃を兼ね備えている、電撃を伴った鱗と骨が飛んできます。そんな猛攻のなか、フィーアは例の得体の知れない瞬間移動を連発し、合間合間に『光子閃光《フォトンブレス》』と、前脚の爪による空間切断波──『裂空爪《ディメンション・リッパー》』で《屍骸龍《ゾンビ・ドラゴン》》に傷を負わせ（無論、瞬時に回復しますが）、ゼクスはゼクスで、およそ考えられない変態じみた空中立体機動《マニューバー》を駆使して攻撃を躱しながら、白銀のドラゴン・ブレスで応戦しています。

勿論、その背に乗っている私たちも、最前列の観覧席で応援しているだけではありません。

「〝多重連撃《サクセション》・浄化の光炎《ピュリファイ》〟」「〝多重連撃《サクセション》・浄化の光炎《ピュリファイ》〟」「〝多重連撃《サクセション》・浄化の光炎《ピュリファイ》〟」「〝多重連撃《サクセション》・浄化の光炎《ピュリファイ》〟」「〝多重連撃《サクセション》・浄化の光炎《ピュリファイ》〟」「〝多重連撃《サクセション》・浄化の光炎《ピュリファイ》〟」

「クロード流波朧剣・奥義『無限瀑布』！」

浄化術を釣瓶撃ちする私の傍らでは、ルークが聖剣・フルクトゥアト・ネク・メルギトゥル《たゆたえど沈まず》を、荒れ狂う波浪か流星のように縦横無尽に──一振りで軽く千に届く斬撃と刺突とを繰り出しています。

鬱陶しげに濁った咆哮を放つ《屍骸龍《ゾンビ・ドラゴン》》。

一見して私たちのほうが有利に《屍骸龍《ゾンビ・ドラゴン》》を翻弄しているようですが、圧倒的に不利なのはこちら側です。こちらの攻撃が牽制にしかならないのに比べ、あちらの腐食ドラゴン・ブレスの直撃を受けた場合、さしもの〈真龍《エンシェント・ドラゴン》〉と〈神滅狼《フェンリル》〉も、致命傷を負わせられる可能性が大です。

まして脆弱な人間に過ぎない私とルークは、一巻の終わりでしょう。

つまり、一撃でも受けたらおしまいな状況で、ギリギリの綱渡りをしている──針先ほどの隙があれば片方がやられて、現在のフォーメーションが崩され、残る片方もあとを追うことが必至な状況での追いかけっこなのでした。

「知能のない、本能と簡単な命令《コマンド》だけで動く《屍骸龍《ゾンビ・ドラゴン》》なのが救いですわね」

もしもこれが、神をも凌駕すると謳われる五大龍王の、その往年の知能と能力が健在であれば、おそらくは全員が絶好調であったとしても勝てるかどうか……ひょっとすると、瞬殺される可能性すらある、隔絶した能力の差です。

そういえば、この《屍骸龍《ゾンビ・ドラゴン》》をコントロールしているはずのトニトルスの姿が見えませんが、先ほどからの単調な攻撃を見るに、当人はどこか離れた場所で身を隠しているのでしょう。

「………………」

自己顕示欲が強く派手好きの性格……と思えた印象からして、微妙な違和感はありますが、先ほどのルークの話ではありませんが、この《屍骸龍《ゾンビ・ドラゴン》》の弱点らしい弱点といえば、使役する術者をどうにかするのが近道ですから、身を隠して安全を図るというのは理にかなっていますが……。

そんな私の戸惑いを打ち破るかのように、耳を弄《ろう》さんばかりの爆発音が、一斉に周囲で鳴り響きました。

「よし、国境線にたどり着いた！　ジル、準備が整ったことを示す、スヴィーオル王の合図です」

ルークに促されて地上を見てみれば、スヴィーオル王を先頭にしてずらりと並んだ完全武装の洞矮族《ドワーフ》の軍勢……事前の忠告に従って、銀製の武器を出せるだけ出したようです。

そして、こちらはもとより聖銀《ミスリル》製の武器を構えた黒妖精族《ダークエルフ》の戦士団が、別動隊として控えています。数は洞矮族《ドワーフ》の十分の一にも届かないでしょうが、武器の質と、弓矢や精霊魔術などの遠距離からの攻撃手段を持っているぶん、あるいは《屍骸龍《ゾンビ・ドラゴン》》に対して相性はいいかも知れません。

「よし、空砲ではなく実弾による破塁砲《フォート・バスター》、斉射っ！　弾幕に穴を開けるな。通常砲も、火薬が尽きて、砲身が溶けるまで撃ち続けろっ！」

スヴィーオル王の上空まで響いてくる怒鳴り声を聞いて、弾かれたように私（フィーア）とルーク（ゼクス）は、《屍骸龍《ゾンビ・ドラゴン》》と要塞の間の射線上から退避しました。

次の瞬間、天地が逆転しそうな轟音と、内臓がひっくり返りそうな震動が、このあたりの大気を叩きまくります。

「GUAAAAAAAAAAAAAAAAAAAAAAAAAAAH!!!!!!」

どうやら弾頭も炸裂弾のようなものを使っているらしく、ほとんどが《屍骸龍《ゾンビ・ドラゴン》》には直撃せずに、空中で虚しく破裂するだけですが、《屍骸龍《ゾンビ・ドラゴン》》は数十発にも及ぶ大型火器の連射に晒され、何発かの直撃を受け、また外れた弾の爆風と破片の雨霰《あめあられ》に翻弄されます。

さすがに腹に据えかねたのか、地上目がけて腐食ドラゴン・ブレスを放とうと、大きく息を吸い込んだ瞬間を見計らって、私はとっておきの浄化術を《屍骸龍《ゾンビ・ドラゴン》》の頭部目がけて放ちました。

それは、かつて聖女スノウ様が使ったとされる神技。

百年以上ユニス法国で研究され、いかなる巫女も先代の巫女姫《イライザさん》も私もかつて挑戦して、起動すらしなかった術。伝承と理論自体が間違っているのではないかと、半ば匙を投げられた伝説の浄化術。

ですが、いまの私ならその限界を超えて使用できる。そんな確信めいたものがありました。

ここに来るまでに私を導いてくれた師たちの姿、私を助けてくれた友人たち、私を信じて歩みを止めないでくれた黒妖精族《ダークエルフ》たち。そして、力及ばず犠牲になった人々。そのすべてが私に力を貸してくれる気がします。

聖女様以外には使えなかったこの術。聖女様には到底至らない私如きに使えるのか？　一瞬、浮かんだ弱気の陰りを、多くの人々の思いと命の輝きが払拭してくれました。

私はまだまだ強くなれる――より多くの、いまこの瞬間の、これから未来《さき》のたくさんの輝きのために――死者などに負けず、命を支えることができるはずです。

心の中にあるありったけの勇気と輝きを力に変えて、私はその呪文を唱えました。

「〝天に星あり。地に花咲き乱れ。人は愛もて欠片を集め、闇を照らせし光もて夜明けに至らん。万物は悠久を超えて流転すれど、欠けたるものなし〟――浄化術・聖秘奥義〝円環聖法陣《ホーリー・サークル》〟！」

刹那、負荷に堪えかねて『星華の宝冠《スターライト・ティアラ》』が砕け散り、かつてない輝きを放った『光翼の神杖《アリ・ディ・ルーチェ》』の先端に、光り輝く、神々しいまでの光の魔法陣が浮かび上がったかと思うと、そのまま螺旋を描いて、いままさに腐食ドラゴン・ブレスを放ちかけていた《屍骸龍《ゾンビ・ドラゴン》》の頭部を直撃し、あっさりと首から上を消滅させせました。

「やった！　さすがはジル！」

喝采を上げるルークの称賛の叫びを聞きながら、私は肩で息をしつつ術の結果を見届けます。

〈真龍《エンシェント・ドラゴン》〉の飛行を支える角を頭ごと潰されて（そこは龍王でも《屍骸龍《ゾンビ・ドラゴン》》でも同じだったようです）、もんどり打って地面に叩き付けられる《屍骸龍《ゾンビ・ドラゴン》》。

さすがに聖秘奥義の直撃を受けた頭部は、いままでのように容易に再生することはできません。とはいえ胴体部分は健在で、無我夢中で暴れ回っています。

「よぉし、行け！　地面に落ちれば、こちらのものだ！　勇敢な戦士たちよ、俺に続けっ‼」

弾け飛ぶ鱗をものともせず、愛用の金剛鉄合金《アダマンタイト》製の完全鎧《フルプレート》を装着し、純金剛鉄《アダマンタイト》製の闘斧《バトルアックス》を肩に乗せ、大型丸盾《ラウンドシールド》を掲げたスヴィーオル王が、雨粒でも弾き返すような足取りで《屍骸龍《ゾンビ・ドラゴン》》へと接近して、あっさりと渾身の一撃を浴びせかけました。

大きくなます切りにされる《屍骸龍《ゾンビ・ドラゴン》》の皮膚。

再生するための僅かなタイムラグを利用し、その場所に完全武装をした洞矮族《ドワーフ》の戦士たちが殺到して、銀製の武器で滅多やたらと《屍骸龍《ゾンビ・ドラゴン》》の傷口を切り裂いて広げます。

ほかの場所でも同じ要領で、ソルゲイル防衛団長が、そして名も知らぬ洞矮族《ドワーフ》の戦士たちが果敢に攻め立て――上空から見ると、毒虫に寄ってたかって仕留めにかかる蟻の群れのようです――そして、黒妖精族《ダークエルフ》戦士団から聖銀《ミスリル》製の矢や精霊魔術の援護が届き、さらには上空を舞う〈三獣士〉と飛竜《ワイバーン》の連携攻撃、合わせて自前の翼で空を飛ぶ竜人族《ドラゴニュート》と〈飛蟒蛇《ワイアーム》〉の的確な牽制、なにより手の空いたルークとゼクスの協力のもと、《屍骸龍《ゾンビ・ドラゴン》》の無限とも思えた生命力《エナジー》も徐々に徐々に削り取られ、再生能力もガクンと落ちてきました。

ガス欠間際の私は、こちらも普段の〈天狼《シリウス》〉形態に戻ったフィーアともども（どうやら〈神滅狼《フェンリル》〉形態は、長時間は維持できないようですわね）後方に下がって、治癒術師らしく怪我人の治療に専念することにしました。

そうしているうちに、避難民の退避と、飛び火した火災の鎮火に当たっていたヴィトゥル突撃団長の獣戦車隊《チャリオット》も戻ってきて、疲れた様子もなく勇躍最前線へ突っ込んで、疲弊した兵となし崩し的に交代を果たしました。

さらには、避難民や難民キャンプにいた黒妖精族《ダークエルフ》たちからも義勇兵が続々と名乗りを上げ、矢を使い果たしていた黒妖精族《ダークエルフ》戦士団に合流して、共同で精霊魔術を行使するのでした。

そうして、昼過ぎに始まった《屍骸龍《ゾンビ・ドラゴン》》との戦いは、日が沈み、篝火と私の『光芒《ライト》』が照らす明かりのもと、徹夜でなおも続き……夜明けとともに、最後に残っていた尻尾の部分をスヴィーオル王が両断し、なおもしぶとく蠢く尻尾をルークの聖剣が千々に切り裂き、その破片を洞矮族《ドワーフ》、黒妖精族《ダークエルフ》、竜人族《ドラゴニュート》が跡形もなく消し去り、最後の腐肉がグズグズと溶け崩れるのを確認したところで、どこからともなく、誰が音頭を取るでもなく、大地が沸き立つような歓呼の声と勝利の凱歌が上がりました。

「「「「「「うおおおおおおおおおおおおおおおっ‼」」」」」」

「「「「やったぞ、勝ったぞーーっ‼‼」」」」

「「「「「「「俺たちの勝利だーっ！」」」」」」」

「「「「勝利を祝えっ！」」」」

誰も彼もが種族や身分、立場の垣根を乗り越えて、互いに肩を叩き合い、涙を流して、満面の笑顔でお互いの健闘を称え、自らがもぎ取った勝利を祝っているのです。

途切れる間もなく一晩中治癒をしていた私もさすがに疲れて、『光翼の神杖《アリ・ディ・ルーチェ》』に掴まるようにして、その光景を眺めていました。

なお、いつの間にか仔犬サイズになっていたフィーアは、私の足元で大きな鼻提灯を出して、スヤァ……と眠りこけています。

「──ふう……やっと終わりましたわね……」

『星華の宝冠《スターライト・ティアラ》』を壊したっていったらコッペリアに怒られそうね、と嘆息しているところへ、スヴィーオル王がヴィトゥル突撃団長とソルゲイル防衛団長を引き連れてやってきました。

怪訝に思う間もなく、私の前で片膝を突くスヴィーオル王。それに続いてヴィトゥル突撃団長とソルゲイル防衛団長も膝を突きます。

「──は……!?」

「〈巫女姫〉様。貴女のお陰で、此度《こたび》の戦において我が軍からは一名の死者も出ませんでした。この勝利もすべて貴女様のお力添えのお陰でございます。洞矮族《ドワーフ》を代表して、心よりのお礼と、これまでの非礼をお詫び申し上げます」

口上が終わると、敬虔な仕草で深く頭を下げるスヴィーオル王。ヴィトゥル突撃団長とソルゲイル防衛団長はそれ以上に平身低頭という有様に、私は思わず疲れも眠気も吹き飛んでしまいました。

「そんな！　頭を上げてください、皆様。《屍骸龍《ゾンビ・ドラゴン》》を斃せたのは皆さんが力を結集したからであって、私などほんの少しばかり助力しただけです。評価していただいたのは光栄ですが、過大評価というか買い被り過ぎですわっ」

いちおう公式な立場では、諸国の王よりも〈巫女姫〉のほうが発言力は上とは聞いていますが、

たかだか十四歳の小娘に、この偉大な王が頭を下げる姿など予想もしていなかっただけに、そう必死に反論をするところへ、聞き慣れたウラノス様の涼やかな声が響きました。

「ジル。謙遜は美徳ではあるが、過ぎた謙遜は逆に不遜になるよ」

見れば、ウラノス様に続いて、ラクス様がノワさんとともにやってくると、深々と腰と頭を下げました。

「〈巫女姫〉様。貴女様のご尽力により、脱出した同胞たちは誰ひとり欠けることなく、安全な場所へ避難することができました。全黒妖精族《ダークエルフ》に代わって衷心よりお礼を申し上げます。本当に感謝の言葉もございません」

ラクス様の背後では、ノワさんが膝を突いて、これまた深々と頭を下げています。

そして、トドメとばかりにメレアグロスとテオドシアもやってきて、竜人族《ドラゴニュート》の儀礼なのでしょう。胸に手を当て、両膝を曲げて大地に膝を突きました。

「預言されし〈巫女姫〉ジル様。貴女様のお力により、冥府魔道へ堕ちた《水鎗龍王《すいそうりゅうおう》》様も、無事輪廻の輪に加わることができました。いまごろはどこかで、正しく生まれ変わっていることでしょう。竜人族《ドラゴニュート》一族皆を代表して、謹んで謝辞を申し上げます」

メレアグロスが、普段の寡黙さが嘘のような流暢さで、そう滔々と語って頭を下げます。

思わず目を白黒させる私の様子がおかしいのか、ウラノス様が満面の笑みを浮かべられました。

「胸を張るがいい。君の献身と真心がこれだけの種族《ヒト》を集めて、団結して、そして勝利したのだ。君がどう思おうとも、我らの感謝の気持ちは変わらないよ」

「そんな……。ただ私は自分にできる精一杯のことをしただけですわ。ですが、その結果、皆様のお役に立てて、ともに手を携えるきっかけになったのだとすれば、それがなににも勝る喜びですので、どうぞ皆様お顔を上げてください」

それでどうにか、全員が頭を上げて立ち上がりました。

「ふむ、『皆が手を携えることがなによりもの幸せ』か。ならば、それを名目ではなく形にしようと思うのだが、皆様方はいかがですかな？」

思わせぶりなウラノス様の言い回しに、スヴィーオル王が頑丈そうな歯を見せて、ニヤリと笑いました。

「洞矮族《ドワーフ》、黒妖精族《ダークエルフ》、竜人族《ドラゴニュート》で和平条約を結ぼうというのか。ふふん、見かけによらず案外喰えない男だな、妖精族《エルフ》の王よ」

まあ、本来であれば実質的に戦いに勝利した洞矮族《ドワーフ》の一方的な条約になるところを、ドサクサ紛れに三者でバランスを取った平等条約を結ぼうというのですから、ウラノス様を『喰えない』と評するのも、ある意味当然です。

「無論、それには〈妖精王《オベロン》〉の名において我ら妖精族《エルフ》も署名をさせていただきますし、人間族《ヒューム》を代表して〈巫女姫〉様に仲介役となっていただく所存です」

すまし顔でしれっと私を人間代表に選定するウラノス様。

「ええええっ‼　ちょ、ちょ、ちょっと待ってくださいっ。さすがにそれは荷が重いというか、不遜過ぎますわ！」

慌てて辞退しようとしますが、

「とはいえ、ジル。君以外の人間族《ヒューム》を信用する根拠がないからね。君なら信頼に足る……いや、君だからこそ我らも手を結べるというのが前提なのだよ」

やんわりと言い含められるウラノス様の言葉に、スヴィーオル王、ラクス様、メレアグロスが大きく頷いて同意するのでした。

「別に人間族《ヒューム》代表などと気負わなくていい。我らは君個人と友誼を結びたいと思っているだけなのだからね。友情の証さ」

その台詞がダメ押しとなり、私はぐうの音も出なくなってしまいました。

四種族の平和条約締結の要《かなめ》とか、なんでこんな重責を担わなければならないのでしょう……。

「ジルーーッ！」

そこへ、疲労を感じさせない軽快な足取りで、手を振って駆け寄ってくるルークと、それに従う〈三獣士〉を目にして、とりあえず困ったときのルーク……というか、グラウィオール帝国というわけで、条約のアレコレについて相談すべく、私も手を振ってそれに応えます。

振り仰げば朝陽が完全に地平線から顔を出して、燦々とした陽光が降り注いでいます。

ユース大公国での国葬、中原諸国の軋轢、行方をくらませたトニトルスの動向など、いまだ問題の火種は山ほど残っていますが、とりあえず今日は雲ひとつない晴天になるようなので、それで満足するしかないわね、と気持ちを切り替え、私は深呼吸をして気分を一新しました。

【終章】そして世はこともなし

洞矮族《ドワーフ》の砦にほど近い禿山の一角。

試掘の跡なのだろう。軽く山肌が掘られて洞窟状になったその奥にセラヴィが進むと、むっとする血の臭いが漂い、同時に荒い呼吸音が響いてくる。

暗がりの中、セラヴィが立ち止まると、行き止まりである闇の向こうから、くぐもった笑い声が聞こえてきた。

「ククク。俺に恨み骨髄の『新月の霧雨《ノワ・ルーナ・ローラーティオー》』か、目端の利く〈真龍騎士〉あるいは〈巫女姫〉でも来るかと思えば、人間族《ビーン》の神官……いや、妖術師《ソーサラー》か？　いずれにしても期待外れだな、小僧」

ぜいぜいと喘ぎながら、『雷鳴の矢《トニトルス・サギッタ》』が嘲笑を放った。

「あいつらは天上人だからな、地面を這いつくばって捜し物をするって頭がないんだ。それに、ジルがお前を見つけたら、後先考えずに確実に治癒を施すだろうからな。そうならないうちに見つかってよかったよ」

取り出した護符をいつでも投擲できる姿勢のまま、油断なく肩をすくめるセラヴィ。言外に、始末するつもりで来たことをほのめかす。

「《屍骸龍《ゾンビ・ドラゴン》》が飛ばした骨に紛れて脱出したな？」

そう直截に尋ねるセラヴィに向かって、トニトルスは本気とも韜晦とも取れる口調で答える。

「さあ……な。単なる偶然かも知れん。それとも、この無様な姿を嘲笑うために放り投げられたのかも知れんな……」

「……お前の意思ではないのか？」

「ふ……ん。いまとなっては、どこまで俺の意思だったのか……だが、始まりは間違いなく俺の意思であり理想だった。あんな息が詰まるような森で隠れ住むような生活ではなく、誰に気兼ねなく自由に暮らせる……俺の……俺と『湖上の月光《ラクス・ルーメン・ルーナエ》』の理想の国を……」

熱に浮かされたようなトニトルスの言葉を、沈痛な表情を浮かべたセラヴィが、かぶりを振って言下に否定する。

「〈妖精女王《ティターニア》〉は、そんなことを望んでいない」

「わかっているさ。だから……〈妖精女王《ティターニア》〉なんぞという軛《くびき》から解放して、変わることで……ひとりの女として、俺とともに同じ目線で……」

「それはお前のエゴだ。こうであれという理想を押し付けるな。〈妖精女王《ティターニア》〉という立場を含めた、ありのままの姿を許容できない時点で、お前は彼女の隣に立つ資格すらなくなったんだ」

「ふん……小僧が、知った風なことをぬかす……」

不思議と穏やかな口調で憎まれ口を叩いたトニトルスが、軽く指を弾くと、それに合わせて小型のサンダーバードが腕の先に出現した。

青白い電撃の光を放つサンダーバードに照らされて、洞窟の奥に蹲るトニトルスの血塗れの全身が浮き彫りになった。

体中のあちこちが酸で溶かされたようになっており、さらに鳩尾には、向こう側が見えるほどの大穴が開いている。この状態でまだ息があるのは、おそらく他者から吸収した生命力《エナジー》が、まだ残っているからだろう。

トニトルスを牽制する形で、セラヴィも護符から軽く雷火を放つ。

「貴様も雷を使うのか……面白い。どちらが上か思い知らせて、あの世……天霊界《アツィルト》なんぞには行けないので、地獄への道連れになってもらうぞ……小僧」

「そうはいかないな。勝手に持ち場を抜け出してきたんだ。早く帰らないと、ほかの連中に不審に思われるからな」

セラヴィの反論にトニトルスは目を細めて、微笑を浮かべた。

「戻る場所があるのか……。俺は来た道を間違えて、帰る道も忘れちまった……」

羨ましいぞ、と微かに唇が震えた瞬間、サンダーバードが文字通り雷光の勢いで放たれる。

咄嗟に地面に両手を突いて伏せたセラヴィの背中に落雷する――と思われたサンダーバードであったが、事前に洞窟の暗がりを利用して、縦横に張り巡らされていた極細の鋼糸へと触れた瞬間、避雷針の役目を果たした鋼糸によって四散し、地面や天井へと吸い込まれて消滅した。

「――なっ⁉」

凝然とするトニトルスに向かって、地面に付けた護符を媒体に、ブラフの雷ではない土属性の『土槍《アースジャベリン》』を放つセラヴィ。

「ぐ……は……」

確かな手応えに、改めてセラヴィが明かり用の護符で火花を散らせば、幾本もの『土槍《アースジャベリン》』によって洞窟の壁に縫い付けられたトニトルスが、口から滝のような血を流しながら、自嘲の笑みを浮かべていた。

「……この俺が……こんな緑も……光もない場所で……ふ……ん。ざまあない……な。だが……お前の目、俺に似ている……せいぜい、俺のこの……姿……覚えておけ。明日は我が身だ……ぞ」

「俺はお前のようにはならない」

そう断言するセラヴィに向かって、皮肉げな笑みを向けるトニトルス。

「……どうかな。奴は……狡猾だ。知らずに……踊らされ……」

「『奴』？　もしかして、別に黒幕がいるのか⁉　誰だそれは‼⁉」

慌ててそう問い質すセラヴィだが、すでにトニトルスの意識は途切れる寸前で、

「……サン……ト……エル……」

ボソボソと呟いたかと思うと、不意に迷子の子供のような笑みを浮かべて呟いた。

「ああ……帰りたかったな……あの人のもとへ……」

その言葉を最期にトニトルスの命の火が途絶えたのを見て取って、セラヴィは軽く舌打ちをした。

そして、改めてトニトルスの遺体を眺め、顔をしかめながら洞窟のそこかしこに護符を放った。

無言で踵を返したセラヴィが洞窟の外に出るのと同時に、時限式で起動した術が、トニトルスの遺体ごと洞窟を崩落させ、跡形もなく証拠を消し去った。

「やーやー、無事に終わったようで、なによりですにゃ」

ここまでの道案内と、洞窟内部の仕かけを施したシャトンが、いつも通りのあっけらかんとした態度で出迎える。

「徹夜明けの一仕事はだるいですにゃ。早くキャンプか砦に行って一休みするですにゃ」

「ああ、そうだな。戻るとするか」

シャトンに合わせてそう答えたセラヴィは、山を下りる途中で一度だけ振り返って、野心と愛憎に準じた、ひとりの男の終焉の地となった禿山を見上げた。

『お前は俺に似ている。明日は我が身だぞ』

トニトルスの言葉が小さな棘となって、セラヴィの胸を突いた。

同時に今頃、祝福の輪の中心にいるであろうジルとルークの姿が並んで浮かぶ。

「――俺は違う」

そう改めて口にしたセラヴィは、トニトルスの墓標である禿山に背を向けて、今度こそ振り返らずに、その場をあとにするのだった。


「随分と可愛らしくなったこと」

右手に巻き付く、ちょっとしたアオダイショウほどの青い鱗のナーガ――《水鎗龍王《すいそうりゅうおう》》の転生体を前にして、女は婀娜な笑いを浮かべた。

「あの程度の生命力《エナジー》では、これが限界のようね。まあいいわ、これで必要なピースは揃ったわ。見ていなさい。復讐の女神《ネメシス》が、この偽りの世界を粉々にしてみせるから」

そう呟いた女の瞳が剣呑に光った。

「それにしても、あの小娘。まさかあの術を使えるなんて、予想外だわね。不確定因子として潰すべきか、それとも味方に引き入れるべきか……」


お祭り騒ぎの最中、私は洞矮族《ドワーフ》の砦で留守番をしていたコッペリアのもとで、見るも無残な姿になったアラースとコロルに再会したのでした。

「あ、あああああああああ！」

言葉にならない私と、目を伏せて沈痛な表情で経緯《いきさつ》を説明するコッペリア。

「突然のことでした。いきなりアラースとコロルが倒れて苦しみ出したと思ったら、生命力《エナジー》をどこかへ吸収され出したのです。共感呪術に近いものだと分析して、魔法陣で遮断しようとしたのですが、ふたりの黒妖精族《ダークエルフ》としての本質に根差した術であり、完全に遮断するのは不可能で、また大人ならある程度精神力で抵抗《レジスト》もできたのですが、それもできないため……」

その説明が終わる前に、私に気付いたアラースとコロルが、片や軽いジャンプで私の胸にしがみ付き、片や小さな翼をはためかせて私の頭に飛びつきました。

いまのふたりを一目見て、黒妖精族《ダークエルフ》だと思う人間はいないでしょう。

なにしろアラースは、白銀の髪が鬣《たてがみ》のように伸び、馬のような尻尾が生え、さらに頭から一本の角が伸びています。黒妖精族《ダークエルフ》特有の耳と銀褐色の瞳は辛うじて残っていますが、褐色の肌は脱色したようにすっかり白くなっています。

そしてコロルに至っては、二本の鹿のような角に蝙蝠のような翼が生えて、空中を飛び回っていました。こちらも耳と銀褐色の瞳は変わりませんが、肌の色は乳白色になっていました。

「……ナニコレ……？」

明らかに得体の知れない生物に変貌してしまったふたりを前に、私が事の元凶であろうコッペリアを問い詰めると、

「ですから、『黒妖精族《ダークエルフ》のままだと命の危険がある』と判断したワタシは、一計を案じたわけです。『なら、ほかの生物にしてしまえばいいのではないか』と。発想の転換ですねー。幸い、この間作った組み立て式の錬金術工房《アトリエ》もありましたし」

ここでまさかの伏線回収です。

「いゃあ、ぶっつけ本番で、なかなかふたりに適合する因子がなくて焦りましたよ。ギリギリでしたが、アラースには一角馬《ユニコーン》、コロルには手に入れたばかりの〈飛蟒蛇《ワイアーム》〉の因子が作用し、このように元気溌剌になりました！」

胸を張って答えるコッペリア。ええ、ええわかっています。最悪の事態を避けられたという意味では、殊勲賞をあげてもいいくらいです……ですが。

「つまり、ふたりをキメラの実験台にしたということですわね……？」

まとわりつくふたりに、もみくちゃにされ、私が呻きながら確認すると、

「ぶっちゃけそうです」

身も蓋もなく肯定するコッペリア。

「あああ……！」

思わず頭を抱える私。

こんな姿になったふたりを、黒妖精族《ダークエルフ》の集落へ戻すわけにはいかないでしょう。私は今後のことを考えて、今日一番の長い長いため息をつかざるを得ませんでした。


（第十巻　了）

【キャラクターデザイン公開】

テオドシア

〈真龍〉《エンシェント・ドラゴン》を神と崇める少数民族、竜人族《ドラゴニュート》の「龍の巫女《ドラゴン・メディウム》」。

ドラゴンに似た鱗、角と翼を持つ。

「ジルは人間族《ヒューム》のなかでも特殊で〝変〟なのだな？」

「我らは神託に従い同伴する」

メレアグロス

竜人族《ドラゴニュート》の「龍神官《ドラゴン・プリースト》」。鉄面皮で口数が少ない。

キャラクターデザイン：高瀬コウ

「『ぱうんどけーき』というものはありますか？」

セリア

【原罪の塔《オリギナーレ・トゥッリス》】に取り憑いた屋敷妖精のひとり。
無愛想だが気配り上手。ラクスの世話をする。

あとがき

『リビティウム皇国のブタクサ姫』第十巻を手に取っていただき、まことにありがとうございます。

前巻で勃発した大陸中原の騒動もいちおうの終息を見せ、ジルも巫女姫として新たなステージに上り、そして世界の裏側で暗躍する存在が、いよいよ牙を剥き始めました。

そして次回から、WEB版の流れに沿って学園に戻ります。戻れば戻ったで騒動が待ち受けているわけですが、とりあえずはワンクッションを置いてから、いよいよ物語は佳境へと進みます。

全力で突き進みますので、ぜひぜひご期待ください。

さてさて、今回はあとがきが一ページですので、またも駆け足で出版に携わった皆様にお礼申し上げます。

こうして一冊の本を出版するにあたって、本当に多くの方々にお力添えをいただき、また多くの人々に支えられているからこそ、こうして拙作が日の目を見ることができる。そのことを衷心より御礼賜ります。

いつも無理を聞いてくださる編集様、並びに出版社の皆様方、いろいろと注文を付けて振り回してしまったイラストレーターの高瀬コウ様、まことにありがとうございます&今後ともよろしくお願いいたします。そして読者の皆様。長々と続くシリーズを飽きずに手に取ってくださり、本当にありがとうございます。続く第十一巻でお会いできれば幸いです。

佐崎一路

リビティウム皇国《こうこく》のブタクサ姫《ひめ》 10

2020年3月4日 初版発行

【著　　者】佐崎一路

【イラスト】高瀬コウ
【キャラクター原案】まりも
【地図イラスト】福地貴子
【編　　集】株式会社 桜雲社／新紀元社編集部／堀 良江
【デザイン・DTP】野澤由香

【発行者】福本皇祐
【発行所】株式会社新紀元社
〒101-0054　東京都千代田区神田錦町 1-7　錦町一丁目ビル2F
TEL 03-3219-0921 ／ FAX 03-3219-0922
http://www.shinkigensha.co.jp/
郵便振替　00110-4-27618

【印刷・製本】株式会社リーブルテック

ISBN978-4-7753-1806-5

※本書は、「小説家になろう」(http://syosetu.com/)に掲載されていたものを、改稿のうえ書籍化したものです。